LA GUERRE DES CLANS

IV

Avant la tempête

L'auteur

Pour écrire *La guerre des Clans*, **Erin Hunter** puise son inspiration dans son amour des chats et du monde sauvage. Erin
est une fidèle protectrice de la nature. Elle aime par-dessus
tout expliquer le comportement animal grâce aux mythologies,
à l'astrologie et aux pierres levées.

Vous aimez les livres de la collection

LA GUERRE DES
CLANS

Écrivez-nous
pour nous faire partager votre enthousiasme :
Pocket Jeunesse, 12, avenue d'Italie, 75013 Paris.

Erin Hunter

La guerre des Clans

Livre IV

Avant la tempête

Traduit de l'anglais par Cécile Pournin

POCKET
jeunesse

Titre original :
Rising Storm

Loi n° 49 956 du 16 juillet 1949 sur les publications
destinées à la jeunesse : septembre 2008.

© 2004, Working Partners Ltd.
Publié pour la première fois en 2004 par Harper Collins *Publishers*.
Tous droits réservés.
© 2007, éditions Pocket Jeunesse,
département d'Univers Poche.
Pour la présente édition :
Pocket Jeunesse, département d'Univers Poche, Paris, 2008.
La série « La guerre des Clans » a été créée par
Working Partners Ltd, Londres.

ISBN 978-2-266-17919-5

*Pour Denise. Voilà la chanson
que je t'avais promise – c'est le mieux
que j'aie pu faire.*

*Remerciements tout particuliers à Kate
Cary.*

RÉSUMÉ DE
LES MYSTÈRES DE LA FORÊT
(Livre III de *La guerre des Clans)*

Les menaces s'amoncellent autour de Cœur de Feu : l'amour interdit de son ami Plume Grise avec la fille d'un chef ennemi éclate au grand jour quand celle-ci donne naissance à deux chatons. Cœur de Feu découvre alors que le chef du Clan du Tonnerre, Étoile Bleue, a autrefois traversé la même épreuve : ses chatons ont été élevés par leur père au sein du Clan de la Rivière. Pire encore, alors qu'une terrible inondation menace la forêt, Griffe de Tigre, l'ancien lieutenant banni, tente d'assassiner Étoile Bleue, semant la terreur dans le Clan. Les destins de Plume Grise et de Cœur de Feu se séparent : l'un rejoint le Clan de la Rivière où seront élevés ses deux petits, l'autre devient le nouveau lieutenant du Clan du Tonnerre.

CLANS

CLAN DU TONNERRE

CHEF   **ÉTOILE BLEUE** – femelle gris-bleu au museau argenté.

LIEUTENANT   **CŒUR DE FEU** – mâle au beau pelage roux.
APPRENTIE: NUAGE DE NEIGE

GUÉRISSEUSE   **CROC JAUNE** – vieille chatte gris foncé au large museau plat, autrefois membre du Clan de l'Ombre.
APPRENTIE: MUSEAU CENDRÉ – chatte gris foncé

GUERRIERS   (mâles et femelles sans petits)

TORNADE BLANCHE – grand chat blanc.
APPRENTIE: NUAGE BLANC

ÉCLAIR NOIR – chat gris tigré de noir à la fourrure lustrée.
APPRENTIE: NUAGE DE BRUYÈRE

LONGUE PLUME – chat crème rayé de brun.
APPRENTI: NUAGE AGILE

VIF-ARGENT chat rapide comme l'éclair.

POIL DE SOURIS – petite chatte brun foncé.
APPRENTI: NUAGE D'ÉPINES

POIL DE FOUGÈRE – mâle brun doré.

PELAGE DE POUSSIÈRE – mâle au pelage moucheté brun foncé.
APPRENTI: NUAGE DE GRANIT

TEMPÊTE DE SABLE – chatte roux pâle.

APPRENTIS   (âgés d'au moins six lunes, initiés pour devenir des guerriers)

NUAGE AGILE – chat noir et blanc.

NUAGE DE NEIGE – chat blanc à poil long, anciennement Petit Nuage, fils de Princesse, neveu de Cœur de Feu.

NUAGE BLANC – chatte blanche au pelage constellé de taches rousses.

NUAGE D'ÉPINES – matou tacheté au poil brun doré.

NUAGE DE BRUYÈRE – chatte aux yeux vert pâle et à la fourrure gris pâle constellée de taches plus foncées.

NUAGE DE GRANIT – chat aux yeux bleu foncé et à la fourrure gris pâle constellée de taches plus foncées.

REINES (femelles pleines ou en train d'allaiter)

PELAGE DE GIVRE – chatte à la belle robe blanche et aux yeux bleus.

PLUME BLANCHE – jolie chatte mouchetée.

BOUTON-D'OR – femelle roux pâle.

PERCE-NEIGE – chatte crème mouchetée, qui est l'aînée des reines.

FLEUR DE SAULE – femelle gris perle aux yeux d'un bleu remarquable.

ANCIENS (guerriers et reines âgés)

DEMI-QUEUE – grand chat brun tacheté auquel il manque la moitié de la queue.

PETITE OREILLE – chat gris aux oreilles minuscules, doyen du Clan.

POMME DE PIN – petit mâle noir et blanc.

UN-ŒIL – chatte gris perle, presque sourde et aveugle, doyenne du Clan.

PLUME CENDRÉE – femelle écaille, autrefois très jolie.

CLAN DE L'OMBRE

CHEF **ÉTOILE NOIRE** – vieux chat noir.

LIEUTENANT **ŒIL DE FAUCON** – chat gris efflanqué.

GUÉRISSEUR **RHUME DES FOINS** – mâle gris et blanc de petite taille.

GUERRIERS	**PETITE QUEUE** – chat brun tacheté. **APPRENTI: NUAGE BRUN**
	GOUTTE DE PLUIE – chat gris moucheté. **APPRENTI: NUAGE DE CHÊNE**
	PETIT ORAGE – chat très menu.
	POITRAIL BLANC – chat noir à la poitrine et aux pattes blanches.
REINES	**ORAGE DU MATIN** – petite chatte tigrée.
	FLEUR DE JAIS – femelle noire.
	FLEUR DE PAVOT – chatte tachetée brun clair haute sur pattes.
ANCIEN	**PELAGE CENDRÉ** – chat gris famélique.

CLAN DU VENT

CHEF	**ÉTOILE FILANTE** – mâle noir et blanc à la queue très longue.
LIEUTENANT	**PATTE FOLLE** – chat noir à la patte tordue.
GUÉRISSEUR	**ÉCORCE DE CHÊNE** – chat brun à la queue très courte.
GUERRIERS	**GRIFFE DE PIERRE** – mâle brun foncé au pelage pommelé. **APPRENTI: NUAGE NOIR**
	OREILLE BALAFRÉE – chat moucheté. **APPRENTI: NUAGE DORÉ**
	MOUSTACHE – jeune mâle brun tacheté. **APPRENTI: NUAGE ROUX**
	ŒIL VIF – chatte gris clair au poil moucheté.
REINES	**PATTE CENDRÉE** – chatte grise.
	BELLE-DE-JOUR – femelle écaille.
ANCIEN	**AILE DE CORBEAU** – chat noir au museau gris.

CLAN DE LA RIVIÈRE

CHEF	**ÉTOILE BALAFRÉE** – grand chat beige tigré à la mâchoire tordue.

LIEUTENANT **TACHES DE LÉOPARD** – chatte au poil doré tacheté de noir.

GUÉRISSEUR **PATTE DE PIERRE** – chat brun clair à poil long.

GUERRIERS **GRIFFE NOIRE** – mâle au pelage charbonneux.
APPRENTI : GROS NUAGE

PELAGE DE SILEX – chat gris aux oreilles couturées de cicatrices.
APPRENTI : NUAGE D'OMBRE

VENTRE AFFAMÉ – chat brun foncé.
APPRENTI : NUAGE D'ARGENT

PLUME GRISE – chat gris plutôt massif à poil long, ancien guerrier du Clan du Tonnerre.

REINES **PATTE DE BRUME** – chatte gris-bleu foncé.

PELAGE DE MOUSSE – reine écaille-de-tortue.

REINE-DES-PRÉS – chatte blanc crème.

ANCIENNE **LAC DE GIVRE** – femelle grise et mince à la fourrure pelée et au museau couvert de cicatrices.

DIVERS

GERBOISE – mâle noir et blanc qui vit près d'une ferme, de l'autre côté de la forêt.

PATTE NOIRE – grand chat blanc aux longues pattes noir de jais, ancien lieutenant du Clan de l'Ombre.

FLÈCHE GRISE – mâle gris pommelé, ancien guerrier du Clan de l'Ombre.

PRINCESSE – chatte domestique brun clair au poitrail et aux pattes blancs.

NUAGE DE JAIS – petit chat noir, autrefois maigrelet, avec une tache blanche sur la poitrine et le bout de la queue, ancien apprenti du Clan du Tonnerre.

FICELLE – gros chaton noir et blanc qui habite une maison à la lisière du bois.

GRIFFE DE TIGRE – grand mâle brun tacheté aux griffes très longues, ancien lieutenant du Clan du Tonnerre.

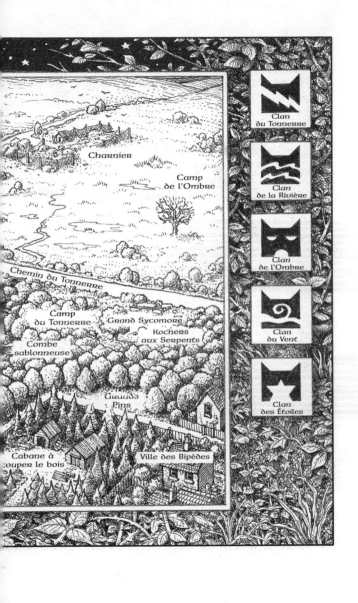

Charnier

Camp
de l'Ombre

Chemin du Tonnerre

Camp
du Tonnerre   Grand Sycomore

Rochers
aux Serpents

Combe
sablonneuse

Grands
Pins

Cabane à
couper le bois   Ville des Bipèdes

Clan
du Tonnerre

Clan
de la Rivière

Clan
de l'Ombre

Clan
du Vent

Clan
des Étoiles

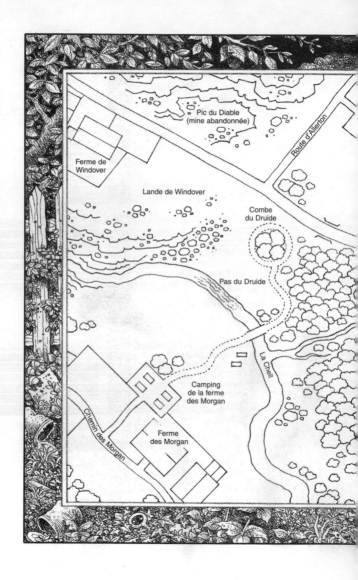

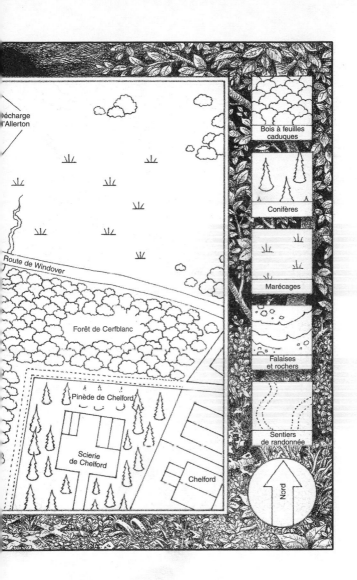

Décharge
d'Allerton

Route de Windover

Forêt de Cerfblanc

Pinède de Chelford

Scierie
de Chelford

Chelford

Bois à feuilles
caduques

Conifères

Marécages

Falaises
et rochers

Sentiers
de randonnée

Nord

PROLOGUE

Un miaulement de douleur retentit dans la clairière blanchie par la lune. Deux chats étaient couchés à l'ombre d'un buisson. L'un des deux se tordait de douleur, la queue battante. L'autre se releva, accablé. Même s'il était guérisseur depuis de nombreuses lunes, il ne pouvait que regarder, impuissant, le chef de son Clan vaincu par la maladie qui avait déjà emporté tant de vies. Il ne connaissait aucune herbe susceptible de calmer ces convulsions et cette fièvre ; sa fourrure grise clairsemée se hérissa quand le malade fut secoué par un nouveau spasme et retomba épuisé sur sa litière de mousse. Le cœur empli de crainte, le guérisseur renifla son patient. Il tenait encore le coup, mais son souffle était fétide, sa respiration difficile, son flanc maigre et tremblant.

Un cri strident déchira le silence. Pas celui d'un chat, cette fois, mais d'une chouette. Le matou se raidit. Dans la forêt, ces rapaces étaient un symbole de mort, ils volaient les proies des félins et même les chatons qui s'aventuraient trop loin de leur mère. Il leva des yeux suppliants vers le firmament en priant les guerriers d'autrefois que le hululement ne soit pas un mauvais présage. À travers les branches qui formaient le toit de l'abri, il chercha la Toison Argentée dans le ciel sombre. La traînée laiteuse où vivait le Clan des Étoiles était cachée par les nuages. Il frissonna, apeuré : leurs aïeux les avaient-ils abandonnés alors qu'une épidémie ravageait le camp ?

Le vent faisait bruire les feuilles sèches. Les nuages s'écartèrent pour laisser la lueur d'une seule étoile traverser la voûte du gîte. Dans la pénombre, la respiration du chef se fit plus facile. Le guérisseur poussa un soupir de soulagement : les ancêtres étaient avec eux !

Il remercia le Clan des Étoiles d'avoir épargné la vie de leur chef. Ébloui par la lumière, il entendit les voix des esprits murmurer dans sa tête. Elles parlaient de combats glorieux, de nouveaux territoires et d'une tribu puissante qui allait surgir des cendres de l'ancienne. Il sentit la joie enfler sa poitrine. Cette étoile apportait bien plus qu'un message de survie !

Soudain, sans prévenir, une grande aile grise passa devant le rayon lumineux, plongeant leur refuge dans le noir. Le félin se recroquevilla sur lui-même, le ventre plaqué contre le sol, quand la chouette hurla et déchiqueta le fragile abri avec ses serres. Elle cherchait une proie facile. Mais le buisson, trop broussailleux, l'empêcha d'atteindre sa cible.

Le guérisseur entendit le battement des ailes du rapace qui s'éloignait entre les arbres avant de se redresser, le cœur battant, pour contempler le ciel. L'étoile avait disparu, comme la chouette. Il ne restait plus que l'obscurité. L'effroi s'insinua sous la fourrure du chat.

« Tu as entendu ? » lança un autre matou, d'une voix inquiète, à l'entrée de l'abri.

Le guérisseur s'empressa de se faufiler dehors ; il savait que la tribu attendait avec impatience son interprétation du présage. Guerriers, reines, anciens... Tous les félins assez solides pour sortir de leur refuge étaient blottis dans la pénombre de l'autre côté de la clairière. Il s'arrêta un instant pour écouter leurs murmures inquiets.

« Qu'est-ce qu'elle fait là, cette chouette ? chuchotait un chasseur tacheté.

— Les ailes noires ne s'approchent jamais, d'habitude ! gémit un des doyens.

— Elle n'a pas enlevé de petit ? s'inquiéta un autre.

— Pas cette fois-ci », répondit d'une voix éteinte une reine à la robe argentée. L'épidémie avait emporté trois de ses chatons. « Mais elle pourrait revenir. Elle doit sentir notre faiblesse.

— La puanteur de la mort devrait pourtant l'éloigner... », déclara un guerrier au poil zébré qui venait d'entrer en boitant dans le camp.

Il avait les pattes couvertes de boue et le pelage ébouriffé, car il venait d'enterrer un de leurs compagnons. Bien qu'il reste plusieurs tombes à creuser, il était trop faible pour poursuivre sa tâche.

« Comment va notre chef ? s'enquit le nouveau venu d'une voix tendue.

— On n'en sait rien, répliqua le mâle tacheté.

— Où est notre guérisseur ? » geignit la chatte.

Quand le petit groupe le chercha des yeux, le

matou, qui les observait en silence, vit leurs pupilles briller dans le noir. Il entendait la panique monter dans leurs voix : il savait qu'il fallait les apaiser, leur promettre que le Clan des Étoiles ne les avait pas complètement abandonnés. Il prit une profonde inspiration et se força à se détendre avant d'aller les rejoindre.

« On n'a pas besoin de lui pour savoir que le cri de cette chouette est un présage de mort, se lamenta un ancien, apeuré.

— Comment le sais-tu ? rétorqua le chasseur à la fourrure mouchetée.

— C'est vrai ! renchérit la femelle. Nos ancêtres ne te parlent pas ! »

Elle se tourna vers le guérisseur qui s'approchait pour lui demander d'un air anxieux :

« Cette chouette était-elle un présage ? »

Mal à l'aise, le félin évita de répondre franchement.

« Le Clan des Étoiles m'a parlé ce soir, annonça-t-il. Avez-vous vu une étoile scintiller entre les nuages ? »

La reine acquiesça ; autour d'elle, l'espoir s'alluma dans les prunelles de ses compagnons.

« Quel sens avait-elle ? s'exclama le doyen.

— Notre chef survivra-t-il ? » questionna le guerrier tacheté.

Le guérisseur hésita.

« Il ne peut pas mourir maintenant ! s'écria la chatte grise. Il a bien neuf vies, non ? Il n'y a que six lunes que nos ancêtres les lui ont accordées !

— Le Clan des Étoiles ne peut pas lui rendre des forces indéfiniment », leur expliqua-t-il.

Il tenta de chasser de son esprit l'image des ailes noires qui avaient bloqué le mince rayon de lumière et ajouta :

« Mais les guerriers d'autrefois ne nous ont pas oubliés. L'étoile nous a apporté un message d'espoir. »

Un gémissement aigu retentit soudain : une femelle écaille-de-tortue se leva d'un bond pour se précipiter vers son petit. Les autres continuèrent de fixer le guérisseur d'un air implorant.

« Le Clan des Étoiles t'a-t-il annoncé de la pluie ? souffla un jeune combattant. Une bonne averse purifiera peut-être le camp.

— Non, pas de pluie. Ils m'ont parlé du renouveau de notre tribu. Dans ce rayon de lumière, nos ancêtres m'ont montré le futur : il sera glorieux !

— Alors nous allons survivre ? conclut la reine au poil gris.

— Bien plus que ça, lui promit-il. Nous allons régner sur la forêt ! »

Des murmures de soulagement s'élevèrent – les premiers ronronnements qu'il entendait depuis plus d'une lune. Pourtant, il se détourna pour cacher le tremblement de ses moustaches. Il pria pour que ses compagnons oublient la chouette. Il n'osait pas leur révéler l'horrible mise en garde apportée par le rapace : la tribu allait payer très cher sa renaissance.

CHAPITRE PREMIER

LES CHAUDS RAYONS QUI TRANSPERÇAIENT LA VOÛTE feuillue mouchetaient de lumière le pelage de Cœur de Feu. Il se tapit contre le sol pour dissimuler sa robe ambrée au milieu du vert des broussailles.

Pas à pas, il se glissa sous les fougères. Il avait décelé l'odeur d'un pigeon. Il se coula à pas mesurés vers la source du délicieux parfum : l'oiseau dodu picorait au milieu de la verdure.

Le guerrier sortit ses griffes, les pattes tremblant d'excitation. Après avoir chassé toute la matinée à la tête de la patrouille de l'aube, il mourait de faim. En cette saison, les proies abondaient ; le moment était venu pour la tribu de profiter des trésors de la forêt. La pluie s'était faite rare depuis les inondations survenues à la saison des feuilles nouvelles ; malgré tout, les bois regorgeaient de gibier. Après avoir réapprovisionné le Clan en viande, Cœur de Feu pouvait enfin se chercher à manger. Il banda ses muscles, prêt à bondir.

Soudain, la brise apporta une deuxième odeur jusqu'à son museau. Il entrouvrit la bouche, interloqué. Le pigeon, qui avait dû sentir la même chose, se redressa d'un seul coup et déploya ses ailes... trop tard ! Une boule de fourrure blanche déboula de sous un roncier. Elle sauta sur le volatile surpris qu'elle plaqua au sol avant de l'achever d'un coup de dents à la nuque.

Cœur de Feu en resta bouche bée. Le délicieux parfum du gibier frais vint chatouiller ses narines. Il sortit des fourrés pour féliciter l'animal blanc au poil duveteux :

« Bravo, Nuage de Neige ! Jusqu'au dernier moment, je ne me suis douté de rien. »

Le novice agita la queue avec mépris.

« Ce crétin d'oiseau non plus ! » se vanta-t-il.

Cœur de Feu se raidit. Le chaton était à la fois son apprenti et le fils de sa sœur, Princesse. Il s'agissait d'en faire un combattant accompli, respectueux du code du guerrier. C'était sans nul doute un bon chasseur, mais il manquait d'humilité. En secret, son oncle se demandait parfois si le petit comprendrait un jour l'importance des préceptes traditionnels de loyauté transmis de génération en génération par les félins de la forêt.

Nuage de Neige avait été adopté par le Clan du Tonnerre peu de temps après sa naissance, à la ville. Il avait été amené au camp par Cœur de Feu, qui savait d'expérience que la tribu méprisait les chats domestiques. Lui-même avait passé les six premiers mois de sa vie chez les Bipèdes, ce qui restait en travers de la gorge de certains. Il remua les oreilles avec impatience. S'il faisait tout son possible pour prouver sa loyauté, son neveu, en revanche, en était encore loin. Pour gagner la sympathie de ses compagnons, Nuage de Neige allait devoir perdre un peu de son arrogance.

« Ça tombe bien que tu sois si rapide, fit remarquer le chasseur roux. Tu étais mal placé. Le vent m'a apporté ton odeur. Même ta proie pouvait te sentir. »

L'échine du chaton se hérissa.

« Je le savais, bien sûr ! rétorqua-t-il. Mais cette colombe était trop bête pour m'échapper ! Ça crevait les yeux ! »

Défié du regard par son élève, Cœur de Feu passa en un instant de la contrariété à la colère.

« C'est un pigeon, pas une colombe ! jeta-t-il. D'ailleurs, un vrai guerrier montre plus de respect pour le gibier qui nourrit son Clan !

— C'est ça ! Nuage d'Épines ne doit pas être au courant, alors ! Hier, il a ramené un écureuil en disant : "Un nouveau-né aurait pu l'attraper, cet abruti !"

— Nuage d'Épines n'est qu'un apprenti ! Comme toi, il a encore beaucoup à apprendre... »

Le mauvais garnement tâta l'oiseau d'un air boudeur.

« Pff ! Je l'ai attrapé, pourtant ! marmonna-t-il.

— Être un vrai guerrier, ça ne se limite pas à attraper des pigeons !

— Je suis plus rapide que Nuage Blanc et plus fort que Nuage d'Épines ! Qu'est-ce que tu veux de plus ?

— Tes camarades sauraient qu'un chasseur n'attaque jamais avec le vent dans son dos, eux ! »

Cœur de Feu savait qu'il ne devait pas se laisser embarquer dans une dispute, mais l'obstination du petit l'exaspérait. Agacé, Nuage de Neige se mit à brailler :

« Et alors ? Tu étais peut-être face au vent, en attendant c'est moi qui l'ai attrapé, ce pigeon !

« — Silence ! » souffla son oncle.

Sur le qui-vive, il huma l'air. Dans les bois soudain silencieux, l'écho de leurs voix résonnait étrangement. Le novice épia les alentours.

« Qu'y a-t-il ? Je ne sens rien, chuchota-t-il.

— Moi non plus.

— Alors pourquoi t'inquiéter ?

— Griffe de Tigre », répondit son mentor du tac au tac.

Le vétéran au poil brun hantait ses rêves depuis qu'Étoile Bleue l'avait banni du Clan quelques jours plus tôt. Son crime ? Avoir essayé de tuer leur chef. C'est Cœur de Feu lui-même qui avait fait échouer ses plans avant de dévoiler tous ses méfaits à la tribu. Depuis, on n'avait plus revu le matou exilé. Pourtant, tandis que le guerrier roux écoutait le silence de la forêt, la peur lui tordit les entrailles. Les arbres eux-mêmes semblaient tendre l'oreille en retenant leur souffle. Les derniers mots prononcés par son vieil ennemi lui revinrent alors à l'esprit : *Ouvre l'œil. Dresse l'oreille. Parce qu'un jour je te retrouverai, et je te ferai la peau.*

La voix de Nuage de Neige rompit le silence.

« Griffe de Tigre ? s'esclaffa-t-il. Que viendrait-il faire ici ? Étoile Bleue l'a exilé !

— Je sais. Et seul le Clan des Étoiles sait où il a filé. Mais il nous a bien fait comprendre qu'il n'en avait pas fini avec nous...

— Je n'ai pas peur de ce traître !

— Eh bien, tu devrais ! Griffe de Tigre connaît ces bois aussi bien que nous. S'il tombait sur toi, il te mettrait en pièces. »

28

Nuage de Neige renifla d'un air méprisant et se mit à faire les cent pas.

« Depuis qu'Étoile Bleue t'a nommé lieutenant, tu es devenu grognon, ronchonna-t-il. Si tu n'as rien de mieux à faire que passer ta matinée à me terroriser avec tes histoires à dormir debout, je file. Je suis censé chasser pour les anciens. »

Sur ces mots, il se faufila entre les ronces en abandonnant le pigeon mort.

« Reviens ici tout de suite ! beugla Cœur de Feu, furieux, avant de secouer la tête. Tant pis pour lui s'il tombe sur Griffe de Tigre ! » se murmura-t-il à lui-même.

La queue battante, il ramassa l'oiseau : fallait-il le ramener à la place de Nuage de Neige ? *Chaque guerrier est responsable de son propre gibier*, finit-il par estimer. Et il jeta le pigeon dans une grosse touffe d'herbes. Il alla piétiner les longs brins pour mieux le dissimuler. Mais comment être sûr que le novice revienne chercher sa proie ? *Il n'aura rien à manger tant qu'il ne l'aura pas ramenée*, décréta le mentor. Son apprenti devait à tout prix comprendre que, même à la saison des feuilles nouvelles, on ne gâchait pas le gibier.

De plus en plus haut dans le ciel, le soleil brûlait la terre et desséchait les feuilles des arbres. Cœur de Feu dressa l'oreille. Un silence étrange régnait toujours, comme si les habitants de la forêt se cachaient en attendant que la fraîcheur du soir les délivre d'une journée étouffante. Ce calme inhabituel le perturbait. *Peut-être devrais-je rejoindre Nuage de Neige...*, se dit-il.

Le chat roux entendit la voix familière de son meilleur ami, Plume Grise, ronchonner : *Tu l'as déjà prévenu, ça suffit bien !* Voilà ce que l'ancien chasseur du Clan du Tonnerre lui aurait dit... Aussitôt, des souvenirs doux-amers l'assaillirent. Plume Grise et lui avaient fait leur initiation ensemble puis lutté côte à côte avant d'être séparés par le destin. Son complice de toujours était tombé amoureux d'une chatte ennemie, Rivière d'Argent, morte en mettant au monde leurs petits. Pour rester avec les deux chatons, Plume Grise avait dû rejoindre le Clan de la Rivière. Depuis, il manquait terriblement à Cœur de Feu, qui lui parlait encore presque chaque jour comme s'il était là.

Cœur de Feu se secoua. Il était temps de rentrer. Désormais lieutenant de la tribu, il avait des patrouilles et des expéditions de chasse à organiser. Nuage de Neige se débrouillerait seul.

Le matou fila à travers bois jusqu'au sommet du ravin où étaient nichées les tanières du Clan. Il hésita un instant, submergé par l'émotion qu'il ressentait toujours en revenant au bercail. Malgré sa jeunesse passée chez les Bipèdes, il avait compris, en s'aventurant pour la première fois dans les bois, qu'il était enfin chez lui.

Au fond de la combe, des taillis de ronces dissimulaient le camp. La pente dévalée, il s'engouffra dans le tunnel d'ajoncs qui en marquait l'entrée.

Une chatte au pelage gris pâle, Fleur de Saule, était étendue devant la pouponnière, où elle offrait son ventre gonflé aux rayons du soleil. Quelques jours plus tôt, elle partageait encore le gîte des guerriers. À présent, elle vivait avec les autres reines en attendant la naissance de sa première portée.

Allongée à côté d'elle, Plume Blanche regardait avec affection ses deux petits lutter au milieu d'un nuage de poussière. Il s'agissait des frères et sœurs adoptifs de Nuage de Neige, qu'elle avait accepté d'allaiter à son arrivée au camp. Comme lui, ils n'allaient pas tarder à être faits apprentis.

Du Promontoire dressé de l'autre côté de la clairière montèrent des bribes de conversation. Un groupe de chasseurs était tapi dans l'ombre sous la pierre d'où Étoile Bleue, le chef du Clan, s'adressait en général aux siens. Il reconnut la robe tachetée d'Éclair Noir, la silhouette fuselée de Vif-Argent et la fourrure neigeuse de Tornade Blanche.

Tandis que le chat roux s'avançait vers eux dans la lumière aveuglante, la voix grincheuse d'Éclair Noir s'éleva :

« Alors, qui va mener la patrouille de midi ?

— Cœur de Feu en décidera quand il reviendra de la chasse », répondit Tornade Blanche avec calme, sans se laisser perturber par ce ton hostile.

« Il devrait déjà être rentré ! se plaignit Pelage de Poussière, un matou brun au poil moucheté qui avait fait son apprentissage avec Cœur de Feu.

— Je suis là », annonça ce dernier.

Il se fraya un chemin dans le petit groupe pour aller s'asseoir à côté de Tornade Blanche.

« Puisque tu es là, tu vas nous dire qui doit se charger de la patrouille de midi », lança Éclair Noir, glacial.

Malgré la fraîcheur à l'ombre du Promontoire, le nouveau lieutenant étouffait. Éclair Noir était l'ancien confident de Griffe de Tigre : même s'il avait préféré la tribu à l'exil, comment ne pas douter de sa loyauté au Clan ?

« Ce sera Longue Plume », décréta Cœur de Feu.

Les moustaches frémissantes et l'air méprisant, Éclair Noir se tourna vers Tornade Blanche. Le guerrier roux, la gorge serrée, se demanda s'il venait de dire une bêtise.

« Euh... Longue Plume est de sortie avec son apprenti, lui expliqua Vif-Argent, mal à l'aise. Nuage Agile et lui ne rentreront que ce soir, tu sais bien... »

À côté de lui, le chat brun poussa un soupir excédé. Cœur de Feu serra les dents. *J'aurais dû le savoir !*

« Alors ce sera toi, Vif-Argent. Tu n'as qu'à emmener Poil de Fougère et Pelage de Poussière avec toi.

— Poil de Fougère n'arrivera jamais à nous suivre. Il boite depuis la bataille contre les chats errants.

— Bon, bon... »

Le jeune lieutenant essayait de cacher son agitation croissante. À présent, il piochait presque les noms au hasard :

« Alors Poil de Fougère peut chasser avec Poil de Souris et... et...

— J'aimerais y aller avec eux », suggéra Tempête de Sable.

Après avoir jeté un regard reconnaissant à la chatte rousse, il conclut :

« Et Tempête de Sable.

« — Et la patrouille ? À ce rythme-là, midi sera passé avant qu'on se décide ! reprit Éclair Noir.

— Tu n'as qu'à y aller avec Vif-Argent ! rétorqua Cœur de Feu.

— Et pour celle de ce soir ? » demanda Poil de Souris avec douceur.

La tête vide, il dévisagea la guerrière brun foncé. La voix rauque de Tornade Blanche le sortit de sa stupeur.

« J'aimerais m'en charger. Tu crois que Nuage Agile et Longue Plume pourraient venir avec moi quand ils rentreront ?

— Oui, bien sûr. »

Entouré de visages satisfaits, le chasseur roux poussa un soupir de soulagement. Quand la petite assemblée se dispersa, il se retrouva seul avec Tornade Blanche.

« Merci, murmura-t-il. J'aurais dû planifier les patrouilles à l'avance.

— Tu verras, ça devient plus facile avec le temps. Griffe de Tigre était un maniaque du détail, on s'y est habitués. »

Cœur de Feu fixa le sol, la gorge serrée.

« En plus, la tribu entière est à cran, poursuivit le vieux guerrier. Sa trahison nous a tous bouleversés. »

Tornade Blanche essayait de l'encourager... Les machinations de leur ancien lieutenant avaient sapé le moral des félins. D'abord incapables de croire que ce combattant légendaire puisse se retourner contre son propre Clan, ils avaient mis du temps à accepter la vérité sur les assassinats et les mensonges du traître. Cœur de Feu manquait peut-être encore d'autorité, mais au moins il ne trahirait jamais les siens.

« Il faut que j'aille voir Plume Blanche, reprit le vétéran en s'inclinant. Elle voulait me parler. »

Surpris par ce geste de respect, le chat roux l'imita maladroitement. Affamé, il se rappela le pigeon juteux qu'il avait laissé dans la forêt. Il aperçut Nuage Blanc, l'élève de Tornade Blanche, devant la tanière des novices. Avait-elle rapporté du gibier aux anciens ? Il s'approcha de la vieille souche d'arbre près de laquelle elle faisait sa toilette.

« Bonjour, Cœur de Feu ! lui lança-t-elle.

— Bonjour ! Tu reviens de la chasse ?

— Oui ! répondit-elle d'un air joyeux. C'est la première fois que Tornade Blanche me laisse sortir seule.

— Tu as fait de belles prises ? »

Elle baissa les yeux, timide.

« Deux moineaux et un écureuil.

— Bravo ! Ton mentor devait être content ! »

Elle lui fit signe que oui.

« Tu les as apportés aux doyens sans attendre ?

— Oui. J'ai bien fait ? s'inquiéta-t-elle.

— Bien sûr ! » la rassura Cœur de Feu.

Si seulement son propre apprenti pouvait être aussi sérieux ! Nuage de Neige aurait déjà dû être rentré. Deux moineaux et un écureuil ne suffiraient pas à apaiser la faim des anciens. Il était temps d'ailleurs de leur rendre une petite visite pour s'assurer qu'ils supportaient bien la chaleur. En approchant du chêne abattu où ils étaient installés, il surprit une autre conversation.

« La portée de Fleur de Saule ne devrait plus tarder à naître », disait Perce-Neige, la plus vieille des reines de la pouponnière.

Son unique chaton, affaibli par le mal blanc, était encore minuscule pour son âge.

« Les nouveau-nés sont toujours un bon présage ! s'exclama Un-Œil.

— Ça tombe bien, on en manquait..., marmonna Petite Oreille d'un air sombre.

— Tu t'inquiètes toujours à cause du rituel ? intervint Pomme de Pin.

— Le quoi ? s'enquit Un-Œil.

— La cérémonie de baptême du nouveau lieutenant, lui expliqua Pomme de Pin d'une voix forte. Tu sais, après le départ de Griffe de Tigre, l'autre jour.

— Ce sont mes oreilles qui marchent mal, pas mon cerveau ! » rétorqua la chatte.

Mais en dépit de son mauvais caractère elle était respectée pour sa sagesse, et les autres écoutèrent son avis sans l'interrompre :

« Je ne crois pas que le Clan des Étoiles nous punirait simplement pour ne pas avoir choisi notre lieutenant avant minuit. Les circonstances étaient exceptionnelles.

— C'est ça le pire ! souligna Plume Cendrée. Que penseront nos ancêtres d'un lieutenant qui trahit sa tribu et qui est incapable de nommer son successeur comme il faut ? Nos traditions se perdent, le code du guerrier aussi ! »

Un frisson secoua le chat roux. Trop bouleversée par les machinations de Griffe de Tigre, Étoile

Bleue avait attendu le lendemain du bannissement pour faire connaître son choix. Pour beaucoup, c'était un très mauvais présage.

« Avec le baptême de Cœur de Feu, c'est la première fois que je vois nos règles transgressées, déclara Petite Oreille d'un ton grave. J'hésite à le dire, mais j'ai le sentiment que tant qu'il sera lieutenant les temps seront durs pour le Clan du Tonnerre. »

Pomme de Pin acquiesça. Le jeune matou, qui écoutait en cachette, retint son souffle : Un-Œil allait sans doute apaiser leurs craintes en quelques phrases pleines de sagesse. Pourtant elle garda le silence. Malgré l'ardeur du soleil, là-haut dans le ciel, Cœur de Feu se sentit tout à coup glacé jusqu'à la moelle des os.

Il tourna les talons, incapable d'affronter les anciens après de telles révélations, et se mit à faire les cent pas à la lisière de la clairière. Perdu dans ses pensées, il fut surpris par un mouvement furtif à l'entrée de la pouponnière. Il se figea, le cœur battant, en reconnaissant le regard ambré de Griffe de Tigre braqué sur lui. Horrifié, il fit un bond en arrière. C'est alors qu'il comprit : il n'était pas en face du féroce guerrier, mais de Patte d'Épines... le propre fils de Griffe de Tigre.

CHAPITRE 2

BOUTON-D'OR SORTIT DE LA POUPONNIÈRE et déposa avec précaution un autre chaton près du premier. Avec sa robe roux pâle, celui-là était le portrait craché de sa mère. Cœur de Feu comprit sur-le-champ qu'elle avait vu sa réaction, car elle leva le menton d'un air de défi. Sa queue vint envelopper les nouveau-nés.

Il se sentit soudain coupable. À quoi pensait-il ? Il était lieutenant, pour l'amour du Clan des Étoiles ! Son rôle, c'était de rassurer Bouton-d'Or, de lui montrer que ses petits seraient traités comme n'importe quels autres membres de la tribu.

« Ta... Ta portée a l'air en pleine forme », balbutia-t-il.

Cependant, quand le jeune félin le dévisagea sans ciller, Cœur de Feu se retrouva devant les prunelles jaunes de Griffe de Tigre. Son poil se hérissa.

Il tenta de refréner la peur et la colère qui le poussaient à sortir ses griffes. *C'est son père qui a trahi le Clan, pas ce chaton*, se répétait-il.

« C'est la première fois que Patte d'Or sort de la pouponnière, lui expliqua la reine, anxieuse.

— Ils ont beaucoup grandi », murmura Cœur de Feu.

Bouton-d'Or donna un coup de langue aux deux bêtes avant de s'approcher de Cœur de Feu.

« Je comprends ce que tu ressens, murmura-t-elle. Tes yeux ont toujours trahi tes sentiments. Mais ce sont mes petits et, s'il le faut, je mourrai pour les protéger. »

Sa véhémence émut le chasseur.

« J'ai peur pour eux, reprit-elle. Le Clan ne pardonnera jamais à Griffe de Tigre... et il aura raison. Mais Patte d'Épines et Patte d'Or n'ont rien fait de mal : je ne veux pas qu'ils soient punis à la place de leur père. Je ne leur révélerai jamais son identité, je leur dirai simplement que c'était un guerrier courageux et fort. »

Le cœur du lieutenant se serra.

« Ils sont en sécurité ici », lui promit-il.

Pourtant Patte d'Épines le mettait toujours aussi mal à l'aise. Tornade Blanche sortit à son tour du taillis.

« Plume Blanche pense que ses deux derniers petits sont prêts à commencer l'entraînement, annonça-t-il.

— Étoile Bleue le sait-elle ?

— Non, elle n'est pas passée à la pouponnière depuis plusieurs jours. »

Cœur de Feu fronça les sourcils. Le meneur s'intéressait en général à tous les aspects de la vie de la tribu, en particulier les petits et leur santé.

« Je suppose que ça n'a rien de surprenant, reprit Tornade Blanche. Elle n'est toujours pas remise de ses blessures.

— Je vais aller lui parler.

— Bonne idée. La bonne nouvelle lui remontera peut-être le moral. »

Le vétéran semblait aussi inquiet que son cadet de l'état de leur chef.

« C'est certain, renchérit le chat roux. Le Clan n'a pas eu autant d'apprentis depuis des lunes.

— À ce propos, où est Nuage de Neige ? Je pensais qu'il était parti chasser pour les anciens... »

Cœur de Feu toussota, gêné.

« Euh... Oui, c'est ça. Je me demande pourquoi il n'est pas encore rentré. »

Tornade Blanche se lécha la patte avant droite.

« Les bois ne sont plus aussi sûrs qu'avant, murmura-t-il comme s'il pouvait lire dans les pensées de son lieutenant. N'oublie pas que le Clan du Vent et celui de l'Ombre nous en veulent toujours d'avoir abrité Plume Brisée. Comme ils ignorent encore qu'il est mort, ils pourraient retenter une attaque. »

Plume Brisée était l'ancien chef du Clan de l'Ombre. Il avait presque détruit les autres tribus de la forêt dans sa soif de nouveaux territoires. Le Clan du Tonnerre avait aidé les siens à le bannir, avant d'accepter de donner asile au meneur déchu, désormais aveugle. Les autres félins des bois n'avaient pas très bien accueilli ce geste de compassion.

Même s'il savait que Tornade Blanche faisait preuve de beaucoup de tact pour le mettre en garde – le vieux guerrier n'avait pas mentionné le nom de Griffe de Tigre, par exemple –, Cœur de Feu se sentait coupable d'avoir laissé Nuage de Neige s'évaporer dans la nature.

« Tu as bien laissé Nuage Blanc chasser seule, ce matin ! rétorqua-t-il, irrité.

— Eh bien... Je lui ai demandé de ne pas quitter le ravin et de revenir avant midi. »

S'il parlait avec calme, le vétéran avait cessé de se lécher la patte et ne cachait plus son inquiétude.

« J'espère que ce petit ne s'est pas trop éloigné du camp.

— Il faut que j'aille parler des nouveaux apprentis à Étoile Bleue, marmonna le chat roux d'un air gêné.

— Bonne idée. Moi, je sors entraîner Nuage Blanc. Elle est douée pour la chasse, mais il faut qu'elle s'applique un peu plus au combat. »

Cœur de Feu fila vers le Promontoire sans cesser de maudire son novice à mi-voix. Devant la tanière de leur chef, il se donna deux ou trois coups de langue sur le poitrail avant d'annoncer sa présence. De l'autre côté du rideau de lichen qui barrait l'entrée du repaire, une voix blanche lui répondit :

« Entre ! »

Il entra à pas lents. Il faisait frais dans la petite caverne creusée autrefois par un ruisseau dans la paroi du Promontoire. La lumière qui filtrait à travers l'entrée donnait aux murs de la grotte un éclat rassurant. Étoile Bleue était assise sur sa litière, le dos voûté, comme un canard en train de couver. Sa longue fourrure grise semblait sale et emmêlée. *Ses blessures l'empêchent sans doute encore de faire sa toilette*, pensa le jeune lieutenant. Il se refusait à considérer l'autre explication possible : que leur chef n'ait plus la volonté de s'occuper d'elle-même.

Mais comment oublier l'inquiétude de Tornade Blanche ? Étoile Bleue était d'une maigreur alarmante. Hier encore, au lieu de faire sa toilette avec les vétérans comme autrefois, elle avait abandonné un pigeon à moitié dévoré pour retourner s'isoler dans son antre.

Elle leva les yeux en l'entendant entrer. Il fut soulagé d'y lire une lueur d'intérêt.

« Bonjour, Cœur de Feu », lui dit-elle.

Elle se redressa de tout son haut. Elle possédait toujours la dignité naturelle que le chat roux avait admirée le jour de leur première rencontre, dans les bois près de la ville. Ce jour-là, c'est elle qui l'avait invité à rejoindre le Clan. Cette marque de confiance avait créé un lien particulier entre eux.

Il s'inclina profondément.

« Étoile Bleue... Tornade Blanche sort de la pouponnière. Plume Blanche lui a dit que ses petits étaient prêts à commencer l'entraînement.

— Déjà ? » murmura-t-elle, désarçonnée.

Il attendit en vain ses consignes pour organiser la cérémonie d'initiation : elle se contenta de le dévisager.

« Euh... Qui seront leurs mentors ? l'encouragea-t-il.

— Mentors ? » répéta-t-elle d'une voix étouffée.

L'échine de Cœur de Feu se hérissa. L'expression de la chatte se durcit d'un seul coup.

« Peut-on faire confiance à qui que ce soit pour former ces chatons ? » jeta-t-elle.

Le guerrier sursauta, trop choqué pour répondre.

« Toi, pourrais-tu te charger d'eux ? reprit-elle. Ou bien Plume Grise ? »

Il tenta de chasser la peur qui lui tordait le ventre. Étoile Bleue avait-elle oublié le départ de Plume Grise, désormais membre du Clan de la Rivière ?

« Je... Je m'occupe déjà de Nuage de Neige. Quant à Plume Grise... »

Sa phrase resta en suspens. Il respira à fond et changea d'angle d'approche :

« Le seul chasseur indigne d'entraîner ces chatons, c'est Griffe de Tigre, et il n'est plus là, tu te rappelles ? Tous les autres combattants feront d'excellents mentors pour les petits. »

Il guetta une réaction chez leur chef, qui resta amorphe.

« Plume Blanche espère que la cérémonie d'initiation pourra se tenir sans tarder, insista-t-il. Les chatons sont fin prêts. Nuage de Neige a été élevé avec eux, et il est apprenti depuis plus d'une demi-lune. »

Il se pencha vers la chatte, suspendu à ses lèvres. Elle finit par se redresser. La tension quitta ses épaules. Son expression, toujours détachée, semblait cependant un peu plus calme.

« Nous organiserons la cérémonie avant le repas du soir, annonça-t-elle, comme si elle n'en avait jamais douté.

— Alors qui seront leurs mentors ? » demanda Cœur de Feu avec précaution.

Aussitôt, Étoile Bleue se raidit et jeta des regards anxieux aux quatre coins de la caverne. Le guerrier roux fut pris d'un tremblement irrépressible.

« À toi de décider », déclara-t-elle d'une voix presque inaudible.

Il décida de ne pas insister, s'inclina et répondit : « Très bien », avant de sortir du gîte.

Il s'assit un instant à l'ombre du Promontoire pour réfléchir. La trahison de Griffe de Tigre avait ébranlé la reine grise plus qu'il ne le croyait : elle ne faisait plus confiance à ses chasseurs. Il se lissa le poitrail, pensif. L'attaque des chats errants datait d'un quartier de lune à peine. Étoile Bleue n'allait pas tarder à se remettre. D'ici là, il faudrait cacher son état au Clan. Les angoisses de leur chef ne feraient que les affoler un peu plus.

Cœur de Feu s'étira avant de filer vers la pouponnière.

« Bonjour, Fleur de Saule ! » lança-t-il.

Étendue devant le gros taillis de ronces qui abritait les petits, la chatte gris pâle profitait du soleil.

« Bonjour ! Alors, ça te plaît, la vie de lieutenant ? lui demanda-t-elle avec curiosité, sans le moindre brin de malice.

— Oui, beaucoup ! » répondit-il.

Enfin ce serait plus vrai sans les bêtises de mon apprenti, les élucubrations des anciens et les états d'âme de notre chef, qui ne sait même plus choisir un mentor, pensa-t-il avec agacement.

« Tant mieux ! rétorqua Fleur de Saule, qui donnait de grands coups de langue à son pelage.

— Tu n'aurais pas vu Plume Blanche ?

— Elle est à l'intérieur.

— Merci ! »

Il se coula entre les ronces. La pouponnière était étonnamment lumineuse : les rayons du soleil

43

filtraient entre les branches entremêlées. *Il faudra réparer les brèches avant l'hiver*, se dit-il.

« Bonjour, Plume Blanche ! Bonne nouvelle : Étoile Bleue a fixé la cérémonie d'initiation de tes chatons à ce soir. »

Les deux futurs novices escaladaient leur mère couchée sur le flanc. Elle étouffa un grognement quand le plus lourd des deux, un mâle au poil constellé de taches sombres, sauta à terre pour aller se jeter sur sa sœur.

« Le Clan des Étoiles soit loué ! s'écria-t-elle. Ces deux-là sont beaucoup trop grands pour rester ici ! »

Pattes et queues mêlées, les combattants roulèrent ensemble jusqu'au ventre de la reine, qui les écarta en douceur avant de demander :

« Tu sais qui seront leurs mentors ? »

Cœur de Feu avait déjà préparé sa réponse.

« Ce n'est pas encore décidé. As-tu des préférences ? »

Plume Blanche sembla étonnée.

« Étoile Bleue saura ce qu'il faut faire. C'est à elle de choisir. »

Le guerrier savait comme tout le monde que c'était à leur chef de se prononcer.

« Tu as raison », marmonna-t-il, la mort dans l'âme.

Son échine se hérissa soudain. Un courant d'air était venu chatouiller ses narines : l'odeur du petit de Griffe de Tigre !

« Où est Bouton-d'Or ? jeta-t-il, un peu trop sèchement.

« — Elle est partie présenter ses chatons aux anciens, expliqua la chatte d'un air surpris, puis pensif. Le fils de Griffe de Tigre te rappelle un peu trop son père, pas vrai ? »

Embarrassé, il lui fit signe que oui.

« Il lui ressemble, mais ça s'arrête là, reprit-elle. Il est gentil avec ses camarades, et sa sœur n'a aucun mal à le remettre à sa place ! »

Il préféra battre en retraite.

« Tant mieux... À tout à l'heure ! »

Dès qu'il fut dehors, Fleur de Saule s'exclama :

« Alors, la date de la cérémonie est fixée ?

— Oui !

— Et qui seront leurs men... »

Il fila sans lui laisser le temps de terminer sa phrase. La nouvelle allait se répandre dans le camp comme une traînée de poudre, et bientôt la tribu entière lui poserait la même question. Il allait devoir se décider sans tarder... Pourtant l'odeur de Patte d'Épines l'enveloppait encore, et un sinistre pressentiment l'avait envahi.

Sans réfléchir, il se dirigea vers le tunnel de fougères qui menait au repaire de la guérisseuse. L'élève de Croc Jaune, Museau Cendré, devait traîner dans les parages. Maintenant que Plume Grise avait rejoint le Clan de la Rivière, la jeune chatte grise était devenue la confidente de Cœur de Feu. Elle saurait expliquer la confusion qui régnait dans son esprit.

Après l'ombre fraîche des fougères, il déboula en plein soleil. À l'extrémité de la petite clairière se dressait un grand rocher coupé en deux. La grotte était juste assez grande pour accueillir la litière et les herbes médicinales de Croc Jaune.

Le chat roux ouvrait la bouche pour s'annoncer quand Museau Cendré sortit de la tanière en boitant. Comme toujours, le plaisir de voir son amie était tempéré par son chagrin au spectacle de la patte tordue qui l'avait empêchée de devenir une guerrière. Plus jeune, elle avait été blessée par un des monstres qui passaient sur le Chemin du Tonnerre. Cœur de Feu se sentait toujours responsable de l'infirmité de son ancienne novice. Mais pendant sa convalescence la malade avait appris à soigner les autres : une lune et demie plus tôt, Croc Jaune s'était décidée à en faire son apprentie. Museau Cendré avait enfin trouvé sa place au sein du Clan.

Il la vit s'avancer cahin-caha vers lui, un gros ballot d'herbes à la gueule. L'air préoccupé, elle ne remarqua même pas le chasseur planté à l'entrée du tunnel. Elle déposa son fardeau sur le sol desséché et se mit à trier les feuilles avec agitation.

« Museau Cendré ? » lança-t-il.

Elle sursauta, surprise.

« Cœur de Feu ! Que fais-tu là ? Tu es malade ?

— Non. Tout va bien ? »

Elle fixa le sol d'un air piteux. Le chat roux la poussa du bout du museau.

« Qu'y a-t-il ? Ne me dis pas que tu as encore renversé de la bile de souris sur la litière de Croc Jaune.

— Non ! répliqua-t-elle, indignée, avant de se recroqueviller sur elle-même. Je n'aurais jamais dû accepter de devenir son apprentie. Je suis archinulle. J'aurais dû comprendre le présage apporté par cet oiseau en décomposition ! »

Le jour où Cœur de Feu était devenu lieutenant, Museau Cendré avait sélectionné par erreur pour Étoile Bleue une pie grouillante de vers sur le tas de gibier.

« Croc Jaune a-t-elle pensé que ce mauvais augure te concernait ? s'enquit le guerrier.

— Euh... Non, admit-elle.

— Alors pourquoi crois-tu que tu n'es pas faite pour devenir guérisseuse ? »

Il avait peur que le présage concerne une autre chatte, au contraire : leur chef, Étoile Bleue. Exaspérée, son amie agita la queue.

« Croc Jaune m'a demandé de lui préparer un cataplasme. Un des plus simples, juste pour nettoyer les plaies. Impossible de me rappeler sa composition, pourtant c'est une des premières techniques qu'elle m'ait enseignée ! Elle va me prendre pour une idiote ! gémit-elle, troublée.

— Tu sais bien que non ! rétorqua-t-il sur un ton rassurant.

— Tu sais, j'enchaîne les bêtises, ces temps-ci ! Hier, j'ai confondu les effets de la digitale et du pavot... Croc Jaune a dit que j'étais un danger pour le Clan tout entier. »

Elle faisait peine à voir.

« Tu sais bien comment elle est, voyons ! la rassura-t-il. C'est une façon de parler. »

Croc Jaune venait du Clan de l'Ombre : exilée par leur chef, elle avait rejoint le Clan du Tonnerre, mais elle montrait encore parfois le tempérament farouche de sa tribu. Si les deux chattes s'entendaient si bien, c'est parce que Museau Cendré avait assez de caractère pour lui tenir tête.

La novice soupira.

« Je n'ai pas les qualités qui font une bonne guérisseuse. Je pensais avoir fait le bon choix en devenant l'élève de Croc Jaune... Je me trompais ! Je n'ai pas assez de mémoire pour y arriver. »

Cœur de Feu se serra contre son flanc.

« Tout ça, c'est à cause de Rivière d'Argent, non ? » murmura-t-il.

Il se souvenait du jour où l'amour caché de Plume Grise, une guerrière du Clan de la Rivière, avait accouché prématurément près des Rochers du Soleil. La jeune mère avait perdu trop de sang pour pouvoir survivre malgré les efforts désespérés de Museau Cendré. Les deux chatons, eux, s'en étaient sortis.

Museau Cendré garda le silence : le chat roux sut qu'il avait vu juste.

« Tu as sauvé ses petits ! s'exclama-t-il.

— Mais pas elle !

— Tu as fait tout ce que tu pouvais. » Il lui donna un coup de langue affectueux sur l'oreille. « Demande simplement à Croc Jaune quelles herbes utiliser pour ton cataplasme. Elle ne te le reprochera pas, tu verras.

— J'espère..., marmonna Museau Cendré, l'air dubitatif, avant de se secouer. Il faut que j'arrête de m'apitoyer sur mon sort !

— Oui, fit-il, moqueur.

— Pardon. » L'apprentie semblait avoir retrouvé un peu de son humour habituel. « Tu n'aurais pas apporté un peu de gibier, par hasard ?

— Non, désolé. Je voulais te parler. Croc Jaune ne t'affame pas, au moins ?

— Non, mais le travail est plus dur que je ne le pensais. Je n'ai pas eu le temps d'aller chasser, aujourd'hui. » Sa curiosité l'emporta. « De quoi voulais-tu me parler ?

— Des petits de Griffe de Tigre. Surtout Patte d'Épines.

— Parce qu'il ressemble à son père ? »

Cœur de Feu fit la grimace. Était-il donc si transparent ?

« Je sais que je ne devrais pas lui en vouloir. C'est juste un chaton. Seulement, quand je l'ai vu, j'ai eu l'impression que Griffe de Tigre en personne me fixait. Je... Je ne pouvais plus bouger. »

Cœur de Feu se racla la gorge, à la fois honteux et soulagé de son aveu.

« J'ai peur de ne jamais pouvoir lui faire confiance.

— Si tu vois Griffe de Tigre à chaque fois que tu le regardes, ce n'est pas étonnant, constata Museau Cendré d'une voix douce. Il faut que tu creuses plus loin que la couleur de sa fourrure, que tu essaies de comprendre qui il est. Ce n'est pas seulement le fils de Griffe de Tigre, ne l'oublie pas. Il tient aussi de Bouton-d'Or. En plus, il ne connaîtra jamais son père. C'est le Clan qui l'élèvera. » Elle marqua une pause. « Toi, plus que quiconque, tu dois savoir qu'on ne peut pas juger un autre animal en fonction de ses origines. »

L'apprentie ne se trompait pas. Cœur de Feu n'avait jamais laissé son passé de chat domestique affecter sa loyauté envers la tribu.

« Le Clan des Étoiles vous a-t-il parlé de Patte d'Épines ? » demanda-t-il.

Selon la coutume, Museau Cendré et Croc Jaune avaient étudié la Toison Argentée le soir de sa naissance.

« Nos ancêtres ne me disent pas tout, tu sais », répondit Museau Cendré, évasive.

Le cœur du chat roux bondit dans sa poitrine. Il connaissait assez bien son amie pour savoir qu'elle lui faisait des cachotteries.

« Mais tu sais quelque chose, pas vrai ? »

Museau Cendré ne se démonta pas.

« Son destin sera aussi déterminant pour la tribu que celui de n'importe quel autre petit », déclara-t-elle d'un ton ferme.

Cœur de Feu savait qu'il ne pourrait pas la convaincre de parler si elle en avait décidé autrement. Autant aborder le deuxième sujet qui le troublait.

« J'ai un autre problème, avoua-t-il. Il faut que je choisisse les mentors des chatons de Plume Blanche.

— Cette décision appartient à Étoile Bleue.

— Elle m'a demandé de le faire à sa place. »

Museau Cendré sembla surprise.

« Pourquoi es-tu si inquiet, alors ? Tu devrais te sentir flatté. »

Flatté ? s'étonna Cœur de Feu, hanté par le regard plein de haine et de confusion que lui avait lancé leur chef un peu plus tôt. Il haussa les épaules.

« Peut-être. Sauf que je ne sais pas qui choisir.

— Tu dois bien avoir une idée.

— Pas la moindre. »

Museau Cendré fronça les sourcils, songeuse.

« Hum ?... Ça t'a fait quel effet quand on t'a nommé mentor la première fois ? »

Cette question prit le chasseur au dépourvu.

« J'étais fier. Et mort de peur. Je voulais à tout prix montrer ce que je valais.

— Parmi nos guerriers, qui a le plus envie de montrer ce qu'il vaut ? »

L'image d'un matou au poil moucheté de brun s'imposa au jeune lieutenant.

« Pelage de Poussière. »

Museau Cendré acquiesça, absorbée dans ses pensées.

« Il rêve d'avoir un novice, continua Cœur de Feu. Comme il était proche de Griffe de Tigre, il doit vouloir prouver sa loyauté au Clan. C'est un bon combattant, et je pense qu'il fera un bon professeur. »

Il avait aussi une autre raison de choisir le matou brun : il se rappelait la jalousie évidente de Pelage de Poussière quand Étoile Bleue lui avait confié l'initiation de Museau Cendré, puis de Nuage de Neige. Obtenir son premier apprenti pourrait peut-être adoucir leurs rapports.

« Et d'un ! » conclut son amie.

Avec elle, les choses les plus compliquées paraissent faciles, songea Cœur de Feu.

« Bon, et le deuxième ? lui demanda Museau Cendré.

— Le deuxième quoi ? » intervint Croc Jaune d'une voix rauque.

La vieille reine à la robe gris foncé sortait du tunnel de fougères. Le guerrier se retourna pour la saluer. Elle avait la fourrure aussi emmêlée que d'habitude, comme si soigner la tribu ne lui laissait pas le temps de faire sa toilette, mais ses yeux ambrés remarquaient le moindre détail.

« Étoile Bleue a demandé à Cœur de Feu de choisir les futurs mentors des petits de Plume Blanche, annonça sa cadette.

— Ah bon ? Tu as des idées ?

— On a déjà choisi Pelage de Poussière..., répondit-il.

— "On" ? Qui ça, "on" ? s'indigna Croc Jaune.

— Museau Cendré m'a un peu aidé..., avoua-t-il.

— Je suis certaine qu'Étoile Bleue sera ravie d'apprendre qu'une chatte qui vient à peine de commencer sa formation prend de telles décisions pour le Clan ! s'exclama Croc Jaune avant de se tourner vers son élève. Tu as fini de préparer ce cataplasme ? »

L'apprentie ouvrit la bouche pour répliquer, mais se ravisa et préféra retourner sans un mot au tas d'herbes, au milieu de la clairière.

Croc Jaune soupira.

« Ça fait plusieurs jours que cette petite ne m'a pas remise à ma place ! se plaignit-elle. Je me souviens d'un temps où je n'arrivais pas à en placer une. J'ai hâte qu'elle redevienne elle-même ! Bon, où en étions-nous ?

— On essayait de désigner le deuxième mentor, rétorqua le lieutenant sans enthousiasme.

— Qui n'a pas encore d'élève ?

— Euh... Tempête de Sable. »

Il se sentait coupable d'accorder un apprenti à Pelage de Poussière sans en donner un à sa camarade. Après tout, les deux félins s'étaient entraînés côte à côte ; ils avaient été faits guerriers ensemble, d'ailleurs.

« Tu penses qu'il serait sage de nommer deux mentors inexpérimentés à la fois ? lui fit remarquer la guérisseuse.

— Non, tu as raison.

— Alors qui n'a pas encore d'apprentie parmi les combattants les plus aguerris ? »

Éclair Noir, reconnut-il à contrecœur. Celui-ci faisait autrefois partie du cercle des intimes de Griffe de Tigre, même s'il avait choisi de ne pas suivre le traître dans son exil. Il n'avait témoigné que de la haine à Cœur de Feu depuis son arrivée au camp. Si l'ancien chat domestique l'écartait de sa liste, on pourrait croire à une vengeance, car Éclair Noir était un des candidats désignés au poste.

Toujours aussi douée pour déchiffrer les expressions de son visage, Croc Jaune déclara alors :

« Très bien, c'est décidé. Ça t'ennuierait de nous laisser travailler, maintenant ? On est très occupées. »

Il se releva, soulagé d'avoir pu choisir les deux mentors mais encore un peu inquiet : si la fidélité des deux chats à la tribu ne faisait pas le moindre doute, leur loyauté envers lui était beaucoup plus incertaine.

CHAPITRE 3

« Tu as vu Nuage de Neige ? » lança Cœur de Feu à Nuage d'Épines, l'apprenti de Poil de Souris, en sortant du tunnel de fougères.

Le mâle brun doré qui trottait vers le tas de gibier, deux campagnols à la bouche, lui fit signe que non. Le jeune lieutenant serra les dents, contrarié. Son neveu aurait dû être rentré depuis des éternités.

« Très bien. Apporte ce gibier directement aux anciens », ordonna-t-il à l'apprenti, qui acquiesça d'une voix étouffée avant de s'éloigner.

La queue de Cœur de Feu se hérissa. Mais sa peur l'emportait sur sa colère. *Et si Griffe de Tigre lui était tombé dessus ?* De plus en plus affolé, il fila jusqu'à la tanière d'Étoile Bleue. Il comptait lui donner le nom des deux élus avant de partir chercher Nuage de Neige.

Devant le rideau de lichen, il ne chercha pas à se rendre plus présentable ; il se contenta d'annoncer son arrivée et entra aussitôt qu'Étoile Bleue l'y invita. Elle était là où il l'avait laissée, couchée sur sa litière, l'air distrait. Il s'inclina.

« Je pense que Pelage de Poussière et Éclair Noir feront de bons mentors, Étoile Bleue. »

Celle-ci se redressa.

« Très bien », répondit-elle d'une voix morne.

On dirait qu'elle n'en a rien à faire, constata Cœur de Feu, dépité.

« Dois-je te les envoyer pour que tu leur apprennes la bonne nouvelle ? lui demanda-t-il. Ils sont de sortie, mais dès qu'ils rentreront, je peux...

— Ils sont à la chasse ? » Les moustaches de leur chef frémirent. « Tous les deux ?

— Ils sont partis en patrouille, lui expliqua-t-il, mal à l'aise.

— Et Tornade Blanche ?

— Il est sorti entraîner Nuage Blanc.

— Où est Poil de Souris ?

— À la chasse avec Poil de Fougère et Tempête de Sable.

— Reste-t-il un seul guerrier au camp ? » s'écria-t-elle, les muscles crispés.

Le cœur du chat roux se serra. Que craignait-elle ? Ensuite, il repensa à Nuage de Neige et aux craintes qu'il avait éprouvées le matin même dans la forêt silencieuse. Il s'efforça de rester calme et de rassurer Étoile Bleue.

« La patrouille ne devrait pas tarder à rentrer. Et je suis toujours là.

— Pas la peine de me materner ! Je ne suis pas un chaton effrayé ! » jeta-t-elle.

Cœur de Feu se recroquevilla.

« Ne sors pas avant le retour de la patrouille, continua-t-elle. Nous avons été attaqués deux fois au cours de la dernière lune. Je veux que le camp soit gardé en permanence. Par au moins trois guerriers. »

Il frissonna, incapable de regarder Étoile Bleue en face. Il avait peur de ne pas la reconnaître.

« Très bien, murmura-t-il.

— Quand Éclair Noir et Pelage de Poussière seront rentrés, envoie-les-moi. Je veux leur parler avant la cérémonie.

— Compris.

— Allez, file ! »

Elle agitait la queue avec impatience, comme si le moindre instant perdu mettait la survie du Clan en péril.

Une fois dehors, il s'assit à l'ombre du Promontoire pour se lécher la patte. Que faire ? Le cœur battant, il brûlait de filer dans les bois à la recherche de Nuage de Neige, mais son chef lui avait ordonné de rester là.

C'est alors qu'il entendit des félins traverser le tunnel d'ajoncs et sentit les odeurs familières d'Éclair Noir, Vif-Argent et Pelage de Poussière.

Il les vit surgir à l'entrée, accablés par la chaleur. Maintenant, il pouvait partir chercher son neveu ! Il se précipita à leur rencontre.

« Comment s'est passée la patrouille ?

— Aucun signe des autres Clans, annonça Vif-Argent.

— En revanche, on a croisé la piste de ton apprenti aux abords de la ville, ajouta Éclair Noir.

— Vous l'avez vu ? s'enquit le chat roux, l'air de rien.

— Non..., répliqua Pelage de Poussière, un sourire narquois aux lèvres. J'imagine qu'il cherchait des oiseaux dans les jardins des Bipèdes. Ils ont meilleur goût là-bas, sans doute... »

Cœur de Feu fit la sourde oreille.

« Les traces étaient fraîches ? demanda-t-il à Vif-Argent.

— Plutôt, oui. Mais on les a perdues au retour. »

Au moins, le jeune lieutenant savait par où commencer ses recherches. Il se racla la gorge.

« Éclair Noir et Pelage de Poussière ! Étoile Bleue veut vous voir dans sa tanière. »

Pourvu qu'elle se comporte normalement ! s'inquiéta-t-il. *Je devrais peut-être les accompagner, au cas où ?* Soudain, il remarqua que Vif-Argent repartait avec Nuage d'Épines vers l'entrée du camp.

« Où vas-tu ? » lui cria-t-il, inquiet.

Le chef du Clan du Tonnerre voulait trois combattants sur place en permanence : il ne pouvait pas aller chercher son apprenti si le chasseur lui faussait compagnie.

« J'ai promis à Poil de Souris d'enseigner à Nuage d'Épines la chasse aux écureuils cet après-midi, rétorqua l'animal par-dessus son épaule, l'air étonné.

— Mais je... »

La phrase du chat roux resta en suspens. Il ne put se résoudre à leur confier ses inquiétudes. Il s'ébroua.

« Rien... », termina-t-il, piteux.

En voyant l'apprenti suivre le guerrier dans le tunnel d'ajoncs sans protester, Cœur de Feu se sentit soudain coupable : pourquoi ne pouvait-il pas inspirer ce genre de dévouement à Nuage de Neige ?

Le reste de l'après-midi traîna en longueur. Cœur de Feu s'installa près du bouquet d'orties, devant le gîte des guerriers, et tendit l'oreille en espérant le retour de Nuage de Neige. Ses craintes s'étaient un peu apaisées depuis sa conversation avec la patrouille – les trois félins avaient croisé la piste de l'apprenti, mais pas celle d'éventuels intrus.

Quand le soleil commença à descendre derrière les arbres, l'expédition de chasse rentra à son tour. Tornade Blanche et Nuage Blanc les suivirent, sans doute tirés de la combe d'entraînement par l'odeur du repas. Longue Plume et Nuage Agile ne tardèrent pas non plus. Pourtant toujours aucun signe de Nuage de Neige.

Même si les proies ne manquaient pas, pas un chat ne s'approcha du tas de gibier. La nouvelle de la cérémonie s'était répandue. Cœur de Feu entendit Nuage d'Épines, Nuage Blanc et Nuage Agile chuchoter d'un air excité devant leur repaire. Quand Étoile Bleue sortit de son antre, ils se turent, aussitôt attentifs.

Le chef du Clan du Tonnerre sauta sur le Promontoire avec aisance. Pas de doute : ses blessures semblaient guéries. *Bonne ou mauvaise nouvelle ?* se demanda le guerrier roux. *Pourquoi son esprit ne s'est-il pas remis aussi vite que son corps ?* Le cœur battant, il la vit se redresser de toute sa hauteur pour appeler la tribu à se réunir d'une voix éraillée, comme si elle gardait le silence depuis trop longtemps. Pourtant, en entendant l'appel familier, Cœur de Feu sentit sa confiance revenir.

Le soleil sur le déclin allumait des reflets d'incendie dans sa robe rousse ; il pensa à sa propre cérémonie d'initiation, le jour de son arrivée au Clan. Fièrement, il prit la place qui revenait au lieutenant sous le Promontoire. Le reste de la tribu se disposa en arc de cercle autour du rocher. Assis au premier rang, très calme, Éclair Noir regardait droit devant lui. La silhouette raide de Pelage de Poussière, rayonnant, se dressait à sa droite.

« Nous sommes réunis ici aujourd'hui pour baptiser deux nouveaux apprentis », commença Étoile Bleue sur un ton cérémonieux.

Plume Blanche était postée sur le côté, entourée des deux chatons gris. Cœur de Feu reconnaissait à peine les félins turbulents qu'il avait vus jouer dans la pouponnière un peu plus tôt. Ils paraissaient beaucoup plus petits dehors, avec leurs poils bien lissés. L'une des deux, Nuage de Bruyère, se tourna vers sa mère, fiévreuse, les moustaches tremblantes. Le plus gros raclait le sol de ses pattes.

Un grand silence s'installa.

« Avancez-vous », leur ordonna Étoile Bleue qui dominait l'assemblée.

Côte à côte, les deux bêtes s'approchèrent du Promontoire en retenant leur souffle. Leur fourrure tachetée de gris était toute hérissée.

« Pelage de Poussière, entonna leur chef. Tu seras le mentor de Nuage de Granit. »

Le guerrier alla se camper à côté de son élève.

« Pelage de Poussière, reprit la chatte, c'est ton premier apprenti. Partage avec lui ton courage et ta détermination. Je sais que tu feras du bon travail, mais n'hésite pas à te tourner vers les anciens pour leur demander conseil. »

Fier comme un paon, le guerrier effleura le nez

de Nuage de Granit, qui suivit son professeur jusqu'au premier rang en ronronnant.

Tremblante, sa sœur resta seule au centre de la clairière. Son regard croisa celui de Cœur de Feu, qui remua les moustaches pour la rassurer. Elle sembla se raccrocher à ce geste comme si elle se noyait.

« Éclair Noir... », reprit Étoile Bleue.

Elle s'interrompit : une expression d'angoisse passa très brièvement sur son visage. Le chat roux n'osait plus respirer. Par bonheur, elle se reprit aussitôt et continua :

« Tu seras le mentor de Nuage de Bruyère. »

La petite sursauta et fit volte-face ; le grand matou au poil tigré s'avança vers elle.

« Éclair Noir, tu es aussi intelligent qu'audacieux. Transmets ces qualités à ton apprentie.

— Bien sûr », promit le chasseur à leur chef.

Il voulut toucher le museau de Nuage de Bruyère, qui se recroquevilla l'espace d'un instant avant d'accepter son geste. En suivant son professeur jusqu'au premier rang, elle jeta un coup d'œil inquiet à Cœur de Feu, qui agita la queue d'un air encourageant.

Les autres félins se regroupèrent autour des deux nouveaux apprentis en les appelant par leur nouveau nom pour les féliciter. Leur lieutenant s'apprêtait à se joindre à eux quand il vit une silhouette blanche se glisser dans le camp. Nuage de Neige rentrait enfin ! Le lieutenant se rua vers son neveu.

« Où étais-tu ? »

L'animal posa le rongeur qu'il portait.

« À la chasse.

— C'est tout ce que tu as pu trouver ? Tu te débrouillais mieux à la saison des neiges ! »

Son neveu haussa les épaules.

« C'est mieux que rien.

— Et le pigeon que tu as attrapé ce matin ? grinça Cœur de Feu.

— Tu ne l'as pas rapporté toi-même ?

— C'était ta proie, pas la mienne ! »

Le petit s'assit, la queue enroulée autour des pattes.

« J'irai le chercher demain matin, répondit-il.

— C'est ça, rétorqua le chat roux, exaspéré par cette apparente indifférence. Et jusque-là, tu n'auras pas le droit de manger. Va mettre ton rat sur le tas de gibier. »

Le garnement haussa de nouveau les épaules avant de s'exécuter. Son oncle tourna les talons, furieux, et tomba nez à nez avec Tornade Blanche.

« Il finira bien par apprendre, murmura l'ancien.

— J'espère ! »

Avec diplomatie, le vieux combattant changea de sujet.

« Tu as établi la composition de la patrouille de l'aube ? »

Cœur de Feu hésita. Trop occupé à s'inquiéter pour Nuage de Neige, il n'avait encore réfléchi à aucune des tâches du lendemain.

« Prends ton temps, déclara Tornade Blanche. Ce n'est pas pressé.

— Je m'en occupe, décida le matou. Longue Plume et Poil de Souris viendront avec moi.

— Bonne idée. Tu veux que je le leur annonce ? »

Le chasseur blanc désigna le tas de gibier, près duquel les félins commençaient à se réunir.

« Oui, s'il te plaît. »

Cœur de Feu, qui mourait de faim, s'apprêtait à suivre le grand guerrier quand il remarqua une petite silhouette blanche au milieu de l'attroupement de chats affamés. Son apprenti avait désobéi à ses ordres ! Il prenait sa part de gibier ! Malgré la fureur qui s'était emparée de lui, le jeune lieutenant resta immobile, les pattes lourdes. Il ne voulait pas se disputer avec Nuage de Neige devant toute la tribu.

Une grosse souris à la gueule, le galopin buta brusquement contre le flanc de Tornade Blanche. Le vétéran le fixa d'un air sévère et lui murmura quelques mots inaudibles. Aussitôt, le fautif lâcha sa proie et détala vers sa tanière, la queue basse.

Le félin roux se détourna, honteux de ne pas être intervenu le premier. Il n'avait plus faim. Impatient de demander conseil en la matière à son ancien mentor, Étoile Bleue, il la trouva étendue sous un bouquet de fougères à côté du gîte des guerriers. Elle mâchonnait une grive sans enthousiasme, l'air hagard. Une terrible tristesse serra la poitrine de Cœur de Feu quand elle se redressa péniblement pour rentrer dans son antre en abandonnant son dîner inachevé.

CHAPITRE 4

CETTE NUIT-LÀ, LES RÊVES DE CŒUR DE FEU furent traversés par une douce présence. Une chatte écaille-de-tortue aux yeux ambrés sortit des ombres de la forêt pour s'approcher de lui. En voyant Petite Feuille, il sentit une vieille douleur se réveiller dans sa poitrine. Il pleurait toujours la mort de la guérisseuse, survenue de nombreuses lunes plus tôt. Cependant, au lieu d'effleurer sa joue du bout du museau comme elle le faisait toujours, elle tourna les talons et s'éloigna. Surpris, il la suivit, vite obligé de la pourchasser à travers bois. Il avait beau l'appeler, elle restait hors d'atteinte, sourde à ses cris.

Sans prévenir, une silhouette gris foncé surgit de derrière un arbre. Étoile Bleue, car c'était elle, avait une expression de terreur pure sur le visage. Il essaya de l'éviter sans perdre Petite Feuille de vue, mais Nuage de Neige sortit d'un bouquet de fougères, se jeta sur lui et le renversa. Le souffle coupé, le chat roux sentit qu'on l'observait : Tornade Blanche l'épiait, perché dans un arbre.

Cœur de Feu se releva d'un bond pour reprendre sa course. Toujours indifférente à son appel, Petite

Feuille se trouvait désormais à plusieurs longueurs devant lui. À présent, il était obligé de se faufiler au milieu du Clan tout entier, venu s'attrouper autour du chemin. Les félins poussaient des hurlements indistincts qui formaient un concert assourdissant de miaulements, de questions, de critiques et de supplices. Le bruit enfla jusqu'à noyer ses propres cris ; même si elle écoutait, Petite Feuille ne pouvait plus l'entendre. Une voix se détacha du brouhaha. C'était Tornade Blanche.

« Cœur de Feu ! Poil de Souris et Longue Plume t'attendent. Réveille-toi ! »

À moitié endormi, le chat roux se redressa.

« Q... Quoi ? » bafouilla-t-il.

La lumière diffuse du petit matin inondait le gîte des chasseurs. Debout sur la litière vide où Plume Grise dormait autrefois, le vétéran répéta :

« La patrouille t'attend. Et Étoile Bleue veut te voir avant ton départ. »

Le lieutenant s'ébroua, encore terrifié par son cauchemar. L'attitude de Petite Feuille – habituellement toujours très proche de lui dans ses rêves – semblait inexplicable. Avait-elle décidé de l'abandonner ?

Cœur de Feu s'étira, les pattes tremblantes.

« Dis à Poil de Souris et Longue Plume que je les rejoins aussi vite que possible. »

Cœur de Feu se faufila en vitesse entre les corps endormis des autres combattants. Plume Blanche dormait près du mur de la tanière, à côté de Pelage de Givre. Depuis que leurs petits avaient quitté la pouponnière, les deux chattes étaient retournées à leur vie de guerrières.

Le félin roux se retrouva dans la clairière. Même si le soleil se cachait encore derrière les arbres, il faisait déjà chaud. La verdure de la forêt, au sommet du ravin, l'invitait à partir à l'aventure. Les odeurs familières l'aidèrent à refouler l'angoisse de son rêve ; ses muscles raidis se détendirent un peu.

Longue Plume et Poil de Souris l'attendaient à l'entrée du camp. Il leur fit un petit signe et fila vers le repaire d'Étoile Bleue. Que pouvait-elle lui vouloir si tôt dans la journée ? Voulait-elle lui confier une mission spéciale ? C'était peut-être un signe qu'elle se sentait mieux !

« C'est moi ! s'écria-t-il gaiement devant la caverne.

— Entre ! »

Étoile Bleue semblait pleine d'entrain ; l'espoir enfla la poitrine du guerrier. À l'intérieur, elle faisait les cent pas sur le sol sablonneux. Il dut se presser contre le mur pour l'éviter.

« Il faut que j'aille partager les rêves du Clan des Étoiles, déclara-t-elle. Je dois me rendre à la Pierre de Lune. »

Elle parlait du rocher scintillant caché dans une grotte souterraine au-delà du territoire du Clan du Vent, loin en direction du soleil couchant.

« Tu veux aller aux Hautes Pierres ? s'exclama-t-il, estomaqué.

— Tu connais une autre Pierre de Lune que celle-là ? » rétorqua-t-elle avec impatience.

Elle continuait d'aller et venir sans répit.

« Voyons, c'est tellement loin ! Tu es sûre que tu pourras y arriver ? bredouilla-t-il.

« — Il faut que je parle à nos ancêtres ! » insista-t-elle.

Elle s'arrêta net, l'air concentré.

« Et je veux que tu viennes aussi. Tornade Blanche s'occupera de la tribu en notre absence. »

L'inquiétude de Cœur de Feu augmenta encore.

« Qui d'autre nous accompagne ?

— Personne », répliqua-t-elle d'une voix grave.

Cœur de Feu frissonna. Le ton sinistre de la chatte le décontenançait ; on aurait dit qu'elle pensait que sa survie dépendait de l'expédition.

« Mais c'est plutôt dangereux de voyager seuls, non ? » se hasarda-t-il à faire remarquer.

Étoile Bleue le fixa d'un air glacial avant de grincer :

« Tu veux emmener d'autres guerriers ? Pourquoi ? »

La bouche sèche, il tenta de garder son calme :

« Et si on nous attaque ?

— Tu me protégeras. Non ?

— Au péril de ma vie ! » lui promit le chat roux, solennel.

Quoi qu'il pense du comportement d'Étoile Bleue, sa loyauté resterait inébranlable. Ces paroles semblèrent rassurer la reine grise, qui s'assit en face de lui.

« Tant mieux. »

Il se dandina d'une patte sur l'autre, hésitant.

« Que fais-tu du Clan du Vent et du Clan de l'Ombre ? Tu parlais toi-même hier du danger qu'ils représentaient. »

Elle acquiesça, pensive.

« Il faudra qu'on traverse le territoire du Clan du Vent pour rallier les Hautes Pierres... », reprit-il.

Elle se leva d'un bond.

« Je dois absolument parler aux guerriers d'autrefois ! jeta-t-elle, l'échine hérissée. Pourquoi essaies-tu de m'en dissuader ? Si tu ne viens pas, j'irai seule ! »

Il n'avait pas le choix.

« Très bien, je t'accompagne.

— Parfait, répondit-elle, un peu radoucie. Il nous faudra des herbes pour nous donner de la force pendant le voyage. Je vais aller en réclamer à Croc Jaune. »

Elle se dirigea vers l'entrée de la caverne.

« On part maintenant ? demanda Cœur de Feu, oppressé.

— Oui », répliqua-t-elle sans ralentir l'allure.

Il la suivit à la hâte.

« Mais je devais prendre la tête de la patrouille de l'aube ! protesta-t-il.

— Qu'ils partent sans toi !

— Compris. »

Elle disparut parmi les fougères qui menaient à l'antre de la guérisseuse. Très mal à l'aise, il alla rejoindre Longue Plume et Poil de Souris à l'entrée du camp. L'un agitait la queue avec irritation tandis que l'autre, couchée sur le ventre, guettait son arrivée les yeux mi-clos.

« Que se passe-t-il ? s'inquiéta le guerrier à la fourrure crème. Pourquoi Étoile Bleue va-t-elle voir Croc Jaune ? Elle est malade ?

— Elle va chercher des herbes pour notre voyage, lui expliqua Cœur de Feu. Elle veut parler au Clan des Étoiles, alors on se rend à la Pierre de Lune.

— C'est très loin d'ici, souligna Poil de Souris, qui s'était redressée. Est-ce une bonne idée ? Étoile Bleue est sans doute encore affaiblie par l'attaque des chats errants. »

Pleine de tact, Poil de Souris passa sous silence la part prise par Griffe de Tigre dans la conspiration.

« Elle m'a dit que nos ancêtres l'avaient convoquée, lui répondit le félin roux.

— Qui d'autre vous accompagne ? demanda Longue Plume.

— Personne.

— Je peux venir avec vous, si tu veux... », lui proposa la guerrière.

À son grand regret, il dut décliner cette offre. La bouche de son vieux rival se tordit, méprisante.

« Tu crois que tu peux la protéger seul ? Tu es peut-être notre lieutenant, mais tu n'es pas Griffe de Tigre !

— Heureusement ! » s'exclama Tornade Blanche, qui approchait.

Il avait dû entendre toute la conversation, car il ajouta :

« Ils seront moins repérables s'ils ne voyagent qu'à deux. Même s'ils ont le droit de traverser le territoire du Clan du Vent librement pour se rendre aux Hautes Pierres, ils risquent d'être considérés comme une menace s'ils sont plus nombreux. »

Si Poil de Souris semblait convaincue, Longue Plume préféra faire la sourde oreille. Cœur de Feu remercia son camarade d'un signe de la queue. De la tanière de la guérisseuse s'élevèrent alors des cris pressants :

« Croc Jaune ! criait leur chef.

— Va la rejoindre, chuchota Tornade Blanche. Je te remplace.

— En fait Étoile Bleue veut que tu t'occupes du Clan pendant notre absence, expliqua le guerrier roux.

— Dans ce cas, je resterai ici pour organiser les expéditions de chasse. Poil de Souris mènera la patrouille.

— Parfait, confirma le jeune félin, qui s'efforçait de cacher son trouble. Que Nuage d'Épines vous accompagne ! » ordonna-t-il à la chatte, qui s'inclina.

Il prit aussitôt la poudre d'escampette.

« J'imagine qu'il te faut aussi des herbes pour le voyage », lança Croc Jaune quand il sortit du tunnel de fougères.

Très calme, la vieille guérisseuse trônait au milieu de la clairière. Étoile Bleue, quant à elle, allait et venait avec agitation, perdue dans ses pensées.

« Oui, s'il te plaît », répondit-il.

Museau Cendré s'extirpa en boitant du repaire et se précipita vers son mentor sans même prendre le temps de saluer Cœur de Feu.

« Laquelle est la camomille ? souffla-t-elle à l'oreille de Croc Jaune.

— Tu devrais le savoir ! »

Les oreilles de l'apprentie tressaillirent.

« J'avais un doute. J'ai juste voulu vérifier. »

Son aînée soupira, se releva et s'approcha du pied

du rocher, où plusieurs petits tas d'herbes étaient alignés.

Immobile à présent, Étoile Bleue fixait le ciel en humant l'air, une expression de méfiance sur le visage. Le jeune lieutenant rejoignit Croc Jaune.

« La camomille ne nous servira à rien..., chuchota-t-il.

— Plus que de force physique, c'est d'un remède pour apaiser son cœur dont notre chef a besoin. » Elle fronça le museau, méprisante. « J'espérais l'ajouter aux autres pousses sans alerter tout le camp ! » Elle désigna l'une des piles de la patte. « Voilà la camomille.

— Oui, ça m'est revenu, reconnut son élève d'une voix douce.

— Trop tard ! Une guérisseuse n'a pas le temps de douter. Concentre-toi sur le présent et cesse de ruminer le passé. Ton Clan compte sur toi, alors arrête de tergiverser ! »

Pauvre Museau Cendré ! Cœur de Feu aurait voulu la réconforter, mais elle refusait d'affronter son regard. Elle s'absorba au contraire dans la préparation des concoctions : elle prélevait de petites quantités d'herbe dans chaque tas et les mélangeait sous la surveillance de son mentor.

Derrière eux, Étoile Bleue avait recommencé son manège.

« Ce sera prêt quand ? » demanda-t-elle d'une voix irritée.

Le chat roux alla la rassurer.

« Très bientôt, lui dit-il. Ne t'inquiète pas. Nous serons aux Hautes Pierres au coucher du soleil. »

L'apprentie choisit ce moment pour leur apporter à chacun un ballot de feuilles.

« Voilà les tiennes, annonça-t-elle avant de déposer un paquet aux pieds de leur chef. Et ça, c'est pour toi », conclut-elle en montrant l'autre à Cœur de Feu.

Il n'avait pas encore fini de se lécher les babines pour se débarrasser du goût amer des herbes qu'Étoile Bleue agitait la queue pour donner le signal du départ. Autour d'eux, le camp commençait à se réveiller. À peine sortie de la pouponnière, Fleur de Saule clignait des paupières dans la lumière aveuglante, tandis que Pomme de Pin prenait le soleil devant le chêne abattu.

« Hé ! »

Quand il entendit cette petite voix derrière lui, le jeune lieutenant soupira. Nuage de Neige, car c'était lui, se rua hors de son gîte, la fourrure ébouriffée après une longue nuit de sommeil.

« Vous allez où ? Je peux venir ? »

Son oncle fit halte à l'entrée du tunnel d'ajoncs.

« Tu n'avais pas un pigeon à aller chercher ?

— Il peut attendre ! Je parie qu'une chouette l'a déjà emporté, de toute façon. Laisse-moi venir, s'il te plaît !

— Les chouettes mangent leurs proies *vivantes* ! » rectifia le mentor exaspéré.

Il vit Vif-Argent sortir de la tanière des guerriers, l'air à moitié endormi, et lui cria :

« Tu pourrais t'occuper de mon apprenti, ce matin ?

— D'accord... », accepta sans enthousiasme celui

qui était parti gaiement la veille enseigner à Nuage d'Épines les finesses de la chasse à l'écureuil.

Pas de doute, Vif-Argent n'appréciait pas vraiment Nuage de Neige, et comment l'en blâmer ? Le garnement ne faisait pas beaucoup d'efforts pour gagner le respect des chats du Clan.

« Ce n'est pas juste ! geignit le novice. Je suis allé chasser hier ! Je ne peux pas venir avec toi ?

— Non. Aujourd'hui, tu resteras avec Vif-Argent ! » rétorqua Cœur de Feu.

Et, sans laisser à son neveu le temps de protester, il se lança à la poursuite d'Étoile Bleue.

CHAPITRE 5

Étoile Bleue avait atteint le sommet du ravin quand Cœur de Feu la rattrapa. Elle prit le temps de renifler les environs avant de se glisser dans les bois. Il remarqua avec soulagement qu'elle semblait beaucoup plus détendue maintenant qu'ils avaient quitté le camp.

Quand elle prit la direction du territoire du Clan de la Rivière, il fronça les sourcils. Ce n'était pas la route la plus courte vers les Quatre Chênes et les hauts plateaux, mais il ne lui posa aucune question. Il se dit même qu'il arriverait peut-être à apercevoir Plume Grise sur l'autre rive.

Juste au nord des Rochers du Soleil, les deux félins rejoignirent la frontière, qu'ils longèrent vers l'amont. Une chaude brise leur apportait les parfums de la lande. De l'autre côté d'un petit rideau de fougères, la rivière murmurait. Cœur de Feu tendit le cou pour voir l'eau scintiller sous les arbres, jaspée de lumière. Les feuilles luisaient d'un éclat ardent là où les rayons perçaient le lourd feuillage de la forêt. Même à l'ombre, la chaleur était étouffante. Il rêvait de plonger dans l'eau comme un des chats du Clan de la Rivière, histoire de se rafraîchir.

Le cours d'eau finit par s'incurver et s'enfoncer en territoire ennemi. Étoile Bleue poursuivit son chemin. Le lieutenant roux épiait la présence d'éventuels éclaireurs, inquiet de voir surgir une patrouille mais ravi à l'idée de tomber sur son vieil ami. La chatte rasait la frontière de très près, quitte à la traverser de temps à autre au gré des accidents du terrain. Comment le Clan de la Rivière réagirait-il s'il les trouvait ici ? Les deux tribus avaient failli entrer en guerre à cause des petits de Rivière d'Argent. Le conflit n'avait été évité que grâce à la décision de Plume Grise de passer à l'ennemi pour suivre ses chatons.

Soudain la reine grise tomba en arrêt et leva le museau pour mieux renifler. Elle se plaqua au sol, aussitôt imitée par Cœur de Feu, qui se cacha derrière un bouquet d'orties.

« Ils sont là ! » le prévint-elle à voix basse.

Il décelait leur présence, cette fois. Il sentit son échine se hérisser au fur et à mesure que l'odeur se rapprochait. Il entendait les broussailles craquer. Lentement, il se releva pour guetter une robe grise entre les arbres, le cœur battant. Très concentrée, sa compagne retenait sa respiration. *Est-ce qu'elle espérait voir Plume Grise, elle aussi ?* se demanda-t-il. Il n'y avait pas pensé avant, mais peut-être voulait-elle effectivement croiser des chasseurs ennemis.

Soudain, il eut une illumination : ses petits ! De nombreuses lunes auparavant, elle avait confié les deux chatons qu'elle venait de mettre au monde à leur père, un guerrier du Clan de la Rivière.

L'ambition d'Étoile Bleue et sa loyauté à sa tribu l'avaient empêchée de les élever elle-même. Aujourd'hui encore, Pelage de Silex et Patte de Brume ignoraient tout de leur mère. Elle, en revanche, ne les avait jamais oubliés – même si seul Cœur de Feu connaissait son secret.

Il se tapit dans les broussailles sitôt qu'il aperçut une forme fauve entre les arbres. À l'odeur, il reconnut Taches de Léopard, le lieutenant du Clan de la Rivière.

Étoile Bleue ne faisait plus aucun mouvement. Le bruissement des branches augmentait de plus en plus. La respiration du matou s'accéléra. Que se passerait-il si on les découvrait si près de la frontière ?

D'un seul coup, les bruits cessèrent. Immobile, Étoile Bleue se doutait de quelque chose. Alors que son chef ne réagissait pas et qu'il s'apprêtait à révéler leur présence d'un signe de la queue, la reine grise lui souffla à l'oreille :

« Viens, il vaut mieux rester à bonne distance. »

Cœur de Feu soupira, soulagé. Les oreilles couchées en arrière et les pattes fléchies, il la suivit à l'abri.

« Taches de Léopard se déplace beaucoup trop bruyamment. On devait l'entendre jusqu'à l'autre bout de la forêt ! » s'exclama-t-elle au bout d'un instant.

Il sursauta, surpris par son assurance.

« C'est une bonne guerrière, mais elle se laisse distraire trop facilement, reprit-elle avec calme et autorité. La proie qu'elle traquait l'intéressait plus que sa mission de reconnaissance. »

Trop inquiet, il n'avait pas remarqué l'odeur de lapin qui flottait dans l'air !

« Ça me rappelle le temps où je supervisais ton entraînement... », soupira-t-elle.

Elle s'était enfoncée dans les bois ensoleillés. Il courut pour la rattraper.

« Moi aussi ! répondit-il.

— Tu apprenais vite. J'ai fait le bon choix, le jour où je t'ai proposé de rejoindre mon Clan », murmura-t-elle sans cacher sa fierté.

Il s'inclina, touché.

« Toutes les tribus te sont redevables, continua-t-elle. Tu as chassé Plume Brisée du Clan de l'Ombre, ramené le Clan du Vent d'exil, aidé le Clan de la Rivière pendant les inondations, et protégé le Clan du Tonnerre de Griffe de Tigre. Aucun autre guerrier n'a ton sens de la justice, ta loyauté ou ton courage... »

Cœur de Feu commençait à se sentir un peu mal à l'aise.

« La tribu entière respecte le code du guerrier, comme moi ! objecta-t-il. Ils se sacrifieraient jusqu'au dernier pour vous protéger, toi et le Clan. »

Elle fit halte, se retourna.

« Toi seul as osé t'opposer à Griffe de Tigre ! lui rappela-t-elle.

— Mais personne d'autre ne savait ce dont il était capable ! »

Pendant son initiation, Cœur de Feu avait découvert que le vétéran respecté de tous était l'assassin de l'ancien lieutenant du Clan, Plume Rousse. Cependant, impossible de prouver ces dires avant que le traître ne tombe le masque, le jour où

78

il avait attaqué le camp avec sa troupe de chats errants.

« Plume Grise connaissait la vérité ! rétorqua-t-elle, furieuse. Pourtant c'est toi qui m'as sauvé la vie... »

Les oreilles du félin roux frémirent. Il chercha en vain les mots pour la rassurer. À part lui – et Tornade Blanche, sans doute –, Étoile Bleue ne faisait plus confiance à personne. Les dégâts causés par Griffe de Tigre étaient inimaginables : il avait altéré le jugement de leur chef !

« Dépêchons-nous ! » lança la reine, qui s'engagea entre les arbres d'un pas rigide, l'échine hérissée.

Saisi d'un long frisson, il se recroquevilla sur lui-même. Bien que le temps soit au beau fixe, il lui sembla qu'une ombre menaçante pesait désormais sur leur expédition.

Ils atteignirent les Quatre Chênes au moment où le soleil commençait à poindre au-dessus des arbres. Cœur de Feu dévala derrière son ancien mentor le flanc de la vallée plantée de quatre grands chênes où les Clans se retrouvaient à chaque pleine lune pour une seule nuit de trêve. Les deux bêtes contournèrent le Grand Rocher, d'où les chefs s'adressaient à l'Assemblée, et attaquèrent l'autre pente.

La colline herbeuse se faisait de plus en plus abrupte et rocailleuse ; le guerrier remarqua que sa compagne peinait à maintenir l'allure. Elle grognait en sautant de pierre en pierre – il dut même ralentir pour ne pas la dépasser.

Au sommet de la crête, Étoile Bleue s'assit, hors d'haleine.

« Ça va aller ? lui demanda-t-il.

— Ce n'est plus de mon âge... », haleta-t-elle.

Cœur de Feu grimaça. Il lui semblait que les blessures physiques de la dernière bataille étaient guéries. D'où venait donc cette faiblesse soudaine ? Elle paraissait plus vieille, plus fragile que jamais. *C'est peut-être simplement la chaleur*, se dit-il. *Après tout, sa fourrure est plus épaisse que la mienne.*

Tandis que la chatte reprenait son souffle, il contempla avec nervosité les hauts plateaux couverts d'ajoncs et de bruyères. Le territoire adverse s'étendait à perte de vue sous un ciel sans nuages. Ici, il se sentait encore plus mal à l'aise que près de la rivière, un peu plus tôt. Le Clan du Vent leur en voulait encore d'avoir donné asile à l'ancien meneur du Clan de l'Ombre. Ils en rendaient Étoile Bleue responsable. Que ferait l'ennemi s'il tombait sur elle, avec un seul chasseur pour toute escorte ? Cœur de Feu doutait de pouvoir la protéger contre une patrouille entière...

« Il ne faut surtout pas qu'on nous repère, chuchota-t-il.

— Comment ? » cria-t-elle.

Le vent, qui soufflait beaucoup plus fort à cette altitude, emportait les paroles du matou.

« Il faut faire attention à ne pas être vus ! répéta-t-il plus fort, à contrecœur.

— Pourquoi ? s'étonna-t-elle. Nous partons en pèlerinage à la Pierre de Lune. Le Clan des Étoiles nous a accordé le droit de voyager sans encombre ! »

Inutile de discuter, songea-t-il.

« Très bien, je passe devant », suggéra-t-il.

Cœur de Feu connaissait bien la lande – mieux que beaucoup des siens. Il l'avait déjà traversée plusieurs fois, mais jamais il ne s'était senti aussi vulnérable. Il s'enfonça le plus vite possible dans la mer de bruyères en priant pour que le Clan des Étoiles partage les convictions de la reine grise et leur évite de croiser leurs adversaires. Pourvu qu'Étoile Bleue ait le bon sens de se faire toute petite !

Le soleil approchait de son zénith quand ils arrivèrent en vue du champ d'ajoncs qui marquait le centre du territoire. Même si les Quatre Chênes étaient loin derrière eux, il leur restait un long chemin à parcourir avant d'atteindre l'autre bout de la lande et la plaine des Bipèdes. Cœur de Feu tomba soudain en arrêt. Une brise chaude soufflait vers lui, aussi étouffante que l'haleine d'un félin malade : il savait qu'elle diffuserait leur odeur sur plus de la moitié du plateau. Il espérait que les lourds parfums de la végétation la masqueraient. Étoile Bleue le dépassa et disparut devant lui dans les fourrés.

Brusquement, un hurlement de rage s'éleva. Le chat roux fit volte-face et se mit à reculer au milieu des ajoncs qui lui picotaient les cuisses. Trois guerriers du Clan du Vent se dressaient devant lui, échine hérissée et oreilles couchées en arrière.

« Des intrus ! Que faites-vous là ? » s'écria un mâle au pelage pommelé de brun.

Cœur de Feu reconnut Griffe de Pierre, un des anciens de la tribu, et Oreille Balafrée, un guerrier gris qui faisait le dos rond, toutes griffes dehors. Le jeune lieutenant avait tissé des liens d'amitié avec eux, au début de la saison des neiges, en les ramenant sur leur territoire après un terrible exil. Pourtant leur alliance ne tenait plus, désormais. Quant au plus petit des trois – un apprenti, sans doute, mais aussi féroce et musclé que ses camarades –, il ne l'avait jamais rencontré.

« Nous passons simplement à travers... », expliqua-t-il le plus calmement possible malgré ses lèvres sèches et son cœur battant.

« Vous êtes chez nous ! » grinça Griffe de Pierre, furieux.

Où est Étoile Bleue ? se demanda Cœur de Feu.

Même s'il espérait un peu de soutien, il priait surtout pour qu'elle ait compris la situation et continué vers leur but sans l'attendre.

Il entendit grogner derrière lui. Elle était revenue l'aider ! Campée à la lisière des taillis, pleine de dignité, elle semblait très en colère.

« Nous nous rendons aux Hautes Pierres. Le Clan des Étoiles nous garantit le droit de passer. Vous ne pouvez pas nous barrer la route ! »

Griffe de Pierre ne se laissa pas intimider.

« Vous avez renoncé à la protection accordée par nos ancêtres le jour où vous avez donné asile à Plume Brisée ! » rétorqua-t-il.

Témoin privilégié des souffrances qu'ils avaient subies à l'époque, Cœur de Feu comprenait leur colère. Il se rappela avec pitié le chaton – seul survivant de toute une portée – qu'il avait aidé à porter sur le chemin des hauts plateaux. Le Clan de l'Ombre avait failli détruire cette pauvre tribu.

Le félin roux ne se laissa pas intimider pour autant.

« Plume Brisée est mort ! rétorqua-t-il.

— Vous l'avez tué ? »

Étoile Bleue le devança :

« Bien sûr que non ! Nous ne sommes pas des assassins, répliqua-t-elle, menaçante.

— Non, vous vous contentez de les protéger ! » rugit Griffe de Pierre, le dos rond.

Comment les convaincre ? se demandait Cœur de Feu, désemparé.

« Vous allez nous laisser passer ! » gronda la chatte.

Griffe de Pierre se figea en la voyant s'avancer, l'échine hérissée, prête à se jeter sur leurs adversaires.

CHAPITRE 6

♣

« Le Clan des Étoiles nous permet de traverser votre territoire, répéta Étoile Bleue avec insistance.

— Rentrez chez vous ! » fulmina Griffe de Pierre.

Cœur de Feu évalua leurs chances. Trois félins en pleine santé contre une chatte diminuée et lui. Ils ne sortiraient d'un éventuel affrontement que couverts de blessures, et le jeune lieutenant ne pouvait pas prendre le risque de voir la reine grise perdre une vie. Pas quand il ne lui en restait plus qu'une seule sur les neuf vies qui étaient accordées aux chefs de tribu par leurs ancêtres.

« On devrait faire demi-tour, chuchota le chat roux à Étoile Bleue, qui le fixa avec incrédulité. On est trop exposés ici, et on ne peut pas gagner contre eux.

— Il faut que je parle au Clan des Étoiles, voyons !

— Une autre fois », insista-t-il.

La chatte sembla hésiter et il ajouta :

« On ne remportera pas cette bataille. »

« Très bien, dit-elle à Griffe de Pierre. Nous allons rentrer chez nous. Mais nous reviendrons.

Vous ne pouvez pas nous couper du Clan des Étoiles pour toujours ! »

Plus calme, Griffe de Pierre répondit :

« Vous avez pris une sage décision.

— Tu as entendu les paroles d'Étoile Bleue ? » rétorqua Cœur de Feu.

Sans se laisser impressionner par l'air menaçant du matou, il continua :

« Aujourd'hui nous faisons demi-tour, mais jamais plus vous ne nous empêcherez de rallier la Pierre de Lune. »

Le combattant ennemi l'ignora :

« Nous allons vous raccompagner jusqu'aux Quatre Chênes. »

La confiance règne ! pensa Cœur de Feu. Contrairement à ce qu'il craignait, Étoile Bleue ne se vexa pas et prit au contraire la tête du groupe.

Il lui emboîta le pas, suivi à distance respectueuse par la patrouille ennemie. Il les entendait s'enfoncer dans les bruyères derrière lui, simples silhouettes brunes parmi les fleurs violettes. La colère lui nouait l'estomac. Il se promit de ne plus jamais laisser le Clan du Vent leur barrer le passage.

Aux Quatre Chênes, il s'engagea sur la pente rocheuse. Restés sur la crête, les chasseurs épiaient leur descente, pleins d'animosité. Étoile Bleue paraissait de plus en plus fatiguée. Elle grognait presque à chaque bond. Bien que son lieutenant redoutât de la voir glisser, elle parvint jusqu'au fond sans encombre. Il se retourna : les silhouettes de leurs trois adversaires se détachaient encore sur le ciel bleu. Un instant plus tard, elles s'étaient volatilisées.

En passant devant le Grand Rocher, la chatte grise poussa un long gémissement.

« Ça va ? » s'inquiéta-t-il aussitôt.

Elle se secoua avec agacement.

« Le Clan des Étoiles ne veut pas partager ses rêves avec moi, marmonna-t-elle. Pourquoi est-il en colère contre notre tribu ?

— C'est le Clan du Vent qui s'est mis en travers de notre chemin, pas celui des Étoiles ! » lui rappela-t-il.

Mais nos ancêtres auraient pu nous aider un peu plus, songea-t-il. Les paroles de Petite Oreille lui revinrent alors en mémoire : *Avec le baptême de Cœur de Feu, c'est la première fois que je vois nos règles transgressées.*

Il n'y comprenait plus rien. Les guerriers d'autrefois en voulaient-ils donc réellement au Clan du Tonnerre ?

Aux murmures étonnés qui accueillirent le récit de leur équipée une fois au camp, Cœur de Feu devina que les siens partageaient ses craintes. Jamais auparavant on n'avait refusé le passage à un chef de tribu en pèlerinage.

Étoile Bleue se dirigea vers son antre sur des pattes flageolantes, la queue basse. Le chat roux avait soudain trop chaud sous son épais manteau de poils. Il venait de se mettre à l'ombre à la lisière de la clairière, le cœur lourd, quand Pelage de Poussière sortit du tunnel d'ajoncs et s'approcha de lui, Nuage de Granit sur les talons.

« Tu rentres tôt ! » lança le guerrier brun.

Il se mit à tourner autour de son lieutenant sous les yeux étonnés de l'apprenti.

« Le Clan du Vent a refusé de nous laisser passer.

— Vous ne leur avez pas dit que vous alliez aux Hautes Pierres ? s'enquit son vieil ennemi.

— Bien sûr que si ! »

Éclair Noir et Nuage de Bruyère choisirent ce moment pour rentrer de la chasse. L'air épuisé, la fourrure pleine de poussière, l'apprentie courait pour ne pas se laisser distancer par son professeur.

« Que fais-tu là ? s'étonna celui-ci, soupçonneux.

— Le Clan du Vent n'a pas voulu les laisser passer », clama Pelage de Poussière.

Nuage de Bruyère contempla le mentor de son frère d'un air surpris.

« Quoi ? Comment ont-ils osé ! s'exclama Éclair Noir, la queue battante.

— Je ne sais pas pourquoi Cœur de Feu s'est laissé faire comme ça..., reprit le guerrier brun.

— Je n'ai pas vraiment eu le choix ! s'indigna l'intéressé. Tu aurais mis en danger la vie de ton chef, toi ?

— Cœur de Feu ! » s'écria Vif-Argent, qui les rejoignit au trot, très agité.

Après s'être lancé un regard complice, Éclair Noir et Pelage de Poussière s'éloignèrent avec leurs élèves.

« Tu as vu Nuage de Neige quelque part ? haleta le nouveau venu.

— Non, avoua le chat roux, soudain tenaillé par l'inquiétude. Je croyais qu'il devait sortir avec toi, ce matin. »

Vif-Argent semblait plus irrité qu'inquiet.

« Je lui ai demandé d'attendre que je finisse ma toilette. Mais quand j'ai terminé Nuage Blanc m'a annoncé qu'il était parti chasser seul. »

Cœur de Feu étouffa un soupir. *Je n'ai vraiment pas besoin de ça en ce moment !* pensa-t-il.

« Je suis désolé. Je vais lui parler dès son retour. »

Le combattant, qui cachait mal son exaspération, ne sembla pas convaincu par cette promesse. Son expression tourna à l'incrédulité quand Nuage de Neige entra dans le camp en traînant un écureuil presque aussi gros que lui. L'apprenti rayonnait, fier comme un paon. Vif-Argent grogna, outré. Il avait de toute évidence d'autres reproches à faire au jeune novice. Par chance, quand le jeune lieutenant lança : « Je m'en occupe », le guerrier acquiesça et tourna les talons.

Le chaton blanc déposa son écureuil sur le tas de gibier et se dirigea vers sa tanière sans se choisir une pièce de viande, malgré l'abondance des proies disponibles. Le cœur battant, Cœur de Feu devina qu'il avait déjà mangé à la chasse. *Combien de fois est-il capable de bafouer le code du guerrier en une seule journée ?* se demanda-t-il, les dents serrées.

« Nuage de Neige ! »

L'animal se retourna.

« Quoi ?

— Je veux te parler. »

Tandis que la petite bête s'approchait à pas lents, Cœur de Feu remarqua que Vif-Argent observait la scène depuis l'entrée de son repaire. Mal à l'aise, il toussota.

« Tu as mangé pendant la chasse ? s'enquit-il.

« — Oui, mais où est le problème ? J'avais faim.

— Que nous enseigne le code du guerrier sur le fait de se nourrir avant le reste du Clan ? »

Nuage de Neige fixait résolument la cime des arbres.

« Si cet article ressemble un tant soit peu aux autres, je parie que c'est interdit », marmonna-t-il.

Cœur de Feu s'efforça de refréner l'exaspération qui s'emparait de lui et reprit :

« Tu es allé chercher le pigeon ?

— Je n'ai pas pu. Il n'était plus là. »

Avec un sursaut, Cœur de Feu s'aperçut qu'il ne savait pas s'il pouvait croire son neveu ou non. *Inutile de continuer sur ce sujet*, se dit-il. Il changea d'angle d'approche.

« Pourquoi as-tu fait faux bond à Vif-Argent ?

— Il mettait trop de temps à se préparer. En plus, je préfère chasser seul !

— Tu n'es encore qu'un apprenti, lui rappela le chat roux d'un ton sévère. Tu apprendras plus vite si tu es avec un félin expérimenté. »

Le chenapan soupira avant de capituler :

« D'accord. »

Le message est-il vraiment passé ? se désespéra son mentor.

« Si tu continues, tu n'obtiendras jamais ton nom de guerrier ! Tu crois que ça te fera quel effet de rester un apprenti et d'assister aux cérémonies de baptême de Nuage de Granit et Nuage de Bruyère ?

— Ça n'arrivera pas.

— En tout cas, une chose est sûre. Toi, tu resteras au camp pendant qu'eux ils iront à la prochaine Assemblée. »

Il obtint enfin une réaction de Nuage de Neige, qui le dévisagea d'un air incrédule.

« Mais...

— Quand je rapporterai ton comportement à Étoile Bleue, je crois qu'elle sera d'accord avec moi, le coupa Cœur de Feu. Allez, file, maintenant ! »

L'oreille basse, Nuage de Neige rejoignit les autres apprentis, qui n'avaient pas raté une miette de l'altercation. Le félin roux ne se donna même pas la peine de vérifier si Vif-Argent avait tout vu. En cet instant, il se fichait bien de ce que le Clan pensait de son élève. Ce qui l'inquiétait, c'était que le mauvais garnement ne puisse jamais devenir un guerrier digne de ce nom...

CHAPITRE 7

« Un quartier de lune est déjà passé depuis notre retour des hauts plateaux, Étoile Bleue ! »

Cœur de Feu prit bien soin de ne pas mentionner la Pierre de Lune. Même s'ils étaient seuls dans sa tanière, il se sentait toujours gêné par l'évocation de leur expédition ratée. Il reprit :

« Le Clan du Vent n'a pas été aperçu une seule fois sur notre territoire. Celui de l'Ombre non plus ! »

La chatte prit un air dubitatif, mais il insista :

« Il y a tellement d'apprentis en formation, et de gibier dans les bois, qu'il est difficile de garder trois combattants sur place en permanence. Je... Je crois que deux suffiraient bien.

— Et si on nous attaque encore ? objecta-t-elle.

— Si le Clan du Vent tenait vraiment à nous faire du mal, Griffe de Pierre ne t'aurait pas laissée quitter son territoire... » *vivante*, termina-t-il en silence, préférant laisser sa phrase en suspens.

« D'accord, concéda-t-elle, la gorge nouée par une émotion indicible. Deux guerriers ici, pas plus. »

Voilà qui allait faciliter l'organisation des tours de garde, des expéditions de chasse et des leçons des novices.

« Merci, Étoile Bleue. Je vais aller organiser les patrouilles de demain. »

Il s'inclina avec respect avant de quitter le repaire. Dehors, les guerriers l'attendaient.

« Tornade Blanche, tu partiras à l'aube, ordonna Cœur de Feu. Emmène Tempête de Sable et Nuage de Granit avec toi. Poil de Fougère et Pelage de Poussière, vous resterez de garde pendant que j'irai chasser avec Nuage de Neige. »

Il se tourna vers les félins qui restaient. Organiser l'activité du camp ne lui faisait plus peur. Il avait eu droit à beaucoup de pratique puisque Étoile Bleue ne quittait presque plus son antre, songea-t-il en refrénant une grimace.

« Les autres, vous êtes libres d'entraîner vos apprentis ou de les emmener chasser. Seule consigne : je veux que le tas de gibier soit aussi bien approvisionné qu'aujourd'hui. On s'habitue vite au luxe ! »

Le groupe de félins se mit à rire.

« Éclair Noir, tu te chargeras de la patrouille de midi. Vif-Argent, de celle du soir. Vous pouvez choisir qui vous accompagnera. Prévenez assez tôt pour qu'ils puissent être prêts à temps. »

Vif-Argent acquiesça, mais Éclair Noir renifla avant de demander :

« Qui doit aller à l'Assemblée de ce soir ?

— Je ne sais pas, reconnut Cœur de Feu.

— Étoile Bleue ne t'a rien dit ? Elle n'a pas encore décidé ?

— Elle ne m'en a pas parlé. Elle nous le dira quand elle sera prête.

— Elle a intérêt à se dépêcher, rétorqua le râleur. Le soleil ne va pas tarder à se coucher.

— Alors tu devrais être en train de manger. Tu auras besoin de force pour l'Assemblée, si tu y vas. »

Si le ton agressif d'Éclair Noir troublait le guerrier roux, il refusait de se laisser démonter. Il attendit que la petite bande se disperse pour retourner vers le gîte d'Étoile Bleue. Elle n'avait pas parlé de l'Assemblée ; obnubilé par l'organisation des patrouilles, il ne s'était rendu compte de rien.

« Ah, Cœur de Feu ! » s'exclama la chatte, qui sortait justement de son antre.

Elle venait de terminer sa toilette, car sa fourrure luisait dans la lumière du soir. En voyant qu'elle recommençait à s'occuper d'elle-même, il se retint de sauter de joie.

« Quand tu auras mangé, réunis les participants à l'Assemblée, lui ordonna-t-elle.

— Euh... Qui dois-je appeler ? »

Elle sembla surprise. Elle récita sa liste de noms avec une facilité déconcertante – à croire qu'il la forçait à se répéter –, sans oublier au passage de remplacer Nuage de Neige par Nuage de Granit, comme il le lui avait demandé quelques jours plus tôt.

« Très bien ! » répondit-il avant de filer vers le tas de gibier.

Un pigeon bien dodu couronnait l'amoncellement. Il décida de le laisser à Étoile Bleue. Peut-être ainsi avalerait-elle plus de deux bouchées. Il se choisit un campagnol. Lui-même manquait d'appétit – il était trop déstabilisé par les sautes d'humeur de son chef.

Un frisson courut le long de son échine. Alerté par un sixième sens, il croisa le regard de Patte d'Épines et sursauta. Mais comment oublier les paroles de Museau Cendré ? *Il ne connaîtra jamais son père. C'est le Clan qui l'élèvera.* Cœur de Feu se força donc à faire un petit signe au chaton avant d'aller s'installer près du bouquet d'orties.

Son repas terminé, il jeta un coup d'œil autour de lui. Les membres de la tribu faisaient leur toilette. Les ombres qui s'allongeaient apportaient au camp une fraîcheur bienfaisante. Les journées étaient si chaudes, ces derniers temps, que Cœur de Feu rêvait souvent de savoir nager comme les félins du Clan de la Rivière. Il contempla un instant la tanière des apprentis : son neveu se souviendrait-il que s'il était privé d'Assemblée c'était pour avoir osé manger à la chasse ?

Tapi sur la souche d'arbre à l'entrée de son abri, l'apprenti jouait à se battre avec Nuage de Granit, qui voulait lui prendre son promontoire. *Au moins, Nuage de Neige a l'air de bien s'entendre avec ses camarades d'entraînement !* songea Cœur de Feu, ravi. Il se demanda si Plume Grise serait aux Quatre Chênes ce soir-là. Non, sans doute, car son vieil ami ne faisait partie du Clan de la Rivière que depuis une lune. Quoique... Il leur avait tout de même rendu les chatons de Rivière d'Argent ! Le chef de la tribu, Étoile Balafrée, devait lui en être reconnaissant : après tout, il s'agissait des petits de sa fille. Cœur de Feu marmonna une prière au Clan

96

des Étoiles pour que son complice de toujours soit de la fête.

Le lieutenant roux se releva et appela les élus à se rassembler. Poil de Souris, Vif-Argent, Tempête de Sable, Poil de Fougère, Nuage Blanc, Nuage de Granit, Nuage Agile... En égrenant la liste des noms sélectionnés par Étoile Bleue, il s'aperçut avec un malaise grandissant qu'Éclair Noir, Longue Plume et Pelage de Poussière – tous d'anciens partisans de Griffe de Tigre – n'en faisaient pas partie. Cœur de Feu se demanda s'il s'agissait d'un choix délibéré. Il tressaillit quand les trois combattants échangèrent des regards entendus avant de braquer sur lui des yeux accusateurs. Avec un soupir, il alla rejoindre les autres félins pour attendre la reine grise.

Étoile Bleue faisait sa toilette avec Tornade Blanche devant son repaire ; elle ne se leva pour traverser la clairière que quand les guerriers rassemblés commencèrent à gratter la terre avec impatience.

« Tornade Blanche s'occupera du camp pendant notre absence, annonça-t-elle.

— Étoile Bleue ! l'apostropha Poil de Souris. Que comptes-tu dire de la façon dont le Clan du Vent t'a empêchée de te rendre aux Hautes Pierres ? »

Cœur de Feu se raidit. À l'évidence, la jeune chatte voulait savoir si la tribu devait se préparer à une réunion difficile.

« Je ne leur dirai rien, rétorqua leur chef d'un ton ferme. Le Clan du Vent sait qu'il a eu tort. Inutile de déclencher une bataille rangée en les dénonçant aux autres tribus. »

La foule accueillit sa réponse sans grand enthousiasme. Toute la troupe la suivit cependant dans le tunnel d'ajoncs et la forêt éclairée par la lune. Le guerrier roux se demandait si cette décision leur paraissait empreinte de sagesse ou de faiblesse.

Quand les félins s'engagèrent sur la pente du ravin, poussière et cailloux volèrent. Le manque de pluie avait laissé les bois aussi secs que des ossements blanchis par le soleil ; le sol brûlé semblait se changer en cendres sous leurs pattes. Une fois dans les bois, Étoile Bleue prit la tête de l'expédition. Cœur de Feu se plaça à l'arrière du groupe. Les chats couraient en silence entre les arbres, en évitant fougères et ronces.

Tempête de Sable ralentit pour se mettre à sa hauteur. Ensemble, ils bondirent au-dessus d'une branche. En retombant de l'autre côté, elle murmura :

« On dirait qu'Étoile Bleue se sent mieux.

— Oui », répondit-il prudemment.

Il se faufila au milieu d'un mur de ronces. Afin de ne pas être entendue, Tempête de Sable reprit à voix basse :

« Mais elle a l'air distraite. Elle est moins... »

Elle hésita ; il se garda bien de compléter cette phrase. Ses pires craintes se confirmaient. Les membres du Clan commençaient à remarquer les changements survenus chez la reine grise.

« Je ne la reconnais pas », conclut Tempête de Sable.

Cœur de Feu n'osait pas la regarder en face. Il préféra éviter un gros bouquet d'orties qu'elle franchit d'un bond. Il accéléra pour la rattraper.

« Elle est toujours secouée, expliqua-t-il, haletant. La trahison de Griffe de Tigre l'a bouleversée.

— Comment a-t-il pu l'abuser à ce point ?

— Tu doutais de lui, toi ? objecta-t-il.

— Non. Personne n'avait rien remarqué. Malgré tout... le reste de la tribu s'est remis du choc. Étoile Bleue, elle, ne... »

Elle chercha de nouveau ses mots.

« Elle est avec nous ce soir, lui fit-il remarquer.

— C'est vrai, admit-elle, un peu rassérénée.

— C'est toujours notre chef, lui assura-t-il. Tu verras. »

Ils accélérèrent l'allure, sautèrent un petit ruisseau. Infranchissable à la saison des feuilles nouvelles, il gazouillait à présent sur son lit de rocaille, presque à sec.

Ils rattrapèrent le reste du groupe juste avant d'atteindre les Quatre Chênes. Les broussailles tremblaient encore sur le passage des félins, comme si elles partageaient leur excitation.

Leur chef s'était arrêté en haut de la pente et contemplait la vallée. Au fond, des silhouettes de chats allaient et venaient dans le noir en se saluant à mi-voix. À l'odeur, on devinait que le Clan du Tonnerre arrivait bon dernier. Étoile Bleue fixait le Grand Rocher dressé au centre de la clairière ; un frisson parcourut son échine. Elle respira à fond avant de s'élancer sur la pente.

Cœur de Feu suivit ses camarades. Aussitôt arrivé en bas, il chercha Plume Grise dans la foule. Un guerrier du Clan de l'Ombre qu'il n'avait jamais vu discutait avec le lieutenant du Clan de la Rivière, Taches de Léopard. Assis à côté de Pelage de Silex,

Étoile Balafrée, le chef du Clan de la Rivière, observait la foule en silence. Le guerrier roux perçut l'odeur du Clan de la Rivière derrière lui : un apprenti s'approchait pour saluer Nuage Blanc. Pas le moindre signe de la présence de Plume Grise. *Rien d'étonnant*, pensa Cœur de Feu, l'oreille basse.

Il écouta d'une oreille la conversation des deux petits, bientôt rejoints par un apprenti gris du Clan de l'Ombre.

« Quelqu'un a-t-il revu les chats errants, dans ta tribu ? Étoile Noire a peur qu'ils soient toujours quelque part dans la forêt. »

Cœur de Feu se figea : les autres Clans ignoraient que Griffe de Tigre s'était servi des bannis pour attaquer son propre camp. Il fronça les sourcils pour avertir Nuage Blanc, qui n'en avait d'ailleurs pas besoin :

« Nous n'avons repéré aucun intrus depuis presque une lune, rétorqua-t-elle sans se démonter.

— Nous non plus, déclara le chaton du Clan de la Rivière. Ils ont dû quitter les bois. »

Le jeune lieutenant se sentit soulagé à cette nouvelle. Inutile de se voiler la face, cependant : si Griffe de Tigre était toujours avec les chats errants, ces derniers reviendraient un jour.

Sous un arbre se prélassait Griffe de Pierre, le matou du Clan du Vent qui avait interrompu leur pèlerinage quelques jours plus tôt. À ses côtés, Cœur de Feu reconnut Moustache, un jeune matou avec qui il avait sympathisé plusieurs lunes auparavant. Mais comment les approcher ? Griffe de Pierre semblait très irritable ; ce n'était ni le lieu ni l'endroit de poursuivre leur affrontement.

Griffe de Pierre murmura quelques mots à l'oreille de son compagnon en jetant un coup d'œil éloquent au chat roux, qui serra les dents, furieux. Pourtant, Moustache se contenta de jeter à son vieil ami un regard désolé avant de s'éclipser. Lui, au moins, semblait se souvenir de la dette de sa tribu : c'était grâce au Clan du Tonnerre que le Clan du Vent avait pu rentrer d'un terrible exil au début de la saison des neiges.

Un peu soulagé, Cœur de Feu s'approcha de Taches de Léopard. Après tout, ils étaient égaux, désormais ! Même s'il ne se sentait pas très à l'aise avec le lieutenant du Clan de la Rivière – qui lui reprochait toujours la mort accidentelle d'un de ses guerriers, Griffe Blanche, quelques lunes plus tôt – il voulait absolument la questionner sur Plume Grise.

Elle s'inclina avec respect. Quant à son voisin, un combattant du Clan de l'Ombre, il se mit à tousser dès qu'il tenta de se présenter. L'air très mal en point, il fila derrière quelques buissons. Taches de Léopard se donna un coup de langue sur l'épaule avant de s'attaquer à sa patte avant droite.

« Il est malade ? s'inquiéta Cœur de Feu.

— À ton avis ? rétorqua-t-elle, l'air écœuré. C'est insensé de venir à une Assemblée dans cet état...

— On devrait peut-être essayer de l'aider.

— Et puis quoi encore ? Le Clan de l'Ombre a un guérisseur. »

Elle baissa la patte.

« Alors, il paraît que tu es le nouveau lieutenant du Clan du Tonnerre ? » lança-t-elle avec curiosité.

Il comprit que Plume Grise avait dû apprendre ce détail à sa tribu d'adoption.

« Qu'est-il arrivé à Griffe de Tigre ? s'inquiéta-t-elle. Personne n'a l'air de le savoir. Est-il mort ? »

Cœur de Feu agita la queue d'un air gêné.

« Ce ne sont pas vos affaires », déclara-t-il, aussi glacial qu'elle.

Il se demanda si Étoile Bleue serait plus loquace en présentant son nouveau lieutenant, plus tard dans la soirée.

L'air sceptique, Taches de Léopard n'insista pas.

« Alors, reprit-elle, tu es venu te vanter de ta nomination ou bien me demander des nouvelles de ton ami ? »

Il sursauta, surpris de se voir faciliter ainsi le travail.

« Comment va-t-il ?

— Il s'en sortira. » Elle haussa les épaules. « Il ne sera jamais un vrai guerrier du Clan de la Rivière, mais au moins il a appris à nager – je n'en espérais pas tant. »

Exaspéré par cette pique, il se retint de rétorquer vertement.

« Ses petits sont forts et intelligents, ajouta-t-elle. Ils doivent tenir de leur mère. »

Essayait-elle de le provoquer ? Il étouffait à grand-peine une autre réplique cinglante quand Poil de Souris les rejoignit.

« Bonjour, Taches de Léopard ! Pelage de Silex m'a dit qu'il y avait une nouvelle portée chez vous, en plus de celle de Plume Grise...

— Oui, c'est vrai. Le Clan des Étoiles veille bien sur notre pouponnière, ces temps-ci.

— Il paraît que les chatons de Patte de Brume vont commencer leur initiation. Tu sais, ceux que Cœur de Feu a sauvés de l'inondation », continua Poil de Souris, espiègle.

Taches de Léopard se raidit, mais déjà cette remarque avait distrait l'attention du chat roux. Il aperçut Étoile Bleue assise seule sous le Grand Rocher. Savait-elle que son fils, Pelage de Silex, était dans les parages ? Que les petits de Patte de Brume semblaient prêts à devenir apprentis ?

Quand il sortit de sa rêverie, Taches de Léopard s'était éclipsée. Poil de Souris se mit à rire.

« Ne t'inquiète pas, dit-elle à Cœur de Feu. Avec le temps, tu la trouveras moins intimidante. Le reste du Clan de la Rivière a l'air content de nous voir ! Ils n'auraient pas survécu aux inondations sans notre aide. En plus, on les a laissés élever les nouveau-nés de Rivière d'Argent.

— Depuis la mort de Griffe Blanche, Taches de Léopard déteste Plume Grise, lui rappela-t-il.

— Elle devrait apprendre à pardonner. Il a donné au Clan de la Rivière deux chatons en pleine santé. » Agacée, elle agita la queue. « Au fait, elle t'a parlé de Griffe de Tigre ?

— Oui.

— Tout le monde voudrait savoir ce qui lui est arrivé.

— Et pourquoi il a été remplacé par un chat domestique, ajouta-t-il, amer.

— Aussi, oui ! gloussa-t-elle. Ne le prends pas mal. Les nouvelles nominations provoquent toujours beaucoup de curiosité... »

Elle surveillait la clairière du coin de l'œil et finit par ajouter :

« Il y a très peu de membres du Clan de l'Ombre ce soir, tu ne trouves pas ?

— C'est vrai, je n'en ai vu que deux ou trois, pour l'instant. L'un d'entre eux vient d'avoir une grosse crise de toux, d'ailleurs.

— Ah bon ?

— C'est la saison du rhume des foins...

— Oui, c'est vrai. »

Du Grand Rocher monta un appel. Au sommet se tenait le chef du Clan de la Rivière, Étoile Balafrée, dont la fourrure luisait au clair de lune. Étoile Bleue et Étoile Filante, le meneur du Clan du Vent, l'encadraient. À l'écart – à moitié dissimulé par l'ombre d'un chêne – se dressait Étoile Noire.

L'allure du matou au poil charbonneux était surprenante : il était encore plus maigre qu'un guerrier du Clan du Vent – qui pourtant ne se nourrissait que de lapins faméliques. Pire, il était voûté, recroquevillé sur lui-même. Un instant, Cœur de Feu le pensa malade, mais il se rappela qu'Étoile Noire était déjà un ancien quand il avait accédé au pouvoir. Sa fragilité apparente n'était sans doute pas surprenante. Même s'il s'était vu accorder neuf vies, leurs ancêtres ne pouvaient pas lui rendre sa jeunesse.

« Viens », murmura Poil de Souris.

Il la suivit jusqu'au premier rang où il s'installa entre elle et Patte de Brume.

« Étoile Bleue souhaite prendre la parole la première », annonça Étoile Balafrée, courtois.

Invitée à s'avancer, la reine grise commença d'une voix aussi ferme qu'à l'accoutumée :

« Le Clan du Vent a déjà dû faire circuler la nouvelle : Plume Brisée est mort ! »

Un murmure de satisfaction parcourut la foule. Étoile Noire agita les oreilles et la queue. Il semblait ravi de la disparition de son vieil ennemi.

« Comment a-t-il perdu la vie ? » demanda-t-il.

La chatte ne parut pas l'entendre.

« Notre tribu a aussi un nouveau lieutenant, poursuivit-elle.

— Alors le Clan de la Rivière disait vrai ! s'écria au milieu de l'assistance un guerrier du Vent médusé. Il est arrivé un malheur à Griffe de Tigre !

— Est-il mort ? » voulut savoir Griffe de Pierre.

Sa question provoqua un déluge de cris inquiets. Cœur de Feu fut un peu dépité de constater l'immense respect dont jouissait le traître. Il regarda son chef avec anxiété.

« Est-il mort de maladie ? hurlait-on.

— Était-ce un accident ? »

Les chats du Clan du Tonnerre se raidirent. Comme Nuage Blanc, ils rechignaient à dévoiler la machination dont ils avaient été victimes.

La réponse autoritaire d'Étoile Bleue fit taire les questions.

« C'est notre affaire, ces détails ne concernent que nous ! »

Insatisfaits, les félins mécontents se mirent à ronchonner. *Il vaudrait peut-être mieux prévenir les autres tribus que Griffe de Tigre est toujours en vie*, se dit Cœur de Feu. *Qu'un dangereux traître qui méprise le code du guerrier hante nos forêts.*

Mais elle abandonna le sujet pour annoncer :

« Cœur de Feu est notre nouveau lieutenant. »

Des dizaines de museaux se tournèrent vers lui ; il eut soudain très chaud sous sa fourrure rousse. Dans le silence qui s'était installé, le sang battait à ses oreilles. Il se dandina d'une patte sur l'autre – suppliant en silence la chatte de passer à un autre sujet. Il n'entendait plus que le souffle de dizaines de poitrines et se recroquevilla devant ces rangées interminables de regards fixes.

CHAPITRE 8

❧

Des miaulements inquiets et des bruits de course, dehors dans la clairière, réveillèrent Cœur de Feu. Il cligna des paupières, ébloui par les rayons qui pénétraient le toit de branchages de sa tanière.

Une chatte au poil doré passa la tête à l'entrée. Les prunelles vert pâle de Tempête de Sable brillaient.

« On a capturé deux combattants du Clan de l'Ombre ! » s'exclama-t-elle, hors d'haleine.

Il se leva d'un bond, aussitôt sur le qui-vive.

« Quoi ? Mais où ça ?

— Près de l'Arbre aux Chouettes ! lui expliqua-t-elle. Ils dormaient ! »

Elle ne cachait pas son mépris pour la négligence des deux guerriers.

« Tu l'as dit à Étoile Bleue ?

— Pelage de Poussière est en train de s'en charger. »

Cœur de Feu suivit comme une flèche la guerrière qui était ressortie du gîte. Dans sa hâte, il trébucha sur Vif-Argent, réveillé en sursaut.

Le lourd silence qui avait accueilli sa nomination au poste de lieutenant, la veille, hantait encore

Cœur de Feu. Il avait très mal dormi. Dans ses rêves, des myriades de félins inconnus le fuyaient comme la peste dans une forêt peuplée d'ombres. Lui qui pensait que ses origines de chat domestique appartenaient au passé... La méfiance des membres de l'Assemblée prouvait bien que sa présence n'était pas encore complètement acceptée. Pourvu qu'ils ne découvrent jamais que son baptême ne respectait pas les traditions ! La nouvelle ne ferait que renforcer leurs soupçons.

Un autre défi l'attendait ce matin... Comment traiter des combattants ennemis capturés sur le territoire de la tribu ? Il espérait qu'Étoile Bleue soit assez remise pour se charger du problème.

La patrouille de l'aube était disposée en cercle au centre de la clairière. Au milieu se recroquevillaient deux mâles du Clan de l'Ombre, la queue hérissée et les oreilles couchées en arrière.

Il en reconnut un sur-le-champ. C'était Petit Orage. Ils s'étaient rencontrés à l'Assemblée. À l'époque, le guerrier au poil moucheté de brun n'était encore qu'un chaton forcé par Plume Brisée à commencer son apprentissage à trois lunes à peine. Il était adulte à présent, mais de petite taille, et paraissait en piteux état. La fourrure emmêlée, il puait la charogne et la peur. Il avait l'arrière-train décharné, les yeux enfoncés dans les orbites. Son compagnon était presque aussi mal en point. *Nous n'avons aucune raison de les craindre*, pensa Cœur de Feu avec gêne.

« Se sont-ils défendus quand vous les avez trouvés ? questionna-t-il Tornade Blanche, le meneur de la patrouille.

« — Non. Dès qu'on les a réveillés, ils nous ont suppliés de les amener ici. »

Voilà qui était étrange !

« Suppliés ? Pourquoi feraient-ils une chose pareille ? »

Étoile Bleue choisit ce moment pour se frayer un chemin dans l'assistance, le visage déformé par la peur et la colère. Le chat roux se raidit et s'adressa aux deux pauvres animaux.

« Où sont les intrus ? C'est une autre attaque ?

— C'est la patrouille qui les a trouvés, se hâta-t-il de lui expliquer. Ils dormaient sur notre territoire.

— Ils dormaient ? s'étouffa-t-elle. Alors, c'est une tentative d'invasion, oui ou non ?

— Nous n'avons vu personne d'autre, l'informa Tornade Blanche.

— Tu en es certain ? Et si c'était un piège ? »

Cœur de Feu observait les deux bêtes ; son instinct lui soufflait qu'elles n'étaient mêlées ni de près ni de loin à une invasion. Mais Étoile Bleue avait raison : mieux valait s'assurer qu'aucun autre combattant ne se cachait dans les bois en prévision d'une offensive. Il appela Poil de Souris et Pelage de Poussière.

« Vous deux, choisissez chacun un guerrier et un apprenti. Partez du Chemin du Tonnerre et ratissez toute la forêt jusqu'au camp. Fouillez le moindre recoin ! »

À son grand soulagement, ils obéirent séance tenante. Pelage de Poussière choisit Vif-Argent et Nuage de Granit ; Poil de Souris désigna Nuage

Agile et Poil de Fougère. Les six bêtes détalèrent ventre à terre.

Le jeune lieutenant se tourna vers les prisonniers.

« Que faites-vous sur notre territoire ? Petit Orage, pourquoi êtes-vous ici ? »

Le matou tremblait, terrifié, aussi vulnérable que lors de la première Assemblée où ils s'étaient croisés.

« Poitrail Blanc et moi, on est venus vous demander de la nourriture et des herbes médicinales », finit-il par bredouiller.

Des cris incrédules s'élevèrent ; Petit Orage plaqua contre le sol son corps famélique.

Abasourdi, Cœur de Feu dévisagea les captifs : depuis quand les guerriers du Clan de l'Ombre sollicitaient-ils l'aide de leurs pires ennemis ?

« Attends ! » lui souffla Museau Cendré dans l'oreille. Elle détaillait les deux intrus d'un air méfiant. « Ces deux-là ne représentent aucune menace. Ils sont malades. » Cahin-caha, elle alla poser le nez sur une des pattes de Petit Orage. « Ses coussinets sont brûlants. Il a de la fièvre. »

Croc Jaune fendit la foule.

« Non, Museau Cendré ! Ne t'approche pas d'eux ! »

L'apprentie fit volte-face.

« Pourquoi ? Ces chats sont malades. Il faut les aider ! »

Elle jeta un regard suppliant à Cœur de Feu, puis à Étoile Bleue. Tout le monde se tourna vers la chatte grise qui n'eut aucune réaction. Elle luttait manifestement contre la peur et la confusion qui l'avait envahie. *Vite, il faut que je détourne l'attention des autres le temps qu'elle retrouve ses esprits*, songea le félin roux.

« Pourquoi nous ? Pourquoi ne pas avoir cherché de l'aide ailleurs ? » demanda-t-il aux deux prisonniers.

Poitrail Blanc, le deuxième guerrier du Clan de l'Ombre, prit la parole à son tour. Noir comme le jais, il avait les pattes et la poitrine couleur crème.

« Vous nous avez aidés autrefois en renversant Plume Brisée », murmura-t-il.

Lui aussi devait faire partie des chatons forcés à devenir apprentis trop tôt. Le bannissement de Plume Brisée avait sans doute été un immense soulagement pour ces pauvres bêtes. L'asile accordé ensuite à Plume Brisée par le Clan du Tonnerre ne devait pas représenter grand-chose pour ces deux-là, d'autant qu'il était mort à présent.

« On espérait que vous pourriez nous aider, continua Poitrail Blanc. Étoile Noire est malade. C'est le chaos au camp, presque tout le monde est contaminé. On manque de remèdes et de gibier.

— Que fait Rhume des Foins ? intervint Croc Jaune. C'est lui, votre guérisseur ! C'est à lui de s'occuper de vous ! »

Cœur de Feu fut pris au dépourvu par son animosité. Elle avait longtemps vécu au sein du Clan de l'Ombre. Même s'il la savait loyale à sa tribu d'adoption, il trouvait son manque de compassion pour ses anciens camarades un peu étrange.

« Étoile Noire n'avait pas l'air souffrant à l'Assemblée, hier soir, maugréa Éclair Noir.

— C'est vrai », acquiesça Étoile Bleue, soupçonneuse.

Mais Cœur de Feu, qui se rappelait la fragilité du vieux chef, ne fut pas surpris d'entendre Petit Orage souffler :

« Son état a empiré à notre retour au camp. Rhume des Foins a passé la nuit avec lui, il refuse de quitter son chevet. Il a laissé un petit mourir sous les yeux de sa mère sans même lui donner une graine de pavot pour faciliter son départ ! On a peur qu'il nous abandonne, nous aussi... Pitié, aidez-nous ! »

Le chat roux savait reconnaître la vérité quand il l'entendait. Malheureusement, Étoile Bleue semblait toujours aussi désorientée.

« Il faut qu'ils partent, insista Croc Jaune d'un ton grave.

— Pourquoi ? voulut savoir Cœur de Feu. Ils ne représentent aucune menace, dans leur état !

— J'ai déjà vu ces symptômes au camp de l'Ombre. » Elle se mit à tourner autour des matous en gardant ses distances. « Cette maladie a fait beaucoup de victimes, la dernière fois.

— Ce n'est pas le mal vert, au moins ? » s'enquit-il.

Plusieurs félins commencèrent à reculer en l'entendant mentionner l'épidémie qui avait ravagé leur propre tribu à la saison des neiges.

« Cette maladie n'a pas de nom, marmonna-t-elle sans quitter les captifs des yeux. Elle est transmise par les rats d'une décharge située de l'autre côté du territoire de l'Ombre. » Elle s'approcha un peu de Petit Orage. « Pourtant les anciens savent bien que ces rongeurs sont contagieux, et ne doivent jamais être chassés !

— C'est un apprenti qui a ramené le rat, lui expliqua le guerrier. Il était trop jeune pour se rappeler la consigne. »

La foule fixa en silence le mâle à la respiration sifflante.

« Que faire ? » demanda Cœur de Feu à Étoile Bleue.

Croc Jaune répondit la première :

« Il n'y a pas longtemps que le mal vert s'est abattu sur nous, rappela-t-elle à leur chef. Tu as perdu une vie à cette occasion. »

Le chasseur roux comprit où elle voulait en venir. Seuls la guérisseuse et lui savaient qu'il ne restait plus qu'une vie à la reine. Si l'épidémie s'étendait au Clan, elle risquait d'y succomber ; la tribu resterait orpheline. À cette idée, le sang du jeune lieutenant se figea dans ses veines. Malgré la chaleur du soleil, il se mit à frissonner convulsivement.

« Tu as raison, Croc Jaune, déclara la chatte grise d'une voix imperturbable. Il faut qu'ils partent. Cœur de Feu, renvoie-les d'où ils viennent. »

Sur ces mots, elle disparut dans son antre. Écartelé entre son soulagement qu'une décision ait enfin été prise et sa pitié pour les deux malades, il annonça :

« Tempête de Sable et moi, nous allons raccompagner les combattants du Clan de l'Ombre jusqu'à la frontière. »

La foule manifesta son approbation. Petit Orage le supplia du regard – Cœur de Feu se força à l'ignorer.

« Retournez dans vos tanière », lança-t-il à la ronde.

L'assistance se dispersa sans bruit. Seules Museau Cendré et Tempête de Sable s'attardèrent. Poitrail Blanc se mit à tousser, le corps secoué de spasmes douloureux.

« S'il te plaît, laisse-moi les aider », insista l'apprentie.

Impuissant, il fut contraint de refuser.

« Museau Cendré ! Viens ici ! cria Croc Jaune depuis l'entrée de son tunnel. Tu risques d'être infectée, il faut te laver le nez. »

La jeune chatte continua de dévisager son ami.

« Viens tout de suite, sinon j'ajoute quelques orties au mélange ! » hurla son mentor.

Museau Cendré finit par s'éloigner après un dernier coup d'œil plein de reproches. Mais Cœur de Feu ne pouvait rien faire. Étoile Bleue lui avait donné un ordre direct, et la tribu était d'accord.

Il était tiraillé entre sa compassion pour les deux malades et son désir de protéger les siens de l'épidémie. Tempête de Sable, qui comprenait son dilemme, se serra contre lui.

« Allons-y, murmura-t-elle avec douceur. Plus vite ils retrouveront leur propre camp, mieux ce sera pour tout le monde. »

Il remua les moustaches, reconnaissant.

« Le Chemin du Tonnerre est très fréquenté, se força-t-il à articuler, malgré le désespoir qui se lisait sur le visage de Petite Oreille. Il y a toujours plus de monstres pendant la saison des feuilles vertes. On va vous aider à traverser.

« — Inutile, chuchota le mâle brun. On saura se débrouiller.

— On vous accompagne. Venez ! »

Les prisonniers se relevèrent à grand-peine et titubèrent jusqu'à l'entrée du camp. Flanqué de Tempête de Sable, Cœur de Feu les suivit sans un mot. En les voyant se hisser péniblement sur la pente du ravin, il retint un gémissement.

Dans la forêt, une souris traversa le sentier devant eux, mais les malades étaient trop faibles pour lui donner la chasse. Sans réfléchir, le chat roux s'élança sur la piste du rongeur. Il le rattrapa, le tua et le rapporta aux intrus. Ceux-ci semblaient trop mal en point pour le remercier ; ils s'accroupirent pour grignoter la proie.

Tempête de Sable les regarda faire d'un air sceptique.

« Ils ne peuvent pas répandre la maladie en mangeant, lui fit-il remarquer. Et puis ils vont avoir besoin de forces pour rentrer chez eux.

— De toute façon, ils n'ont pas l'air d'avoir beaucoup d'appétit. »

Petit Orage et Poitrail Blanc se redressèrent d'un seul coup et s'éloignèrent dans les broussailles. Un instant plus tard, ils se mettaient à vomir.

« C'est du gâchis, marmonna Tempête de Sable en recouvrant la souris de terre.

— J'imagine, oui... », répondit-il, déçu.

Dès que les félins réapparurent, le petit groupe reprit sa progression.

Ils sentirent les émanations nauséabondes du Chemin du Tonnerre quelques instants avant que le vrombissement des monstres ne leur parvienne.

« Je sais que vous ne voulez pas de notre aide, déclara la chatte au poil doré, mais nous allons au moins attendre que vous soyez passés sans encombre. »

Cœur de Feu hocha la tête. Il s'agissait de s'assurer que les captifs quittaient bien le territoire de la tribu mais, en réalité, il craignait surtout pour leur sécurité.

« Nous irons seuls, insista Petit Orage. Vous pouvez nous laisser ici. »

Suis-je trop confiant ? se demanda le chat roux, pris d'un doute. Pourtant, comment imaginer que ces deux félins représentent le moindre danger pour son Clan ?

« Très bien », dit-il.

Tempête de Sable sembla surprise, mais il lui fit un petit signal de la queue pour la rassurer. Petit Orage et Poitrail Blanc les saluèrent avant de disparaître dans les fougères.

« Alors, on va...

— Les suivre ? termina Cœur de Feu. Je crois que oui. »

Ils attendirent que le bruissement des broussailles s'apaise avant de se faufiler dans les fourrés sur la trace des deux intrus. La piste prenait la direction des Quatre Chênes.

« Le Chemin du Tonnerre n'est pas par là ! souffla la guerrière.

— Ils suivent peut-être la route qu'ils ont prise en venant », suggéra son ami, qui reniflait la tige d'une ronce. La puanteur dégagée par les guerriers malades lui fit retrousser les babines. « Viens, rattrapons-les ! »

Son inquiétude grandissait. S'était-il trompé sur les deux bêtes ? Retournaient-elles sur les terres du Clan du Tonnerre malgré leur promesse ? Il accéléra l'allure, sa compagne sur les talons.

Au loin, le Chemin du Tonnerre bourdonnait comme un essaim d'abeilles endormies. Les deux combattants ennemis semblaient le longer. À peine sortis de la forêt, ils avaient franchi la ligne imaginaire où, patrouille après patrouille, ils marquaient leur territoire. À présent, sans savoir qu'ils étaient suivis, ils se glissaient dans un taillis de ronces, un peu plus loin.

Tempête de Sable fronça les sourcils.

« Que font-ils ?

— Il faut qu'on tire ça au clair », répondit Cœur de Feu.

Il franchit la frontière, la peur au ventre. Ses oreilles lui faisaient mal tant le ronflement du Chemin du Tonnerre s'était fait assourdissant.

Leurs cibles progressaient à pas lents au milieu des épineux. Il fallait qu'il sache ce qui se tramait, même s'il se trouvait maintenant chez l'ennemi. Vu le vacarme et la puanteur, le ruban d'asphalte parcouru par des myriades de monstres n'était plus qu'à quelques pas devant eux.

Les ronces laissèrent soudain place à l'herbe souillée qui bordait le Chemin du Tonnerre.

« Attention ! » dit-il à Tempête de Sable, qui le suivait de près.

Le sentier de pierre grise luisait dans la lumière, juste devant eux ; la chatte fit un bond en arrière quand une des créatures la survola en vrombissant.

« Où sont-ils passés ? » s'étonna-t-elle.

Il fixa l'autre côté de la route, les yeux mi-clos, les oreilles couchées en arrière, tandis que d'autres monstres filaient avec des cris assourdissants en soulevant un vent qui menaçait de l'aspirer. Il ne voyait plus les deux malades – de toute façon, ils n'avaient pas eu le temps de traverser cet enfer.

« Regarde ! » souffla Tempête de Sable, tournée vers la droite.

La bande d'herbe poussiéreuse était déserte, mais un léger mouvement attira l'attention de Cœur de Feu : le bout de la queue de Poitrail Blanc disparaissait sous terre, ou plutôt sous la pierre plate qui formait le Chemin du Tonnerre.

Les deux amis reculèrent, suffoqués. On aurait dit que le ruban d'asphalte avait ouvert sa gueule toute grande pour avaler les guerriers du Clan de l'Ombre.

CHAPITRE 9

« **O**ù ont-ils filé ? s'étrangla Cœur de Feu.

— Allons voir de plus près », proposa Tempête
de Sable, qui trottait déjà vers l'endroit où les deux
félins du Clan de l'Ombre s'étaient volatilisés.

Il la suivit à la hâte. Près du carré d'herbe où
avait disparu la queue de Poitrail Blanc, il remarqua
que le sol s'enfonçait d'un seul coup pour former
une petite dépression le long du Chemin du Tonnerre. C'était l'entrée d'un de ces tunnels de pierre
qui permettaient de passer sous la route – il en avait
déjà emprunté plusieurs en partant à la recherche
du Clan du Vent, à la saison des neiges. Côte à côte,
ils descendirent la pente pour aller flairer l'entrée.
Malgré le vent dans leurs oreilles, malgré l'odeur
fétide qui les enveloppait, la piste était parfaitement décelable. Pas de doute, les deux matous
étaient bien passés par là.

Parfaitement rond, le passage était haut comme
deux chats et tapissé de pierre jaunâtre. La mousse,
qui poussait jusqu'à mi-hauteur sur les parois lisses,
indiquait le niveau atteint par l'eau à la saison des
neiges. À présent, le boyau était sec, mais jonché

de feuilles et de détritus abandonnés par les Bipèdes.

« Tu avais déjà entendu parler de cet endroit ? interrogea Tempête de Sable.

— Non... C'est sans doute par là que passent les chasseurs du Clan de l'Ombre pour se rendre aux Quatre Chênes.

— C'est beaucoup plus facile que de braver les monstres.

— Pas étonnant que Petit Orage n'ait pas voulu qu'on l'aide. Ils préfèrent garder ce secret pour eux. Retournons avertir Étoile Bleue. »

Il rebroussa chemin, s'assura que sa camarade le suivait et s'enfonça dans la forêt. Il se sentit soulagé de retrouver son propre territoire, même s'il doutait que leurs voisins soient capables de patrouiller aux frontières dans leur état.

« Étoile Bleue ! »

Essoufflé par sa course et épuisé par la chaleur, Cœur de Feu était allé tout droit au repaire de la chatte.

« Entre ! » répondit-elle à travers le rideau de lichen.

Il le franchit sans attendre. La reine grise était couchée sur le ventre, les pattes repliées sous la poitrine.

« Nous avons trouvé un tunnel à la frontière du territoire de l'Ombre, lui annonça-t-il. Il passe sous le Chemin du Tonnerre.

— J'espère que vous ne l'avez pas emprunté », ronchonna-t-elle.

Il hésita. Elle aurait dû montrer de l'intérêt pour cette découverte. Pourtant elle parlait d'un ton accusateur.

« N... Non, en effet, balbutia-t-il.

— Vous avez eu tort de pénétrer sur leurs terres. Le but n'est pas de nous attirer leur hostilité.

— S'ils sont aussi mal en point que l'a dit Petit Orage, ils ne risquent pas de protester. »

Mais elle réfléchissait, les yeux perdus dans le vague.

« Les deux intrus sont partis ? s'enquit-elle.

— Oui, par le tunnel. C'est comme ça qu'on l'a découvert...

— Je vois », constata-t-elle distraitement.

Cœur de Feu chercha vainement chez elle le moindre indice de compassion pour leurs ennemis. À croire que leurs souffrances ne lui faisaient ni chaud ni froid. Il ne put s'empêcher de murmurer :

« Avons-nous eu raison de les renvoyer ?

— Bien sûr ! s'indigna-t-elle. Il ne faudrait pas qu'une autre épidémie ravage le camp.

— Non, tu as raison », confirma-t-il, le cœur lourd.

Il s'apprêtait à prendre congé quand elle ajouta :

« Ne parle du tunnel à personne, pour l'instant.

— D'accord. »

Pourquoi veut-elle garder la nouvelle secrète ? se demanda-t-il une fois dehors. Après tout, il avait découvert une faiblesse dans les défenses du Clan de l'Ombre qui pouvait être tournée à l'avantage des siens. Bien sûr, il n'avait pas l'intention d'attaquer pendant l'épidémie, mais une bonne connaissance de la forêt était forcément un atout... Tempête de Sable s'approcha en courant.

« Alors, qu'a-t-elle dit ? Elle était contente de notre découverte ?

— À vrai dire... Elle m'a demandé de garder le secret.

— Pourquoi ? » s'étonna-t-elle.

Il haussa les épaules et se dirigea vers son gîte. Elle le suivit au trot.

« Tu es sûr que ça va ? C'est Étoile Bleue qui t'inquiète ? Elle a dit autre chose ? »

Il comprit qu'il laissait trop transparaître ses doutes. Il se donna un petit coup de langue sur le poitrail avant de déclarer avec une gaieté forcée :

« Il faut que j'y aille. J'ai promis à Nuage de Neige de l'emmener chasser cet après-midi.

— Tu veux que je vienne avec vous ? » Elle paraissait inquiète. « On va bien s'amuser. Ça fait des éternités qu'on n'est pas allés chasser ensemble... »

Elle s'approcha de la tanière des apprentis, devant laquelle le chaton faisait la sieste au soleil. La respiration du félin soulevait la fourrure de son ventre dodu.

« C'est vrai qu'il a besoin d'exercice ! ajouta-t-elle. Il commence à ressembler à Fleur de Saule. » Elle se mit à rire, mais sans la moindre malice. « Ce doit être un excellent chasseur ! Je n'ai jamais vu un chat sauvage aussi gros. »

Cœur de Feu fixa le sol, embarrassé. Nuage de Neige était effectivement un peu enveloppé pour son âge – beaucoup plus que les autres apprentis,

122

même si le Clan entier profitait des largesses de la saison des feuilles vertes.

« Je pense que je devrais m'en charger moi-même, murmura-t-il à contrecœur. Je le néglige, ces temps-ci. On ira ensemble une autre fois si tu veux bien...

— D'accord ! répondit-elle espiègle. Je pourrai peut-être nous attraper un autre lapin ! »

Elle lui rappelait le jour où ils avaient chassé ensemble dans la forêt enneigée, plusieurs lunes plus tôt. Elle avait fait preuve d'une vitesse et d'une efficacité surprenantes.

« À moins que tu n'aies fini par apprendre à te débrouiller tout seul ? » le taquina-t-elle en lui chatouillant le museau du bout de la queue.

Il gloussa, saisi par une joie étrange, s'ébroua et alla rejoindre Nuage de Neige. L'apprenti ensommeillé fit le gros dos et s'étira, les jambes tremblantes.

« Tu es sorti du camp, aujourd'hui ? s'enquit Cœur de Feu.

— Non.

— Alors on va chasser », rétorqua-t-il du tac au tac, irrité.

Son neveu semblait persuadé qu'il pouvait passer sa journée à profiter du soleil.

« Tu dois avoir faim.

— Pas vraiment, non », répliqua le petit.

Volait-il de la viande sur le tas de gibier ? Les apprentis n'avaient pas le droit de manger avant d'avoir apporté plusieurs prises aux anciens, ou fini leur formation avec leur mentor. Cœur de Feu écarta tout de suite cette possibilité. Nuage

de Neige n'aurait pas pu y arriver sans être découvert.

« Parfait, si tu n'as pas faim, on va commencer
par s'entraîner au combat. On chassera après. »

Sans laisser au galopin le temps de protester, il
sortit du camp en trombe. Sans se retourner ou
ralentir l'allure, il fila jusqu'à la petite cuvette
abritée du vent où il avait suivi sa propre formation, plus jeune. Il s'arrêta au milieu de la combe
sablonneuse. Même à l'ombre, la chaleur de midi
semblait étouffante dans l'air immobile.

« Attaque-moi », ordonna-t-il à Nuage de Neige
qui dévalait péniblement la pente, sa longue fourrure blanche déjà maculée de poussière rougeâtre.

Son élève fronça le nez.

« Quoi ? Juste comme ça ?

— Oui. Imagine que je suis un guerrier ennemi.

— D'accord. »

Il haussa les épaules et s'élança sans conviction
vers son oncle. Son ventre rond ralentissait sa
course ; ses petites pattes s'enfonçaient profondément dans le sable. Cœur de Feu eut tout le temps
de se préparer pour esquiver l'attaque. L'apprenti
roula dans la poussière, se releva et se secoua en
éternuant, les narines chatouillées par le sable.

« Trop lent, lui dit le chat roux. Recommence. »

Nuage de Neige se tapit, le souffle court, pour
considérer la situation. L'intensité de son regard
était impressionnante – cette fois, on aurait dit qu'il
élaborait vraiment une stratégie. Il bondit sur son
mentor, se retourna afin de pouvoir le renverser
avec son arrière-train en retombant.

Même s'il tituba un instant, Cœur de Feu parvint à conserver son équilibre et envoya bouler son adversaire d'un revers de la patte.

« C'est mieux, haleta-t-il. Mais tu n'es pas préparé pour la contre-attaque. »

Étendu sur le sable, son élève ne bougea pas.

« Nuage de Neige ? »

Le coup avait été vigoureux – pas assez pour causer la moindre blessure, cependant. L'oreille de l'apprenti tressaillit mais il resta immobile.

Cœur de Feu s'approcha, soudain inquiet. En se penchant, il s'aperçut que Nuage de Neige avait les yeux grands ouverts.

« Tu m'as tué ! » s'écria le chenapan, moqueur, avant de rouler sur le dos.

Le jeune lieutenant renifla d'un air excédé.

« Arrête de faire l'idiot ! C'est sérieux !

— Ça va, ça va... » Son neveu se releva tant bien que mal, encore essoufflé. « Bon, j'ai faim, maintenant ! On va chasser ? »

Cœur de Feu ouvrit la bouche pour protester. Puis il se rappela les paroles de Tornade Blanche : *Il finira par apprendre.* Peut-être fallait-il le laisser progresser à son rythme. Jusque-là, les sermons n'avaient donné aucun résultat.

« Allez, viens ! » soupira le chat roux.

Ils longeaient le fond du ravin quand Nuage de Neige tomba en arrêt et leva le nez.

« Je sens un lapin ! »

Son oncle huma l'air. Pas de doute !

« Là-bas », chuchota l'apprenti.

Une tache blanche dans les buissons trahit la présence du gibier. Cœur de Feu se ramassa sur lui-même, muscles tendus, prêt à se ruer. À côté de lui, son élève eut du mal à l'imiter tant son ventre était gros. Quand Nuage de Neige vit remuer la queue du lapin, il se précipita vers elle. La cavalcade fit un tel boucan que sa cible l'entendit aussitôt et fila dans les taillis. Le galopin se précipita dans les fougères, bientôt forcé de s'arrêter, à bout de souffle. Sa proie était déjà loin. Le matou, qui l'avait suivi à pas furtifs, s'assit, très déçu.

« Tu te débrouillais mieux que ça quand tu étais petit ! » s'exclama-t-il.

À l'époque, le fils de sa sœur avait l'étoffe d'un excellent guerrier ; ces temps-ci, il semblait se ramollir – un vrai chat domestique !

« Seul le Clan des Étoiles sait comment tu as pu engraisser avec une technique de chasse pareille. Même un félin en pleine forme ne peut pas battre un lapin à la course ! Il faudrait que tu sois beaucoup plus léger pour espérer en attraper un ! »

Heureusement que Tempête de Sable ne les avait pas accompagnés. Il aurait été très gêné qu'elle constate quel mauvais chasseur son apprenti était devenu.

Pour une fois, Nuage de Neige ne fit pas le malin.

« Désolé », marmonna-t-il.

Il semblait vraiment avoir essayé de faire de son mieux. Cœur de Feu eut pitié de lui, d'autant qu'il avait négligé l'entraînement du chaton ces derniers temps.

« Et si j'allais chasser tout seul ? suggéra le petit, les yeux baissés. Je te promets de ramener au moins une proie pour le tas de gibier. »

Il était sûrement plus adroit d'habitude, puisqu'il semblait mieux nourri que tous les autres félins du Clan. Sans doute se débrouillait-il mieux quand il ne se sentait pas surveillé. En un éclair, le jeune lieutenant décida de suivre son élève discrètement pour le regarder faire.

« C'est une bonne idée. Mais sois rentré avant le dîner. »

Le visage de Nuage de Neige s'éclaira aussitôt.

« Bien sûr ! déclara-t-il. Je serai à l'heure, je te le promets. »

Son ventre se mit à gargouiller. *La faim lui donnera peut-être des ailes*, pensa son mentor.

Il écouta les pas du galopin s'éloigner dans la forêt, un peu penaud à l'idée de l'épier. Mais il voulait simplement évaluer ses capacités, comme tout bon professeur.

Suivre la piste toute fraîche au milieu des Grands Pins ne présenta aucune difficulté. Les broussailles étaient rares à l'ombre des immenses conifères : il voyait la petite silhouette blanche de très loin. Dans cette zone, les bois étaient pleins d'oiseaux ; il s'attendait à voir Nuage de Neige se jeter sur les proies qui passaient à sa portée.

Mais il ne s'arrêta pas. Il poursuivit son chemin à une vitesse surprenante vu la taille de sa panse. Il sortit des Grands Pins pour pénétrer dans la forêt plantée de chênes qui bordait la ville. Cœur de Feu eut un affreux pressentiment. Les pattes fléchies, il avançait le plus vite possible pour ne pas perdre l'animal de vue dans les épais fourrés. Puis les arbres se firent plus rares et il aperçut les barrières qui entouraient les jardins des Bipèdes. Nuage de Neige allait-il rendre visite à sa mère, Princesse ? Le nid de ses maîtres n'était pas loin. Il ne pouvait pas en vouloir à son neveu de désirer voir sa mère de temps en temps. Il était encore assez jeune pour se rappeler sa douce chaleur. Mais pourquoi ne pas en avoir parlé ? Pourquoi prétendre qu'il allait chasser ? Il devait pourtant se rendre compte que Cœur de Feu saurait le comprendre.

Le guerrier fut encore plus dérouté quand l'animal évita la clôture de la maison de Princesse et se mit à longer les jardins alignés. Il allait à bonne allure, indifférent à la piste d'une souris qui croisait sa route, et finit par atteindre un bouleau argenté dressé contre une palissade vert pâle. Il se hissa le long du tronc pour atteindre le sommet de la barrière ; son gros ventre menaça plusieurs fois de le déséquilibrer. Cœur de Feu se rappela les moqueries de Pelage de Poussière et fit la grimace. Peut-être Nuage de Neige préférait-il capturer les oiseaux dans les jardins des Bipèdes. Il allait falloir lui apprendre que les chats sauvages ne chassaient pas en ville. Le Clan des Étoiles leur avait donné la forêt pour subvenir à tous leurs besoins.

L'apprenti sauta de l'autre côté de la clôture. Son mentor grimpa en vitesse en haut du bouleau et se percha sur une branche, dissimulé par le feuillage. La queue haute, la petite bête trottait sur l'herbe tondue avec soin. Saisi par un autre terrible pressentiment, le chat roux constata que son neveu ignorait un petit groupe de sansonnets. Les volatiles s'éparpillèrent à la hâte, mais son apprenti ne tourna même pas la tête. Le sang se mit à bourdonner dans les oreilles du jeune lieutenant. Si Nuage de Neige n'était pas venu chasser les oiseaux, que faisait-il dans ce jardin ? Il se figea, horrifié, quand il vit son neveu s'asseoir devant la maison et pousser un miaulement pitoyable.

CHAPITRE 10

Cœur de Feu retint son souffle lorsque la porte de la maison s'ouvrit. Il priait pour que Nuage de Neige s'enfuie – même s'il savait bien que l'apprenti n'avait pas l'intention de quitter les lieux. Il aurait voulu que le Bipède se mette à crier, car les chats sauvages n'étaient en général pas les bienvenus en ville. Mais en murmurant quelques mots l'homme se pencha pour caresser le petit félin, qui se frotta contre cette main amie. Le ton employé montrait qu'ils se connaissaient bien. Un goût de bile de souris dans la bouche, le jeune lieutenant regarda son apprenti passer gaiement la porte et disparaître à l'intérieur.

Ensuite, il resta tapi sur sa branche pendant ce qui lui sembla une éternité. Ainsi donc, Nuage de Neige était tenté de retourner vers la vie que son oncle avait abandonnée. Peut-être Cœur de Feu s'était-il trompé sur le chaton depuis le début. Il ne sortit de son état contemplatif que quand le soleil commença à descendre derrière les arbres. La fraîcheur du soir le fit frissonner. Il se laissa glisser jusqu'à la clôture et sauta à l'extérieur du jardin.

Sans aucune visibilité, il suivit cependant le

chemin qu'il avait pris à l'aller. Les actes de son neveu ressemblaient à une terrible trahison – mais il était difficile de lui en vouloir. Dans son désir de prouver au Clan qu'un chat domestique valait un chat sauvage, le lieutenant n'avait même pas cherché à savoir si le jeune animal regrettait son existence chez les Bipèdes. Cœur de Feu aimait sa vie dans les bois, mais au moins il l'avait choisie. Or, Nuage de Neige avait été confié à la tribu par sa mère, trop tôt pour pouvoir prendre une décision lui-même.

Interloqué, Cœur de Feu s'aperçut soudain qu'il était revenu devant la palissade du jardin de sa sœur. Ses pattes l'avaient-elles ramené là d'elles-mêmes ? Il tourna les talons, car il n'était pas prêt à lui raconter la vérité. Il n'avait pas envie de lui avouer qu'elle avait commis une erreur en confiant son fils au Clan. L'oreille basse, il reprit la direction des Grands Pins.

« Cœur de Feu ! » s'écria une voix douce derrière lui.

Princesse ! Il se figea, les paupières closes. Mais il ne pouvait l'ignorer, pas maintenant qu'elle l'avait vu. Il se retourna : la chatte venait de sauter de sa clôture et s'approchait. Sa fourrure brune tachetée de blanc ondulait à chaque pas.

« Je ne t'ai pas vu depuis des lustres ! s'exclamat-elle d'une voix remplie d'inquiétude. Même Nuage de Neige ne vient plus. Tout va bien ?

— Tout va bien », bafouilla-t-il d'une voix étouffée.

Tout son corps s'était raidi au moment de prononcer ce mensonge. Princesse lui toucha le nez en signe de bienvenue, sans douter un instant de ses paroles. Il fourra le museau dans son pelage soyeux pour humer l'odeur familière qui lui rappelait sa jeunesse.

« Je suis contente, reprit-elle. Je commençais à m'inquiéter. Pourquoi Nuage de Neige ne vient-il plus ? Je tombe parfois sur des traces de son passage, mais je ne l'ai pas vu depuis un bout de temps. »

Cœur de Feu chercha vainement une réponse à cette question. Il soupira de soulagement quand elle reprit :

« J'imagine que l'entraînement lui prend un temps fou. La dernière fois qu'il est venu, il m'a dit que tu étais très impressionné par ses progrès. Qu'il était en avance sur tous les autres apprentis ! »

Fière comme un paon, elle rayonnait.

Elle rêve autant que moi de le voir devenir un grand guerrier, pensa le chat roux. Il marmonna d'un air gêné :

« C'est un apprenti très prometteur.

— C'est mon premier-né. Je savais qu'il aurait un destin unique. Il me manque toujours, même si je sais qu'il est heureux.

— Je suis sûr que tous tes petits sont uniques, chacun à leur manière. » Il brûlait de lui avouer la vérité, mais il ne trouva pas le courage de lui révéler que son sacrifice avait été vain. « Il faut que j'y aille.

— Déjà ? s'exclama-t-elle. Bon, reviens vite me voir. Et ramène Nuage de Neige, la prochaine fois ! »

Il acquiesça. Il n'avait pas envie de rentrer tout de suite, mais la conversation le mettait mal à l'aise. À travers elle, il se retrouvait confronté au fossé infranchissable qui séparait les chats sauvages des chats domestiques.

Il fit un long détour pour rentrer au camp apaiser ses tourments. Arrivé au sommet du ravin, il constata pour la centième fois que l'oreille attentive de Plume Grise lui manquait terriblement.

La voix de Tempête de Sable le fit sursauter. Elle grimpait la pente.

« Salut ! Comment s'est passé l'entraînement ? Où est Nuage de Neige ? »

En contemplant son museau roux et la douceur de ses yeux verts, il comprit soudain qu'il pouvait se confier à elle. Il épia les alentours.

« Tu es seule ? »

Elle haussa les sourcils.

« Oui. Je voulais chasser un peu avant le dîner. »

Il s'approcha de la crête du ravin, s'assit et contempla un instant la cime des arbres qui abritaient le camp. Elle s'installa à côté de lui. Sans mot dire, elle se serra contre son flanc. Il savait qu'il pouvait encore se lever et partir : elle ne l'accablerait pas de questions.

« Tempête de Sable...

— Oui ?

— Tu crois que j'ai pris la mauvaise décision, le jour où j'ai amené Nuage de Neige ici ? »

Elle se tut un instant, le temps de choisir ses mots avec soin.

« Quand je l'ai vu aujourd'hui, affalé devant sa tanière, je me suis dit qu'il ressemblait plus à un chat domestique qu'à un futur guerrier. Et puis je me suis rappelé le jour où il a attrapé sa première proie. C'était encore un minuscule chaton, mais il avait affronté le blizzard pour attraper ce fameux campagnol. Intrépide et fier... Ce jour-là, il ressemblait à un chat sauvage, un vrai.

— Alors j'ai pris la bonne décision ? » interrogea-t-il, plein d'espoir.

Elle marqua une autre hésitation.

« Je pense que seul le temps nous le dira », finit-elle par répondre.

Il garda le silence. Il aurait préféré un avis rassurant, mais il savait qu'elle avait raison.

« Il lui est arrivé quelque chose ? s'enquit-elle, inquiète.

— Je l'ai vu dans la maison d'un Bipède, cet après-midi, avoua-t-il d'une voix monocorde. Je crois qu'ils le nourrissent depuis un certain temps, déjà. »

Elle fronça les sourcils.

« Il sait que tu l'as vu ?

— Non.

— Tu devrais le lui dire. Il doit choisir son camp.

— Mais s'il décide de retourner à sa vie de chat domestique ? » protesta Cœur de Feu.

Cet après-midi-là, il avait compris qu'il souhaitait par-dessus tout que son neveu reste parmi eux. Pour le propre bien du chaton. Pas pour lui-même, ni pour montrer aux autres qu'un guerrier n'avait pas besoin d'être né dans la forêt. La vérité, c'était que Nuage de Neige avait énormément à apporter au Clan et que la tribu, en récompense, lui donnerait bien plus que sa simple loyauté. Son départ serait un terrible gâchis.

« C'est à lui de choisir, lui rappela Tempête de Sable avec douceur.

— Si seulement j'avais été un meilleur mentor...

— Ce n'est pas de ta faute, l'interrompit-elle. Tu ne peux pas changer ce qu'il a dans le cœur. »

Il haussa les épaules, désemparé.

« Parle-lui ! continua-t-elle. Découvre ce qu'il désire. Il doit choisir son destin. Allez, vas-y. »

Quand il eut hoché la tête, la gorge nouée, elle s'éloigna entre les arbres.

Le cœur lourd, Cœur de Feu remonta le ravin jusqu'à la combe d'entraînement. Il espérait que Nuage de Neige emprunterait le même chemin à l'aller et au retour. Il rechignait à affronter son apprenti, qu'il craignait de pousser à partir. Mais Tempête de Sable avait raison. Le petit ne pouvait pas rester s'il conservait des liens trop forts avec sa vie de chat domestique.

Cœur de Feu s'assit sur le sable. Le soleil se couchait derrière les chênes. Malgré les ombres qui s'étiraient sur le sol, l'air était encore chaud. L'heure du dîner approchait. *Et s'il ne rentrait pas ?* À ce moment précis, le lieutenant roux entendit bruire les broussailles. L'odeur du chaton précéda de peu le bruit de ses pattes blanches.

L'apprenti entra dans la clairière la queue haute et les oreilles pointées en avant. Il portait une minuscule musaraigne qu'il lâcha dès qu'il aperçut son mentor pour s'exclamer d'un air de reproche :

« Qu'est-ce que tu fais là ? Je t'avais dit que je rentrerais pour l'heure du dîner. Tu n'as pas confiance ?

— Non. »

Blessée, la petite bête sursauta et protesta :

« Pourtant, j'ai tenu parole. Me voilà.

— Je t'ai vu, se contenta de répondre son oncle.

— Où ça ?

— Chez ce Bipède. »

Il marqua une pause.

« Et alors ? » s'insurgea Nuage de Neige.

Cette marque d'indifférence laissa Cœur de Feu sans voix. L'animal ne comprenait-il donc pas ce qu'il avait fait ?

« Tu étais censé chasser pour la tribu, grinça le jeune lieutenant, les dents serrées.

— C'est ce que j'ai fait. »

Cœur de Feu jeta un coup d'œil méprisant à la musaraigne posée par terre.

« Et tu crois que ta proie va rassasier combien de chats ?

— Je n'en mangerai pas une miette.

— Forcément, tu n'as plus faim, avec toute la pâtée que t'a donnée ce Bipède ! Pourquoi es-tu revenu ?

— Pourquoi pas ? Je vais *manger* chez les Bipèdes, c'est tout. Où est le problème ? »

L'apprenti semblait vraiment surpris. Bouillant de rage, son mentor fulmina :

« Je me demande si ta mère a fait le bon choix en confiant son premier-né au Clan.

« — De toute façon, c'est trop tard ! Tu m'as sur les bras !

— En tant qu'apprenti, oui, mais je peux t'empêcher de devenir un guerrier ! »

Nuage de Neige parut pris au dépourvu.

« Tu n'oserais pas ! Tu n'as pas le droit ! » Il se redressa d'un air de défi. « Je vais devenir le meilleur, tu ne pourras pas m'arrêter !

— Combien de fois faudra-t-il te le répéter ? Être un bon guerrier, ce n'est pas simplement savoir chasser et se battre ! s'exclama le matou, impuissant contre la fureur qui s'emparait de lui. Il faut savoir pour quoi et pour qui on se bat !

— Je sais pour quoi je me bats ! Pour ma survie, comme toi ! »

Incrédule, Cœur de Feu dévisagea son neveu.

« Je me bats pour le Clan, pas pour moi-même ! »

Le petit animal lui rendit son regard posément.

« Très bien, souffla-t-il. Je lutterai pour la tribu, si c'est le prix à payer pour devenir un guerrier. Ça revient au même, de toute façon. »

Le félin roux mourait d'envie de secouer le galopin pour lui faire entrer un peu de bon sens dans le crâne, mais il prit une profonde inspiration et répondit le plus calmement possible :

« Tu ne peux pas avoir une patte dans chaque monde, tu sais. Il va falloir faire un choix. Il te faudra décider si tu veux vivre selon le code du guerrier ou mener une existence de chat domestique. »

En prononçant ces paroles, il se souvint qu'Étoile Bleue lui avait dit exactement la même chose quand Griffe de Tigre l'avait vu un jour discuter avec son vieil ami Ficelle à la lisière de la forêt. La différence, c'est que Cœur de Feu avait toujours su à qui allait sa loyauté. Il était devenu un chat sauvage dès ses premiers pas dans la forêt – du moins intérieurement.

Une nouvelle fois, Nuage de Neige parut perplexe.

« Pourquoi devrais-je choisir ? J'aime ma vie comme elle est, je ne vais pas en changer juste pour te faire plaisir !

— Il ne s'agit pas de me faire plaisir ! C'est pour le bien de la tribu ! La vie d'un chat domestique enfreint tous les articles du code du guerrier ! »

Sans plus l'écouter, le petit soupira, reprit sa musaraigne et se dirigea droit vers le camp. Incrédule, Cœur de Feu inspira profondément. Il avait une forte envie de chasser l'impertinent de leur territoire pour de bon... C'est alors que les paroles de Tempête de Sable lui revinrent. *Il doit choisir son destin*, marmonna-t-il en suivant l'apprenti jusqu'au camp, à bout d'arguments. Après tout, se dit-il, son neveu ne faisait de mal à personne en acceptant les croquettes des Bipèdes. Il espérait juste que le secret serait bien gardé.

En approchant du tunnel d'ajoncs, il entendit des cailloux rouler sur la pente du ravin. Peut-être Tempête de Sable revenait-elle de la chasse ? Mais ce fut l'odeur de Museau Cendré qui vint lui chatouiller les narines.

La chatte grise sautait maladroitement de rocher en rocher. Plusieurs touffes d'herbe à la bouche, elle boitait bas.

« Ça va ? »

Elle lâcha son chargement.

« Ne t'inquiète pas, haleta-t-elle. Ma jambe me joue des tours, c'est tout. J'ai mis plus de temps que prévu à trouver les pousses.

— Tu devrais en parler à Croc Jaune. Elle te dirait de ne pas en faire trop.

— Non !

— D'accord, d'accord, dit-il, surpris par la force de son refus. Laisse-moi au moins me charger de ces herbes. »

Elle agita les moustaches pour le remercier.

« Puisse le Clan des Étoiles bannir toutes les puces de ta litière ! lança-t-elle, espiègle. Je ne voulais pas être cassante. C'est juste que Croc Jaune a d'autres soucis en ce moment. Le travail de Fleur de Saule a commencé cet après-midi. »

Les oreilles de Cœur de Feu tressaillirent. La dernière mise bas à laquelle il ait assisté était celle de Rivière d'Argent.

« Ça se passe bien ?

— Je ne sais pas, marmotta Museau Cendré, mal à l'aise. J'ai préféré aller chercher les herbes plutôt qu'aider Croc Jaune. » Une ombre passa sur son visage. « Je... Je ne voulais pas y assister. »

Il devina qu'elle non plus n'arrivait pas à oublier la mort de Rivière d'Argent.

« Allez, viens, lança-t-il. Plus vite on saura comment elle va, moins on se fera du mouron. »

Il accéléra l'allure. L'apprentie retint une grimace de douleur.

« Attends ! l'implora-t-elle. Si je guérissais par miracle, tu serais le premier informé, mais pour l'instant il va falloir que tu ralentisses ! »

En entrant dans le camp, ils comprirent tout de suite que tout s'était bien passé. Un-Œil et Plume Cendrée sortaient de la pouponnière, l'air ému. On les entendait ronronner depuis l'autre bout de la clairière.

Tempête de Sable vint leur annoncer la bonne nouvelle.

« Fleur de Saule a eu deux filles et un fils !

— Comment va-t-elle ? s'enquit Museau Cendré.

— Très bien. Elle les allaite déjà. »

L'apprentie sauta de joie.

« Il faut que j'aille les voir ! » déclara-t-elle avant de s'éclipser.

Cœur de Feu posa son fardeau par terre et regarda autour de lui.

« Où est Nuage de Neige ?

— Quand Éclair Noir a vu la taille de la proie qu'il ramenait, il l'a envoyé nettoyer les litières des anciens.

— Tant mieux ! pouffa-t-il, ravi.

— Vous avez pu discuter ? lui demanda la chatte d'un ton plus grave.

— Oui. »

Le souvenir de leur conversation fit s'évaporer comme neige au soleil toute la joie suscitée par la mise bas de Fleur de Saule.

« Alors ? insista Tempête de Sable. Qu'a-t-il dit ?

— Il n'a pas l'air de se rendre compte que ce qu'il fait est mal », murmura-t-il d'un ton morne.

À sa grande surprise, elle ne sembla pas étonnée.

« Il est jeune. Ne t'inquiète pas. Rappelle-toi sa première prise, souviens-toi que vous partagez le même sang. » Elle lui donna un petit coup de langue sur la joue. « Avec un peu de chance, ça finira par se voir ! »

Pelage de Poussière s'était approché en douce. Il les interrompit soudain d'une voix pleine de fiel :

« Eh bien, tu peux être fier de ton apprenti ! railla-t-il. D'après Éclair Noir, il a rapporté la plus petite prise de la journée. Quel bon mentor tu fais ! »

Cœur de Feu tressaillit, piqué au vif.

« Fiche le camp ! répliqua Tempête de Sable. Inutile de venir cracher ton venin ici. Ça n'impressionne personne, tu sais. »

Le chat roux fut surpris de voir Pelage de Poussière reculer comme si elle lui avait donné un coup de patte. L'animal jeta un regard venimeux à son vieil ennemi et fila sans demander son reste.

« Pas mal ! s'écria le jeune lieutenant, impressionné par la férocité de sa camarade. Il faudra que tu m'apprennes à le faire !

— Je crains que ça ne fonctionne pas avec toi », soupira-t-elle, penaude, en regardant s'éloigner Pelage de Poussière.

Elle avait suivi son apprentissage avec lui, mais leur amitié dépérissait depuis qu'elle s'était rapprochée de Cœur de Feu.

« Ce n'est pas grave, conclut-elle. J'irai m'excuser plus tard. On va voir la nouvelle portée ? »

Étoile Bleue sortait justement du taillis de ronces, l'air détendu et ravi.

« De nouveaux guerriers pour le Clan du Tonnerre ! » déclara-t-elle d'un air triomphant tandis que Tempête de Sable se glissait à l'intérieur.

Cœur de Feu se mit à ronronner.

« On en aura bientôt plus que toutes les autres tribus !

— Espérons juste qu'on pourra leur faire plus confiance qu'à leurs aînés... », ajouta-t-elle d'un ton sinistre.

Il agita les oreilles sans répondre, consterné.

« Tu viens ? » lança la chatte au poil doré depuis la chaleur de la pouponnière.

Il en profita pour prendre congé de son chef et entrer.

Fleur de Saule était étendue sur une litière de mousse moelleuse. Trois nouveau-nés encore aveugles se tortillaient contre son ventre qu'ils malaxaient de leurs pattes humides.

Une douceur nouvelle éclairait le visage de Tempête de Sable. Sous le regard ensommeillé mais satisfait de leur mère, elle se pencha pour humer tour à tour la bonne odeur laiteuse de chacun des bébés.

« Félicitations ! » chuchota le matou.

Il était heureux de voir les chatons, mais ce spectacle lui rappelait aussi un grand chagrin. Il se remémora la naissance du fils et de la fille de Plume Grise. Comment allait son vieil ami ? Pleurait-il toujours son amour perdu ? Sa nouvelle vie et la présence de ses petits l'avaient-elles aidé à surmonter son chagrin ?

Soudain, la queue de Cœur de Feu se hérissa. Patte d'Épines ! Il se retourna brutalement, et un goût amer envahit sa gorge. Derrière lui, Bouton-d'Or était pelotonnée sur sa litière, les yeux fermés, entourée de sa portée endormie. Le chaton au poil sombre semblait aussi innocent que sa sœur... Le chat roux eut soudain honte de la rancœur étrange qu'il ne parvenait pas à étouffer.

Cœur de Feu se réveilla tôt le lendemain. Déprimé, il ne parvenait pas à oublier Plume Grise. Son vieil ami lui manquait encore plus, maintenant que Nuage de Neige lui donnait du souci. Discuter avec Tempête de Sable l'avait un peu soulagé, mais il mourait d'envie de connaître l'avis du guerrier cendré sur la question. Il finit par se lever. Il avait pris sa décision : essayer de croiser son compagnon de toujours ; pour cela un petit tour du côté de la rivière s'imposait.

Il sortit du repaire sans bruit puis s'étira longuement. Le soleil émergeait à peine à l'horizon – le ciel matinal se colorait de vieux rose. Au milieu de la clairière, Pelage de Poussière discutait avec Nuage de Bruyère, l'apprentie d'Éclair Noir. Que lui voulait-il ? Colportait-il des médisances, comme d'habitude ? Mais le guerrier semblait détendu ; il n'y avait pas la moindre trace d'arrogance dans sa voix. En fait, il parlait avec une grande douceur.

Cœur de Feu s'approcha du duo. Le mâle brun se renfrogna aussitôt qu'il l'aperçut.

« Tu veux bien prendre la patrouille de midi ? lui demanda le lieutenant.

— Je peux venir aussi ? réclama Nuage de Bruyère, tout excitée.

— Je ne sais pas... Je n'ai pas encore discuté de tes progrès avec Éclair Noir.

— Il dit qu'elle s'en sort bien, intervint Pelage de Poussière.

— Alors je te laisse lui en parler », suggéra le chat roux.

Un embryon de coopération... C'était peut-être l'occasion d'améliorer leurs rapports souvent tendus.

« Mais emmène aussi Nuage de Granit et un autre guerrier, ajouta-t-il.

— Ne t'inquiète pas. Je n'exposerai jamais Nuage de Bruyère au moindre danger. »

Surpris par son air préoccupé, Cœur de Feu bredouilla : « Euh... Tant mieux ! » avant de s'éloigner.

Il s'étonnait d'avoir pu mener une conversation entière avec Pelage de Poussière sans essuyer la moindre critique.

Une fois hors du ravin, il fila vers les Rochers du Soleil. Le sol était tellement sec que ses pattes soulevaient de petits nuages de poussière. Sur place, il remarqua que les plantes qui poussaient entre les grandes pierres plates étaient complètement flétries. Dire que la dernière averse remontait à presque deux lunes !

Une fois le groupe de rochers contourné, il se dirigea vers la frontière. Là, les bois étaient moins denses et descendaient en pente douce jusqu'au bord de la rivière. Le chant des oiseaux se mêlait au murmure des feuilles agitées par le vent ; à ses pieds, l'eau clapotait doucement. Il fit halte pour humer l'air. Pas de trace de Plume Grise. S'il voulait retrouver son vieux complice, il allait devoir s'aventurer en terrain ennemi. Il s'aperçut qu'il était déterminé à courir ce risque. La patrouille de l'aube devait déjà quadriller le territoire adverse, mais avec un peu de chance ils resteraient à distance.

Il traversa la frontière avant de s'engouffrer entre les fougères plantées au bord de l'eau. Il se sentait exposé à tous les regards, particulièrement vulnérable. Toujours aucun signe de Plume Grise. Oserait-il traverser la rivière ? Après tout, le niveau de l'eau avait beaucoup baissé en cette saison : il pouvait passer à gué sur presque toute sa largeur. Au milieu, le cours d'eau se faisait plus profond mais le courant, assez lent, lui permettrait de nager sans trop de difficulté. En plus, l'eau lui était devenue beaucoup plus familière qu'à la plupart de ses congénères depuis les terribles inondations de la saison des feuilles nouvelles.

Il se raidit quand une odeur inattendue s'insinua dans sa bouche qu'il laissa entrouverte pour mieux l'analyser. Le Clan de l'Ombre ! Que faisaient leurs ennemis si loin de chez eux ? Leurs terrains de chasse étaient séparés de la rivière par tout le territoire du Clan du Tonnerre.

Effrayé, il recula pour se dissimuler au milieu de la végétation. Il inspira profondément pour essayer de localiser l'origine de ces miasmes. Horreur ! En plus d'appartenir au Clan de l'Ombre, les intrus puaient la maladie, comme les deux prisonniers de la veille.

Les effluves provenaient d'un point situé plus en amont. Cœur de Feu se fraya un chemin parmi les fougères dont les tiges brunies crissaient contre son pelage. Juste devant lui, sur le territoire du Clan du Tonnerre, se dressait le tronc noueux d'un vieux chêne. Du fait de l'érosion, ses racines tordues avaient percé le sol de la forêt sous l'effet combiné du vent et de la pluie. À présent, elles formaient une petite grotte. Il flaira l'atmosphère. Les remugles d'épidémie venaient de là, sans aucun doute.

Sans le vouloir, il sortit ses griffes. Il devait chasser des terres du Clan l'abjection qui se trouvait dans cette caverne. Un goût affreux dans la bouche et le nez, il s'élança à travers les fougères. Le dos rond, il se planta d'un air menaçant à l'entrée de la grotte, prêt à se battre. Un lourd silence lui répondit. Il n'était rompu que par le bruit ténu de respirations sifflantes.

Le jeune lieutenant fouilla l'obscurité du regard, l'échine hérissée. Quand ses yeux furent accoutumés à la pénombre, il eut un haut-le-corps. La dernière fois qu'il avait vu ces deux félins, ils retournaient vers leur propre territoire par un tunnel creusé sous le Chemin du Tonnerre. C'étaient les intrus de la veille : Petit Orage et Poitrail Blanc.

« Pourquoi êtes-vous revenus ? grogna-t-il. Rentrez chez vous avant de contaminer toutes les tribus de la forêt ! »

Il retroussait les babines pour leur montrer les crocs quand une voix familière l'interrompit.

« Arrête, Cœur de Feu ! Laisse-les tranquilles ! »

CHAPITRE 11

« MUSEAU CENDRÉ ! QUE FAIS-TU ICI ? » Il fit volte-face. « Tu savais ce qui se passait ? »

L'apprentie avait déposé un ballot d'herbes devant elle. Elle leva le menton d'un air de défi.

« Ils avaient besoin de mon aide. Dans leur camp, seule la mort les attend !

— Alors ils sont revenus juste après leur départ ! rugit-il, furieux. Où les as-tu trouvés ?

— Près des Rochers du Soleil. J'ai décelé l'odeur de leur maladie hier, pendant que je faisais ma cueillette. Ils cherchaient un abri.

— Et tu les as amenés ici ! Je parie qu'ils sont revenus parce qu'ils savaient que tu les prendrais en pitié. »

Les paroles pleines de compassion de Museau Cendré, la veille, n'étaient pas tombées dans l'oreille d'un sourd.

« Tu as cru pouvoir les soigner sans que personne ne s'en aperçoive ? » reprit-il.

Il n'arrivait pas à croire que Museau Cendré se soit exposée – avec le reste de la tribu – à un tel danger. Elle soutint son regard sans broncher.

« Ne fais pas semblant d'être en colère. Tu avais

149

pitié d'eux, hier. Tu n'aurais pas eu le courage de les renvoyer une deuxième fois, toi non plus ! »

Elle croyait de toute évidence avoir fait le bon choix. D'ailleurs, il devait admettre qu'elle avait en partie raison : il plaignait les deux malades et s'était senti choqué par le manque de compassion d'Étoile Bleue. Sa colère reflua.

« Croc Jaune est au courant ?

— Je ne crois pas, répondit-elle.

— Ils sont très mal en point ?

— Leur état s'améliore. »

Elle parlait sans cacher sa satisfaction.

« Je sens encore la maladie autour d'eux, maugréa-t-il, soupçonneux.

— À vrai dire, ils ne sont pas encore totalement remis. Mais ça viendra. »

La voix de Petit Orage monta de l'obscurité, derrière lui.

« Nous sommes en train de guérir grâce à Museau Cendré. »

Il parlait déjà d'une voix plus assurée ; il se tenait aussi plus droit que la veille.

« On dirait qu'ils vont mieux, reconnut le chat roux. Comment as-tu fait ? Selon Croc Jaune, cette maladie est mortelle.

— Je crois que j'ai trouvé la bonne combinaison d'herbes et de baies », expliqua-t-elle d'un air ravi.

Il n'avait pas entendu une telle confiance dans sa voix depuis longtemps. Il reconnaissait enfin l'apprentie pleine de vie, la novice à la volonté de fer dont on lui avait confié la formation.

« Bravo ! » s'exclama-t-il.

Son premier mouvement fut d'imaginer la réaction d'Étoile Bleue : quelle ironie qu'un membre du Clan du Tonnerre trouve le remède de l'étrange maladie de leurs rivaux ! Il se rappela ensuite que la chatte grise n'était plus elle-même. Comment lui annoncer que Museau Cendré cachait des guerriers du Clan de l'Ombre ? C'était trop risqué. Le jugement de leur chef était altéré par sa crainte d'une attaque ennemie.

Aussi longtemps que les deux convalescents resteront là, ils seront en danger ! se dit-il. Il craignait qu'Étoile Bleue n'ordonne leur exécution si elle les découvrait sur son territoire.

« Je suis désolé, Museau Cendré, mais ils doivent partir. Ils ne sont pas en sécurité ici. »

Elle agita la queue avec irritation.

« Ils sont encore trop malades pour retourner chez eux. J'arriverai peut-être à les guérir, mais je ne suis pas une assez bonne chasseuse. Ils n'ont rien mangé depuis plusieurs jours.

— Je vais leur attraper un peu de gibier. Une ou deux proies leur donneront assez de forces pour rentrer.

— Oui, mais ensuite ? » demanda Poitrail Blanc, caché dans la pénombre.

Cœur de Feu ne savait pas quoi répondre. Il ne pouvait tout simplement pas les laisser contaminer le camp. Sans compter qu'une patrouille du Clan de l'Ombre risquait de venir chercher les deux guerriers disparus jusqu'en territoire adverse.

« Je vais vous apporter à manger, répéta-t-il. Ensuite, il faudra partir. »

Affolé, Petit Orage se redressa à grand-peine pour geindre d'une voix suraiguë :

« Ne nous renvoie pas là-bas ! Étoile Noire est trop faible. La maladie lui prend chaque jour une nouvelle vie. La tribu est persuadée qu'il va mourir. »

Cœur de Feu fronça les sourcils.

« Il doit lui en rester beaucoup, de toute façon.

— Tu n'as pas vu dans quel état il est ! se lamenta Poitrail Blanc. Le Clan vit dans la peur. Il n'y a personne pour prendre sa place.

— Et Œil de Faucon, votre lieutenant ? »

Le deux guerriers baissèrent les yeux sans répondre. Œil de Faucon était-il déjà mort ou simplement trop vieux pour devenir leur chef ? Quand Plume Brisée avait été banni, ce matou était déjà aussi vieux qu'Étoile Noire...

Malgré le danger, Cœur de Feu sentit que la compassion l'emportait sur la prudence.

« D'accord, soupira-t-il. Vous pouvez rester ici tant que vous n'aurez pas retrouvé des forces.

— Merci, Cœur de Feu ! » souffla Petit Orage d'une voix rauque, le visage illuminé par la gratitude.

Le rouquin s'inclina. Il se doutait qu'il était pénible pour ces fiers guerriers de reconnaître leur faiblesse. Il fit demi-tour.

« Merci, lui glissa Museau Cendré à l'oreille quand il passa à sa hauteur. Je savais que tu comprendrais pourquoi je les ai recueillis. Je ne pouvais pas les laisser mourir. Même... Même s'ils ne sont pas de notre Clan. »

Il devina qu'elle pensait à Rivière d'Argent, la pauvre reine qu'elle n'avait pas pu sauver. Il lui lécha l'oreille avec affection.

« Tu es une vraie guérisseuse, décréta-t-il. Voilà pourquoi Croc Jaune a fait de toi son apprentie. »

Dans cette partie de la forêt, le gibier abondait. Il se garda bien d'aller chasser sur les berges de la rivière afin de ne pas franchir la frontière. Il aurait pourtant voulu goûter un des rats d'eau dont elle regorgeait. Il ne mit pas bien longtemps à attraper un lapin et une grive. L'un, bien juteux, du côté des Rochers du Soleil, l'autre par surprise – elle était trop occupée à picorer un escargot pour l'entendre approcher.

À son retour, il trouva Museau Cendré couchée près du vieux chêne. Elle mâchait des baies dont elle recrachait la pulpe pour les ajouter au mélange d'herbes. Il poussa ses prises dans la caverne du bout de la patte, mais refusa d'y entrer. La puanteur de la maladie le dissuadait de s'approcher.

Il préféra regarder l'apprentie travailler, un peu inquiet pour sa santé. Elle avait dû pénétrer dans la grotte à de nombreuses reprises.

« Tu te sens bien ? murmura-t-il.

— Oui, tout va bien. Je suis contente que tu aies découvert la vérité. Je n'aime pas cacher des choses au Clan. »

Il agita la queue, pensif.

« Je crois que nous devrions garder ça pour nous.

— Tu ne vas pas en parler à Étoile Bleue ? » s'étonna-t-elle.

Il hésita un peu avant de répondre.

« C'est ce que j'aurais fait en temps normal...

— Mais elle ne s'est pas remise de cette histoire avec Griffe de Tigre », termina-t-elle.

Il soupira.

« Parfois, j'ai l'impression qu'elle va mieux, mais elle finit toujours par... »

Il laissa sa phrase en suspens.

« Croc Jaune dit qu'il lui faudra du temps pour guérir, déclara-t-elle.

— Alors elle a remarqué, elle aussi ?

— Pour être honnête, souffla-t-elle à contre-cœur, je crois que tout le Clan est au courant.

— Que disent-ils ? »

Il n'était pas tout à fait sûr de vouloir connaître la réponse.

« Pendant longtemps, elle a été un chef exceptionnel. Ils attendent simplement qu'elle le redevienne. »

La réponse de Museau Cendré lui mit un peu de baume au cœur. La foi de la tribu en son guide était émouvante, et ne devait pas être prise à la légère. Étoile Bleue allait se remettre, pas de doute.

« Tu rentres avec moi ? s'enquit-il.

— Il faut que je termine mon travail. »

Elle commença à mâchonner une autre baie.

En la laissant seule avec les combattants du Clan de l'Ombre et une puanteur qui donnait la chair de poule, il fut pris d'un sentiment étrange. Il se demanda s'il avait bien fait de les laisser rester, le temps qu'ils reprennent des forces.

Devant le camp du Tonnerre, il s'abrita sous un buisson pour faire une toilette complète. L'odeur nauséabonde des deux malades sur sa langue lui donnait envie de vomir. Il aurait voulu se désaltérer, mais le ruisseau qui coulait derrière la combe d'entraînement était tari depuis longtemps. Pour trouver de l'eau, il aurait fallu retourner à la rivière. Trop tard : il était temps pour lui de rentrer avant que ses camarades ne se demandent où il était passé. Il retournerait chercher son meilleur ami un autre jour.

Tempête de Sable vint l'accueillir quand il émergea du tunnel d'ajoncs.

« Tu chassais ?

— J'étais parti à la recherche de Plume Grise, à vrai dire. »

C'était la partie de la vérité la plus facile à admettre.

« Tu n'as pas trouvé de traces de Nuage de Neige, en chemin ? dit-elle sans se formaliser de l'aveu qu'il venait de faire.

— Il n'est pas au camp ?

— Il est parti chasser tôt ce matin. »

Elle aussi devait soupçonner une autre visite aux Bipèdes.

« Que faire ?

— On pourrait aller le chercher ensemble... suggéra-t-elle. Peut-être que si je lui parle, moi aussi, on pourra lui faire entendre raison. »

Il s'inclina avec reconnaissance.

« Tu as raison, ça vaut la peine d'essayer. »

Ils filèrent vers les Grands Pins à toute allure, sans prendre le temps d'échanger un mot. L'air était pesant, les aiguilles des conifères douces et fraîches sous leurs pattes. Tempête de Sable s'arrêtait de temps en temps pour humer les alentours, mais Cœur de Feu connaissait le chemin par cœur, aussi bien que celui des Quatre Chênes ou des Rochers du Soleil.

En passant de la pinède à la chênaie, il sentit que l'inquiétude de sa compagne grandissait. La vue des premières palissades n'arrangea pas les choses.

« Tu es sûr que c'est par là qu'il serait venu ? » chuchota-t-elle.

Elle jetait des coups d'œil nerveux autour d'elle et sursauta quand un chien se mit à aboyer. Cœur de Feu s'empressa de la rassurer :

« Ne t'affole pas, il ne peut pas sortir de son jardin. »

Il était gêné de connaître ce genre de détails. Les premiers temps, après son arrivée au camp, Tempête de Sable n'avait pas hésité à se moquer de ses origines de chat domestique... À présent qu'elle le considérait comme un guerrier à part entière, il rechignait à lui rappeler son passé.

« Les Bipèdes ne promènent pas leurs chiens, par ici ?

— Parfois, oui, reconnut-il. Mais on les entendra arriver. Ils ne sont pas franchement discrets. En plus, leur odeur est très repérable... »

Il espérait la faire rire pour l'aider à se détendre. En vain.

« Viens voir, lança-t-il. Je sens la trace de Nuage de Neige, ici. Elle est toute fraîche, non ? »

La chatte se pencha pour renifler les ronces qu'il désignait.

« Oui, tu as raison.

— Alors je crois que je devine où il est allé. »

Il contourna le buisson épineux, soulagé que la piste s'éloigne du jardin où vivait Princesse. Il n'avait pas envie que Tempête de Sable la rencontre si tôt. Le Clan entier savait qu'il lui rendait visite, puisqu'il leur avait un jour ramené Nuage de Neige, mais il ne se doutait pas de la force des liens qui l'unissaient à sa sœur. C'était préférable. Sinon, certains de ses congénères pourraient douter de sa loyauté à la tribu...

En approchant de la palissade escaladée par son neveu la veille, Cœur de Feu flaira un mauvais présage. Il y avait de nouvelles odeurs dans les parages. Quelque chose avait changé. Il grimpa le premier sur le tronc lisse du bouleau argenté, vite rejoint par son amie. Elle se mit à flairer l'atmosphère, les moustaches frémissantes.

Le jeune lieutenant regarda à travers les fenêtres de la maison. Elle paraissait vide et étrangement sombre. Il sursauta en entendant une porte claquer – le bruit résonna comme un coup de tonnerre. Une terrible angoisse s'empara de Cœur de Feu.

« Qu'y a-t-il ? lui demanda sa camarade, nerveuse, quand il sauta sur la clôture, la queue hérissée.

— Il se passe quelque chose d'étrange. Le nid est vide. Reste là. Je vais jeter un coup d'œil. »

Il traversa le jardin le plus discrètement possible. Dès qu'il fut devant la porte, il entendit des pas derrière lui. Tempête de Sable l'avait suivi, les muscles tendus à craquer mais l'air déterminé. Il hocha la tête, se tourna de nouveau vers le battant.

À cet instant, le vrombissement d'un monstre se fit entendre. Le chat roux se glissa dans un passage qui longeait la maison. La peur lui tordait le ventre, mais il continua jusqu'au bout du sentier. Dissimulé par l'ombre du mur, il vit sous la lumière aveuglante du soleil un labyrinthe d'allées et de nids de Bipèdes sans un seul arbre en vue.

À ses côtés, la chatte haletait, étourdie par ce spectacle.

« Regarde ! » souffla-t-il.

Une créature gigantesque, presque aussi grande qu'une maison, était immobile sur le chemin du Tonnerre. Le vacarme assourdissant provenait de ses entrailles.

Ils sursautèrent quand une autre porte claqua sur leur droite. Un Bipède s'avança vers le monstre, un étrange objet à la main. On aurait dit une petite tanière tissée avec des tiges rigides. À l'une de ses extrémités était tapie une boule de fourrure blanche. Le chasseur plissa les yeux pour mieux voir. Son cœur bondit dans sa poitrine quand il reconnut le visage aux yeux écarquillés de terreur pressé contre les barreaux.

C'était Nuage de Neige !

CHAPITRE 12

❧

« Au secours ! Ne les laissez pas m'emporter ! »

Le miaulement désespéré de Nuage de Neige porta malgré le ronronnement assourdissant du monstre.

Le Bipède n'y prêta aucune attention. Il monta à bord avec le chaton et claqua la porte. Dans un nuage de fumée nauséabonde, la créature s'éloigna sur le Chemin du Tonnerre.

Cœur de Feu n'y tenait plus.

« Non ! Attends ! » s'exclama Tempête de Sable quand il sortit de l'allée pour s'élancer derrière la bête.

Il fit la sourde oreille et détala de toute la vitesse de ses pattes malgré le ruban de pierre dure qui lui abîmait les coussinets, mais rien à faire : le monstre le distança presque aussitôt, tourna au coin de la rue et disparut.

Le lieutenant s'arrêta, à bout de souffle. Son amie s'époumonait :

« Reviens ! »

Avant de revenir vers elle, il contempla avec désespoir l'emplacement où était installée la créature quelques instants plus tôt. Tétanisé, il remonta le sentier avec Tempête de Sable, retraversa le jardin et franchit la palissade pour retourner à l'abri dans les bois. Il ne voyait plus rien autour de lui.

« Cœur de Feu ! lança Tempête de Sable quand ils eurent retrouvé le sol forestier tapissé de feuilles. Ça va aller ? »

Il n'arrivait pas à articuler un seul mot. Il fixait la clôture, incapable d'accepter ce qui venait de se passer. Les Bipèdes avaient enlevé Nuage de Neige ! Impossible d'oublier la peur qu'il avait lue sur le visage de son neveu. Où l'emmenait-on ? En tout cas, le chaton n'avait pas paru pressé d'y aller.

« Tes pattes saignent », murmura Tempête de Sable.

Il leva une patte : le sang perlait à ses blessures. Tempête de Sable se mit à les lécher pour en ôter le gravillon. Il souffrait mais ne protesta pas. Les coups de langue réguliers le rassuraient, comme un lointain souvenir de sa jeunesse. Peu à peu, la panique qui avait paralysé son esprit se dissipa.

« Il a disparu... », dit-il, la gorge serrée.

Un poids terrible écrasait sa poitrine.

« Il arrivera à rentrer, tu verras », lui promit-elle.

Le regard calme de ses yeux verts lui rendit une lueur d'espoir.

« S'il le veut vraiment », ajouta-t-elle avec compassion.

Ces mots lui transpercèrent le cœur, mais il savait qu'elle avait raison.

« Nuage de Neige sera peut-être plus heureux là-bas, continua-t-elle. Tu veux son bonheur, pas vrai ? »

Il acquiesça, pensif.

« Alors, viens, rentrons au camp ! » jeta-t-elle un peu trop brusquement.

Cœur de Feu céda à la frustration.

« C'est facile, pour toi ! rétorqua-t-il. Tu partages le même sang qu'eux ! Nuage de Neige était mon seul parent, ici ! Maintenant, il n'y a plus personne qui soit proche de moi ! »

Elle se cabra comme s'il l'avait frappée.

« Comment peux-tu dire une chose pareille ? Je suis là, moi ! Depuis le début, j'essaie de t'aider. Ça ne compte pas ? Je pensais que notre amitié était importante pour toi, mais visiblement j'avais tort ! »

Elle fit volte-face – sa queue cingla les pattes du matou – et détala entre les arbres.

Il resta planté là, dérouté par sa réaction. Ses pattes lui faisaient un mal de chien ; il se sentait plus misérable que jamais. Il s'enfonça dans les bois en évitant la palissade du jardin de Princesse. Il se demandait comment il allait pouvoir lui annoncer la disparition de son fils.

Comment apprendre la terrible nouvelle au Clan, d'ailleurs ? L'angoisse lui déchirait les entrailles. Il imagina la jubilation d'Éclair Noir. *Chat domestique un jour, chat domestique toujours !* Peut-être la raillerie qui l'avait hanté depuis son arrivée au camp était-elle en partie vraie.

Il fut distrait par une souris qui détalait sous les pins. La tribu avait besoin de gibier. Il se tapit d'instinct, mais il n'arrivait pas à prendre plaisir à chasser. Efficace et détaché, il attrapa la souris et entreprit de la ramener au camp.

Le soleil effleurait les cimes des arbres quand il

parvint au tunnel de fougères. Il s'arrêta un instant pour prendre une profonde inspiration avant de pénétrer dans la clairière, le rongeur à la gueule.

Comme tous les jours après le dîner, le Clan effectuait le rituel du partage – la toilette du soir. Poil de Souris vint à sa rencontre à l'entrée, comme si elle attendait son retour.

« Tu es parti longtemps ! lança-t-elle d'un ton prudent. Tout va bien ? »

Gêné, il évita son regard. Il convenait d'annoncer la nouvelle à Étoile Bleue en premier.

« En ton absence, Tornade Blanche a organisé la patrouille du soir…, poursuivit-elle.

— Euh… Parfait. Merci », bafouilla-t-il.

Elle s'inclina, polie, avant de tourner les talons.

Pensif, Cœur de Feu tenta de se convaincre que la disparition de Nuage de Neige ne signifiait pas qu'il soit seul parmi les siens. La plupart des félins semblaient accepter son accession au poste de lieutenant, malgré sa cérémonie de nomination trop tardive. Il aurait simplement voulu être sûr que le Clan des Étoiles partageait ce point de vue… Les guerriers d'autrefois souhaitaient punir le Clan du Tonnerre en le privant d'un de ses futurs guerriers, Nuage de Neige ? Pire, s'agissait-il pour eux de montrer que les chats domestiques n'avaient rien à faire dans la tribu ?

Taraudé par l'angoisse, il se sentait flageoler sur ses pattes. Il déposa sa prise sur le tas de gibier, se redressa. Un peu plus loin, Tempête de Sable était étendue près de Vif-Argent, un moineau entre les pattes. Cœur de Feu tressaillit quand elle lui lança un regard de reproche. Il allait devoir s'excuser, mais d'abord il fallait raconter à Étoile Bleue les mésaventures de Nuage de Neige.

À l'entrée de l'antre de son chef, il s'annonça, surpris d'entendre Tornade Blanche l'inviter à entrer. Couchée sur sa litière, l'air en pleine forme, Étoile Bleue faisait sa toilette avec le vétéran. Pour une fois, elle ressemblait à n'importe quel guerrier en compagnie d'un vieux compagnon. Touché par l'expression satisfaite de la chatte, Cœur de Feu hésita à la déstabiliser. Il lui apprendrait la mauvaise nouvelle plus tard.

« Oui, qu'y a-t-il ? s'enquit la reine.

— Je... Je me demandais juste si tu avais faim, bredouilla-t-il.

— Oh ! Merci, mais Tornade Blanche m'a apporté un pigeon. »

Elle désigna du menton un volatile bien entamé.

« Euh... Très bien, bon appétit alors ! »

Il battit en retraite rapidement, sans lui laisser le temps de poser d'autres questions. Sur le tas de gibier, il prit la souris qu'il venait d'attraper et s'approcha du bouquet d'orties devant lequel Tempête de Sable et Vif-Argent étaient étendus.

Sa camarade s'absorba aussitôt dans le dépeçage de sa proie, comme si elle ne l'avait pas vu arriver. Il déposa son repas sur le sol.

« Salut ! lança Vif-Argent. Je pensais que tu allais manquer le dîner.

— La journée a été longue. »

Cœur de Feu aurait voulu paraître détendu, mais malgré tous ses efforts sa réponse tenait plutôt du murmure rauque. Il lui sembla voir les moustaches de Vif-Argent frémir quand le guerrier jeta un coup d'œil à Tempête de Sable, qui ignorait toujours le nouveau venu.

« Je suis désolé pour tout à l'heure, chuchota Cœur de Feu à la chatte.

— J'espère bien ! marmonna-t-elle sans lever les yeux.

— Tu es une amie précieuse. Je suis désolé d'avoir pu te laisser croire que je ne t'apprécie pas à ta juste valeur.

— La prochaine fois, essaie de voir plus loin que le bout de ton nez !

— Tu es encore mon amie ?

— Je n'ai jamais cessé de l'être », dit-elle simplement.

Soulagé, il se coucha à côté d'elle et attaqua sa souris. Vif-Argent, qui n'avait pas dit un mot, semblait bien s'amuser. À l'évidence, leur petite dispute n'échappait à personne.

Excepté Éclair Noir, qui discutait avec Nuage de Granit devant la tanière des apprentis. Pourquoi parlait-il avec l'apprenti de Pelage de Poussière au lieu de dîner en compagnie de ses pairs ? Le chaton semblait réticent, mais son aîné insista jusqu'à ce qu'il s'incline et se dirige vers le bouquet d'orties.

La façon dont Éclair Noir regardait le petit montrait qu'il se préparait quelque chose.

Nuage de Granit s'arrêta devant Cœur de Feu, raide comme un piquet, la queue frémissante.

« Il y a un problème ? s'enquit le chasseur.

— Je me demandais simplement où était Nuage de Neige. Il a dit qu'il serait rentré pour le dîner. »

Cœur de Feu braqua le regard vers le matou noir

et gris, qui les surveillait de près, visiblement très intéressé par leur échange.

« Dis à Éclair Noir que s'il veut le savoir il n'a qu'à le demander lui-même ! »

Nuage de Granit recula d'un pas.

« Je... Je suis désolé, bégaya-t-il. J'ai reçu l'ordre de... »

Il se dandina d'une patte sur l'autre avant de regarder le jeune lieutenant bien en face.

« En fait, Éclair Noir n'est pas le seul à se poser la question. Moi aussi, je suis inquiet. Nuage de Neige avait promis de rentrer avant l'heure du dîner. »

Il hésita, détourna les yeux et conclut :

« Et quoi qu'il fasse par ailleurs, il tient toujours parole. »

Cœur de Feu fut ébahi par cette déclaration. Il n'avait jamais envisagé la possibilité que son neveu puisse gagner le respect et la loyauté de ses camarades comme n'importe quel autre guerrier. Mais qu'entendait Nuage de Granit par « Et quoi qu'il fasse par ailleurs » ?

CHAPITRE 13

« **N**UAGE DE NEIGE VA BIEN ? » s'inquiéta Nuage de Granit.

Cœur de Feu choisit ses mots avec soin.

« Je crois qu'il a quitté le Clan », finit-il par murmurer.

Inutile d'essayer de cacher ce qui s'était passé.

Le chaton fit trois pas en arrière, éberlué.

« Q... Quitté ? répéta-t-il. Mais il... Il nous l'aurait dit ! Je... n'arrive pas à croire qu'il soit resté là-bas !

— Où ça ? jeta Vif-Argent, qui s'était redressé. Que se passe-t-il ? »

Nuage de Granit dévisagea le félin roux d'un air piteux. Il savait qu'il avait trahi le secret de son ami.

« Retourne manger, lui dit Cœur de Feu d'une voix douce. Tu peux répondre à Éclair Noir que Nuage de Neige est retourné à sa vie de chat domestique. Le temps des secrets est terminé.

— Je n'arrive pas à croire qu'il soit vraiment parti, se lamenta l'apprenti, accablé. Il va vraiment me manquer. »

Il retourna vers son gîte, où Éclair Noir l'attendait comme une chouette au regard avide. La nouvelle allait faire le tour du camp avant le coucher du soleil.

« Où est passé Nuage de Neige ? fit Vif-Argent.

— Il est retourné vivre chez les Bipèdes », expliqua Cœur de Feu.

Chaque mot lui coûtait un peu plus que le précédent. Dans ses oreilles résonnaient encore les appels à l'aide déchirants de son élève, mais il savait que lui chercher des excuses ne servirait à rien. Comment convaincre le Clan que le petit avait été emporté contre sa volonté ? Tous retiendraient surtout que son neveu engraissait grâce aux Bipèdes depuis quelque temps.

Vif-Argent fronça les sourcils.

« Cette nouvelle va faire plaisir à Éclair Noir. »

Le guerrier au poil tigré jubilait déjà en se penchant pour écouter le rapport de Nuage de Granit. Il s'approcha sur-le-champ de Longue Plume et Petite Oreille, et la nouvelle commença à se répandre comme un feu de forêt. L'ancien se glissa entre les branches du chêne abattu pour partager l'information avec les autres doyens, tandis que Longue Plume filait vers la pouponnière. Comme Cœur de Feu l'avait craint, Éclair Noir s'était assuré que toute la tribu avait appris le retour de l'apprenti à son existence de chat domestique.

« Tu ne fais rien ? s'exclama Tempête de Sable d'une voix pleine d'indignation. Tu vas laisser Éclair Noir apprendre au Clan la disparition de Nuage de Neige ?

— Comment pourrais-je lutter contre la vérité ? se désespéra le jeune lieutenant.

— Tu pourrais parler à la tribu ! Lui expliquer ce qui s'est vraiment passé !

— Nuage de Neige a rejeté la vie de chat sauvage dès l'instant où il a commencé à accepter la pâtée des Bipèdes.

— Tu pourrais au moins le dire à Étoile Bleue !

— Trop tard », souffla Vif-Argent.

Le combattant au poil noir et gris se dirigeait vers l'antre de leur chef. La soirée de la chatte allait être gâchée, alors qu'elle avait grand besoin de paix. Cœur de Feu agita la queue, furieux. Mais, plus que la malveillance de son vieil ennemi, c'est la défection de Nuage de Neige qui le révoltait.

« Allez, mange au moins ton dîner », lui conseilla Tempête de Sable, un peu radoucie.

Mais il avait perdu son appétit. À mesure qu'ils apprenaient la nouvelle, les félins tournaient vers lui des yeux anxieux ou pleins de curiosité.

« Regarde ! » s'écria Vif-Argent en effleurant sa cuisse du bout de la queue.

Éclair Noir se dirigeait vers eux sans cacher sa jubilation.

« Étoile Bleue veut te voir ! » lança-t-il d'une voix de stentor.

Cœur de Feu s'exécuta avec un soupir résigné. Il hésita à l'entrée, un peu angoissé. La chatte ne manquerait pas de voir dans la disparition de Nuage de Neige une autre trahison. Allait-elle se mettre à douter de son lieutenant à cause de ses origines de chat domestique ?

« Entre, Cœur de Feu ! s'écria-t-elle. Je te sens rôder dehors ! »

Il franchit le rideau de fougères. La reine grise était roulée en boule sur sa litière. À ses côtés, Tornade Blanche paraissait dévoré par la curiosité. Le jeune lieutenant pointa les oreilles en avant. Il ne voulait pas qu'elles trahissent son angoisse.

« Alors voilà pourquoi tu es venu me voir tout à l'heure ! déclara Étoile Bleue. Tu n'étais pas venu t'enquérir de mon appétit... »

Il fut surpris de détecter un brin d'amusement dans sa voix.

« D'habitude, tu ne m'apportes du gibier que si tu crois que je n'en ai plus pour longtemps. J'ai cru que la rumeur se répandait que j'étais à l'agonie ! »

Il n'en revenait pas de la voir prendre la disparition de Nuage de Neige aussi calmement.

« Je... Je suis désolé, bafouilla-t-il. Je venais t'annoncer la mauvaise nouvelle, mais tu avais l'air... en paix, alors je n'ai pas voulu te déranger.

— Je ne suis pas au meilleur de ma forme, ces temps-ci, mais je ne suis pas en sucre, rétorqua-t-elle, soudain grave. Je suis toujours votre chef, je dois savoir tout ce qui se passe ici.

— Compris.

— Bon. Éclair Noir m'a dit que Nuage de Neige était retourné vivre chez les Bipèdes. Tu savais que ça risquait de se produire ?

— Oui, mais je ne l'ai découvert que récemment. Je me suis aperçu hier qu'il allait quémander de la nourriture à la ville.

— Et tu t'es dit que tu pouvais l'en dissuader tout seul...

— Oui. »

Tornade Blanche les regardait en silence, sans rien manquer de leur échange.

« On ne peut pas forcer un chat à éprouver certains sentiments, déclara Étoile Bleue. Si Nuage de Neige désirait redevenir un chat domestique, le Clan des Étoiles lui-même n'aurait rien pu y changer.

— Je sais. Mais ce n'est pas si simple. »

Il ne voulait pas convaincre le reste de la tribu que Nuage de Neige avait des circonstances atténuantes, mais Étoile Bleue devait connaître toute l'histoire. Pour son bien ou celui de son neveu ? Il l'ignorait.

« Il a été enlevé par des Bipèdes contre son gré.

— Enlevé ? répéta Tornade Blanche. Comment le sais-tu ?

— J'étais là quand ils sont montés avec lui à l'intérieur d'un monstre. Il appelait à l'aide. J'ai poursuivi la créature, mais je n'ai pas pu la rattraper.

— Mais ces Bipèdes le nourrissaient depuis quelque temps, lui rappela Étoile Bleue, sceptique.

— Oui, admit Cœur de Feu. Je lui en ai parlé hier, et je ne suis pas sûr qu'il voulait pour autant redevenir un chat domestique. Je crois qu'il se considérait encore comme un des nôtres. Il ne se rendait pas compte de la gravité de ses infractions au code du guerrier, ajouta-t-il, la gorge serrée.

— Tu es sûr que la tribu a besoin d'un guerrier tel que lui ? »

Il y avait une part de vérité dans ces paroles. Il baissa les yeux, car il avait honte de son apprenti.

« Il est encore jeune, chuchota-t-il. Je pense qu'il

a le cœur d'un chat sauvage, même s'il ne s'en rend pas encore compte.

— Cœur de Feu..., lui dit la chatte d'une voix douce. Le Clan du Tonnerre a besoin de combattants loyaux et courageux, comme toi. Si Nuage de Neige a été enlevé, c'est peut-être ce que voulait le Clan des Étoiles. Il n'est pas né dans la forêt, mais il a vécu parmi nous assez longtemps pour que nos ancêtres se penchent sur sa destinée. Ne sois pas trop triste. Où qu'il soit allé, ils feront en sorte qu'il y trouve le bonheur. »

Il redressa lentement l'échine.

« Merci, Étoile Bleue. »

Il aurait voulu croire que les guerriers d'autrefois veillaient sur son apprenti, qu'ils ne cherchaient pas à punir la tribu ou à se débarrasser des chats domestiques qui y vivaient. Il n'était pas totalement convaincu, mais la compassion de son chef lui mettait du baume au cœur. Il était surtout soulagé qu'elle n'ait pas interprété la disparition de Nuage de Neige comme un mauvais présage.

Cette nuit-là, Cœur de Feu fit un nouveau songe. Le rêve l'emporta loin au-dessus de la forêt, vers les Quatre Chênes, dans un ciel limpide dont les étoiles scintillantes finirent par le déposer directement sur le Grand Rocher. Il percevait la puissance du rocher sans âge, la fraîcheur de la pierre lisse sous ses pattes encore douloureuses après la poursuite sur le Chemin du Tonnerre. Il sentit que Petite Feuille le rejoignait et poussa un soupir de soulagement : contrairement à son dernier cauchemar, elle ne l'avait pas abandonné.

« Cœur de Feu ! » murmura une voix chère à son oreille.

Il fit volte-face, sûr de se retrouver en face d'une douce robe écaille-de-tortue luisant au clair de lune. Mais elle n'était pas là.

« Où es-tu, Petite Feuille ? s'écria-t-il, désespéré de ne pas la voir.

« Cœur de Feu..., chuchota-t-elle. Méfie-toi de l'ennemi qui paraît dormir.

— Que veux-tu dire ? demanda-t-il, pris d'une étrange inquiétude. Quel ennemi ?

— Méfiance ! »

Il ouvrit les yeux et releva la tête d'un seul coup. Il faisait encore sombre dans la tanière où résonnaient les légers ronflements des autres guerriers. Il se leva et se faufila entre les corps endormis. En passant devant Éclair Noir, il remarqua que les oreilles du guerrier était pointées en avant, malgré ses paupières closes.

Méfie-toi de l'ennemi qui paraît dormir. La mise en garde lui revint aussitôt à l'esprit, mais il écarta cette idée. Petite Feuille n'avait pas besoin de lui rappeler de se méfier d'Éclair Noir. Cœur de Feu savait très bien que le guerrier ne lui vouait pas la même loyauté qu'au Clan. L'avertissement de la guérisseuse concernait autre chose, un détail qu'elle avait peur que le jeune lieutenant ne puisse pas voir par lui-même.

Dehors, le clair de lune nimbait la clairière d'argent ; une brise fraîche soufflait. Il s'assit à la lisière des arbres pour regarder les étoiles. Que craignait Petite Feuille ? Il se creusa la tête pour passer en revue tous les problèmes qu'il avait affrontés ces derniers temps – la guérison d'Étoile Bleue, la disparition de Nuage de Neige, la découverte des deux convalescents du Clan de l'Ombre. C'est ça ! pensat-il. Museau Cendré prétendait les avoir soulagés, mais elle se trompait peut-être. Et si les deux bêtes avaient seulement *l'air* d'aller mieux ? L'angoisse le taraudait comme une armée de puces obstinées. Petite Feuille était guérisseuse, de son vivant. Elle avait sans doute compris que la maladie n'était pas encore stoppée. Elle le prévenait peut-être que l'épidémie se répandait déjà dans la tribu. Plus il y pensait, plus il avait la certitude que c'était la bonne interprétation à donner à son rêve.

Des chauves-souris se pourchassaient entre les arbres ; leurs ailes silencieuses semblaient attiser le feu qui le rongeait. Comment avait-il pu laisser les deux malades rester sur le territoire du Clan ? Il fallait qu'il demande à Museau Cendré si elle était certaine de les avoir guéris. Il se leva d'un bond pour traverser en trombe le camp et le tunnel de fougères.

Devant le repaire de Croc Jaune, il fit halte, essoufflé. Dans la fissure du rocher retentissaient les ronflements de la guérisseuse. Son apprentie dormait sur une litière aménagée dans les fougères qui ceinturaient la petite clairière. Le guerrier s'approcha.

« Museau Cendré ! souffla-t-il, d'un ton pressant.

— C'est toi, Cœur de Feu ? marmonna-t-elle, encore somnolente.

— Museau Cendré ! » répéta-t-il plus fort.

Elle ouvrit les paupières, roula sur le ventre et se redressa à moitié.

« Qu'y a-t-il ?

— Tu es sûre que nos deux "amis" sont vraiment guéris ? »

Le chat roux prit bien soin de chuchoter, même s'il était sûr que Croc Jaune ne pourrait pas l'entendre de son gîte.

L'apprentie parut déroutée.

« Tu m'as réveillée pour me demander ça ? Je te l'ai dit hier, ils vont mieux.

— Mais ils sont encore malades ?

— Oui, c'est vrai. Mais beaucoup moins qu'avant.

— Et toi ? Tu ne présentes aucun symptôme ? Personne ici ne présente de fièvre ou de douleur étrange ? »

Elle bâilla et s'étira.

« Je suis en parfaite santé. Les chats du Clan de l'Ombre aussi. La tribu entière se porte comme un charme. Tout le monde va bien ! Pourquoi t'inquiéter comme ça, enfin ?

— J'ai fait un rêve, lui expliqua-t-il d'un air gêné. Petite Feuille est venue me voir et m'a dit de me méfier d'un ennemi qui paraît dormir. Je pense qu'elle parlait de la maladie. »

Elle renifla, excédée.

« Ton rêve te prévenait sans doute de ne pas réveiller la pauvre Museau Cendré, qui a eu une très longue journée, sous peine de te faire arracher les moustaches ! »

Il remarqua alors qu'elle avait l'air épuisée. Elle avait encore plus de travail ces derniers temps, entre ses tâches au camp et le traitement de ses deux patients cachés.

« Désolé, mais je crois que Petit Orage et Poitrail Blanc vont devoir partir », marmonna-t-il.

Cette fois, elle ouvrit grand les yeux.

« Tu as dit qu'ils pouvaient rester tant qu'ils ne seraient pas guéris, lui rappela-t-elle. Tu as changé d'avis à cause d'un simple cauchemar ?

— Ce ne serait pas la première fois que Petite Feuille a raison. Je ne peux pas prendre le risque de les laisser près de notre Clan. »

Elle en resta sans voix un instant, puis le supplia :

« Laisse-moi le leur annoncer.

— D'accord. Demain. Promis ? »

Elle posa le menton sur ses pattes de devant.

« Compte sur moi. Mais si ton rêve se trompait ? Si le Clan de l'Ombre est aussi atteint par l'épidémie qu'ils le disent, on risque de les envoyer à la mort. »

Il serra les dents, très ému. Mais il fallait avant tout qu'il protège sa tribu.

« Tu saurais leur apprendre à préparer le remède, non ? suggéra-t-il.

— Oui, je pourrais.

— Parfait. Dans ce cas, ils seront capables de se soigner, et peut-être même d'aider leur Clan. »

Même s'il était soulagé de ne pas complètement abandonner les deux félins, il se sentait obligé d'expliquer ses motivations.

« Tu sais, il faut que j'écoute Petite Feuille... »

Sa gorge se serra, et il se tut. L'odeur des fougères autour d'eux accentuait encore ses souvenirs de l'ancienne guérisseuse, qui avait vécu et travaillé dans cette même clairière.

« Tu parles d'elle comme si elle était encore vivante, murmura Museau Cendré, les paupières closes. Pourquoi ne peux-tu pas la laisser reposer auprès de nos ancêtres ? Je sais qu'elle comptait beaucoup pour toi, mais souviens-toi de ce que Croc Jaune m'a dit quand je pensais sans arrêt à Rivière d'Argent. Concentre-toi sur le présent. Cesse de ruminer le passé.

— Je ne peux pas me rappeler Petite Feuille ? Où est le mal ?

— Parce que, pendant que tu rêves d'elle, il y a une autre chatte – vivante, celle-là – juste sous ton museau, à qui tu devrais plutôt penser. »

Il la dévisagea, perplexe.

« Qu'est-ce que c'est que cette histoire ?

— Tu n'as rien remarqué ?

— Mais de quoi parles-tu ? »

Museau Cendré ouvrit les paupières et tendit le cou.

« Cœur de Feu, tous les chats de la tribu ont compris depuis des lustres que Tempête de Sable a un gros, très gros faible pour toi ! »

Il se mit à rougir sous sa fourrure et commença à protester, mais l'apprentie l'ignora. Elle reposa le menton sur ses pattes.

« À présent fiche le camp et laisse-moi me reposer ! ronchonna-t-elle. Je dirai à Petit Orage et Poitrail Blanc de partir demain, je te le promets. »

Il eut à peine le temps de faire trois pas que le léger ronflement de l'apprentie se mêlait déjà à ceux de Croc Jaune. Encore sous le choc, il entra dans le tunnel. Il savait que Tempête de Sable l'aimait et le respectait beaucoup plus que lors de son entrée dans le Clan. Mais jamais il n'aurait cru qu'elle éprouvait plus que de l'amitié pour lui. Il se rappela soudain la douceur de ses gestes la veille, lorsqu'elle avait léché ses pattes blessées. Un picotement étrange, comme il n'en avait jamais ressenti auparavant, se répandit doucement dans son ventre.

CHAPITRE 14

Les jours suivants, le débit des ruisseaux du territoire du Clan du Tonnerre diminua tellement que les seules réserves d'eau disponibles se trouvaient désormais près de la frontière avec le Clan de la Rivière, de l'autre côté des Rochers du Soleil.

« Je n'ai jamais vu une saison des feuilles vertes aussi caniculaire, pestait Un-Œil. La forêt est aussi sèche qu'une touffe d'herbe morte. »

Cœur de Feu cherchait en vain un nuage dans le ciel. Il lançait une prière silencieuse au Clan des Étoiles pour que la pluie revienne le plus vite possible. La sécheresse forçait les félins à aller chercher de l'eau de plus en plus près de l'endroit où Museau Cendré avait installé ses deux patients du Clan de l'Ombre. Il ne voulait pas qu'un des éclaireurs soit contaminé. En même temps, la pénurie d'eau le distrayait de son chagrin après l'enlèvement de Nuage de Neige.

La patrouille de midi venait de rentrer. Pelage de Givre mettait sur pied un groupe d'anciens et de reines qu'elle comptait emmener boire à la rivière. Ils s'étaient réunis à l'ombre des arbres, à la lisière de la clairière.

« Pourquoi le Clan des Étoiles nous envoie-t-il une sécheresse ? » se plaignit Petite Oreille.

Du coin de l'œil, Cœur de Feu vit le vieux mâle gris couler un regard dans sa direction et se souvint avec un frisson des doutes de l'ancien concernant le rituel transgressé de sa nomination.

« Ce n'est pas la sécheresse qui m'ennuie, maugréa Un-Œil. Ce sont tous ces Bipèdes dans la forêt. Je n'en ai jamais vu autant se promener un peu partout en effrayant nos proies. Un peu de pluie pourrait les décourager.

— Moi, je m'inquiète pour Fleur de Saule, déclara Perce-Neige. Aller à la rivière et revenir, c'est un sacré bout de chemin ; or elle n'aime pas laisser ses nouveau-nés trop longtemps. Pourtant, si elle ne boit pas, son lait se tarit et ses chatons risquent la mort.

— Bouton-d'Or est dans la même situation, intervint Pomme de Pin. Si on leur rapportait tous des boules de mousse imprégnées d'eau, elles pourraient les lécher ?

— C'est une excellente idée », déclara Cœur de Feu.

Il se demanda pourquoi il n'y avait pas pensé lui-même. Il essayait peut-être d'oublier la pouponnière – et en particulier un des petits qui y vivaient.

« Vous pourriez en rapporter aujourd'hui ? » ajouta-t-il.

Le vieux matou noir et blanc acquiesça.

« On en rapportera tous un peu, proposa Perce-Neige.

— Merci. »

Le chat roux agita les moustaches pour la remercier. Nuage de Neige aurait spontanément proposé son aide aux doyens, pensa-t-il, le cœur serré. Il avait toujours été très proche d'eux : il écoutait leurs histoires le soir, partageait même parfois leur repas. S'il se laissait aller à y penser, le jeune lieutenant était peiné de constater que les anciens ne semblaient pas remarquer l'absence de son neveu. Cœur de Feu était-il le seul à penser que Nuage de Neige aurait pu s'accoutumer à la vie sauvage ? Il agita les oreilles, irrité. Peut-être Étoile Bleue avait-elle raison, peut-être l'apprenti était-il plus heureux chez les Bipèdes. Son oncle était cependant étonné qu'il lui manque à ce point.

Il appela Tempête de Sable et Poil de Fougère, qui se reposaient à l'ombre du bouquet d'orties après la patrouille de midi. Ils se levèrent sur-le-champ et le rejoignirent.

« Vous voulez bien escorter Petite Oreille et les autres ? leur demanda-t-il. Ils seront peut-être contraints de s'approcher de la rivière, et ils auront besoin de renforts s'ils tombent sur une patrouille ennemie. » Il marqua un temps. « Je sais que vous êtes fatigués, mais les autres guerriers sont sortis s'entraîner, et je dois garder le camp avec Tornade Blanche.

— Pas de problème, répondit Poil de Fougère.

— Je ne suis pas fatiguée, Cœur de Feu », renchérit Tempête de Sable.

Elle le fixait de ses yeux d'un vert profond. Au souvenir de ce que Museau Cendré lui avait dit quelques jours plus tôt, un frisson courut le long de son échine.

« Euh, génial », lança-t-il un peu trop fort.

Il commença à se lécher le poitrail, un peu gêné. Quand il remarqua que les moustaches de Poil de Fougère frémissaient, son geste devint encore plus convulsif.

Il fut soulagé quand le groupe s'engouffra dans le tunnel d'ajoncs et qu'il se retrouva seul. Tornade Blanche était avec Étoile Bleue, dans son repaire. Fleur de Saule et Bouton-d'Or se trouvaient dans la pouponnière, avec leurs petits. Ces derniers jours, le lieutenant avait vu le fils de Griffe de Tigre faire le tour du camp sur des pattes maladroites, sous les encouragements de sa mère. Méfiant, Cœur de Feu l'avait observé en évitant de croiser son regard.

À présent qu'il l'écoutait miauler avec les autres petits, le lieutenant fut surpris de constater qu'il s'inquiétait surtout de savoir si Bouton-d'Or allait pouvoir boire assez vite pour nourrir sa portée. Il espérait que l'expédition ne serait pas obligée d'aller jusqu'à la rivière. Flanquée de la fourrure flamboyante de Tempête de Sable, la bande de reines et d'anciens trop fatigués pour se déplacer rapidement parmi les broussailles risquait d'être très vite repérée. Il sursauta soudain : les deux malades du Clan de l'Ombre ! Et si Museau Cendré ne les avait pas renvoyés ? Et s'ils se cachaient toujours là-bas ?

Il fila vers la clairière de Croc Jaune et faillit percuter l'apprentie qui sortait du tunnel de fougères.

« Qu'est-ce qui te prend ? le taquina-t-elle avant de remarquer son affolement et de redevenir sérieuse.

— Tu as dit à Petit Orage et Poitrail Blanc qu'il fallait qu'ils partent ? la pressa Cœur de Feu.

— On en a déjà parlé, soupira-t-elle avec impatience.

— Tu es sûre qu'ils sont bien partis ?

— Ils ont promis de s'éclipser le soir même, rétorqua-t-elle d'un air de défi.

— L'odeur de la maladie est-elle encore perceptible ? insista-t-il, aux cent coups.

— Écoute ! Je leur ai dit de partir et ils ont promis de le faire. Je n'ai pas le temps de bavarder. J'ai des baies à aller cueillir avant que les oiseaux ne s'en chargent. Si tu ne me crois pas, tu n'as qu'à aller vérifier toi-même s'ils sont partis ou non.

— Je ne sais pas avec qui tu discutes, mais la cueillette n'attend pas ! s'écria la guérisseuse depuis son antre.

— Désolée, Croc Jaune, répliqua Museau Cendré. Je parlais avec Cœur de Feu.

— Eh bien, dis-lui d'arrêter de te faire perdre ton temps, ou il aura affaire à moi ! »

L'apprentie fit la moue.

« Je suis désolé de t'ennuyer avec cette histoire, s'excusa le guerrier, un peu honteux. J'ai confiance en toi, bien sûr. C'est juste que...

— Tu es un vieux blaireau grognon, termina-t-elle en lui donnant un petit coup de museau affectueux. Va jeter un coup d'œil à leur caverne toi-même, si tu veux être rassuré. »

Sur ce, elle se dirigea vers l'entrée du camp.

Elle avait raison. Cœur de Feu savait qu'il ne serait apaisé qu'après avoir inspecté le vieux chêne en personne pour s'assurer de n'y trouver aucune trace des malades contagieux. Mais impossible de quitter le camp pour l'instant. Tornade Blanche et lui étaient les deux derniers guerriers présents. Frustré et inquiet, il se mit à arpenter la clairière. Il faisait demi-tour devant le Promontoire pour rebrousser chemin quand il vit le vieux chat se diriger vers lui.

« Tu as déjà fixé la composition de la patrouille du soir ? lui demanda le chasseur blanc.

— Je me disais que Vif-Argent pourrait emmener Nuage d'Épines et Poil de Souris.

— Bonne idée », répondit son aîné d'un air distrait, visiblement préoccupé par quelque chose. « Nuage Blanc pourrait-elle se joindre à celle de l'aube, demain ? Je crois que cette expérience lui ferait du bien. Je... Je n'ai pas consacré beaucoup de temps à son entraînement, ces derniers jours. »

Cœur de Feu s'aperçut que le matou passait de plus en plus de temps avec Étoile Bleue. Tornade Blanche craignait-il ce que la chatte pourrait faire s'il la laissait seule trop longtemps ? Le jeune lieutenant se sentait soulagé qu'un autre membre du Clan – le plus respecté de leurs vétérans – partage ses inquiétudes concernant leur chef.

« Bien sûr », répondit-il.

Le grand chat s'assit à côté de lui et contempla les environs.

« C'est un après-midi bien tranquille !

— Tempête de Sable et Poil de Fougère ont emmené les anciens et les reines boire près de la rivière. Pomme de Pin leur a suggéré de rapporter chacun une boule de mousse imprégnée d'eau pour Fleur de Saule et Bouton-d'Or.

— Peut-être pourraient-ils en rapporter aussi pour Étoile Bleue. Elle rechigne à quitter le camp. » Le vieux guerrier baissa la voix. « Chaque matin, elle lèche la rosée sur les feuilles, mais il lui en faut plus, par cette chaleur. »

La gorge de Cœur de Feu se serra.

« Pourtant, elle avait l'air d'aller mieux, l'autre jour...

— Elle va de mieux en mieux, lui assura Tornade Blanche. Mais elle reste... »

Il laissa sa phrase en suspens, le visage sombre. Il n'avait pas besoin d'en dire plus.

« Je comprends. Je vais demander à Pomme de Pin de lui apporter de la mousse quand ils rentreront.

— Merci. » Il marqua un temps d'arrêt. « Tu te débrouilles bien, tu sais. »

Il parlait d'une voix posée. Cœur de Feu s'assit plus droit.

« Que veux-tu dire ?

— En tant que lieutenant. Je sais que ce n'est pas facile, avec... les problèmes actuels de notre chef, et la sécheresse. Mais je doute que quiconque oserait nier qu'Étoile Bleue a bien fait de te choisir. »

Excepté Éclair Noir, Pelage de Poussière et la moitié des doyens, lui répondit le chat roux en son for intérieur. Il comprit ensuite qu'il faisait le difficile, et agita les oreilles pour remercier son aîné.

« Merci, Tornade Blanche. »

Un tel compliment de la part du vétéran, dont il respectait l'opinion autant que celle d'Étoile Bleue, lui faisait un plaisir immense.

« Tu sais, je suis désolé pour Nuage de Neige, reprit le chasseur avec beaucoup de douceur. Ce doit être difficile pour toi. Après tout, il était de ton sang... Je crois qu'il est trop facile pour les félins nés ici d'oublier le réconfort qu'ils tirent de la fraternité de sang qui les unit.

— Oui, c'est vrai, il me manque, rétorqua Cœur de Feu d'un ton hésitant, estomaqué par la perspicacité du guerrier. Pas seulement parce qu'il était de mon sang. Je crois vraiment qu'il aurait fini par faire un bon combattant. »

Il s'attendait à être contredit par son camarade, mais fut surpris de constater que celui-ci hochait la tête.

« Il avait un don pour la chasse. C'était aussi un bon ami pour les autres apprentis, acquiesça Tornade Blanche. Mais peut-être que nos ancêtres lui réservaient un autre destin. Je ne suis pas guérisseur, je ne peux pas lire dans les étoiles comme Croc Jaune et Museau Cendré, mais je fais confiance aux guerriers d'autrefois pour guider notre Clan. »

Et c'est ce qui fait toute ta noblesse, se dit le jeune lieutenant, empli d'admiration pour cette indéfectible loyauté au code du guerrier. Si Nuage de Neige avait eu une once de cette fidélité, peut-être les choses auraient-elles été différentes...

En entendant rouler des cailloux à l'entrée du camp, les deux animaux sursautèrent. Cœur de Feu se précipita vers l'entrée. L'air affolé, Perce-Neige et les autres descendaient la pente rocailleuse à toute vitesse, dans un nuage de poussière et de gravillons.

« Des Bipèdes ! » haleta la chatte dès qu'elle fut au fond du ravin.

Le chat roux vit les deux guerriers aider les anciens à sauter de rocher en rocher.

« Tout va bien, lui cria Tempête de Sable. On les a semés. »

Une fois en sécurité, Poil de Fougère expliqua entre deux halètements de terreur :

« Il y avait un groupe de jeunes Bipèdes parmi eux. Ils nous ont donné la chasse ! »

Cette déclaration fut suivie d'un concert de miaulements apeurés qui donna la chair de poule à Cœur de Feu.

« Tout le monde va bien ? » s'inquiéta-t-il.

Après une inspection rapide du groupe, son amie lui fit signe que oui.

« Tant mieux ! » Il prit une profonde inspiration pour se calmer. « Où avez-vous croisé ces Bipèdes ? Près de la rivière ?

— Juste avant les Rochers du Soleil », lui apprit Tempête de Sable. Les prunelles brillantes d'indignation, elle avait retrouvé un peu de calme et repris son souffle. « Ils étaient en plein milieu de la forêt, pas sur les sentiers qu'ils empruntent d'habitude. »

Le jeune lieutenant s'efforça de cacher son affolement. Les hommes s'aventuraient rarement aussi loin dans les bois.

« Nous allons attendre qu'il fasse nuit pour aller chercher de l'eau, déclara-t-il à voix haute.

— Tu crois qu'ils seront partis, ce soir ? fit Un-Œil d'une voix rauque.

— Pourquoi resteraient-ils ? »

Il essayait de paraître rassurant malgré ses doutes. Qui pouvait prédire le comportement d'un Bipède ?

« Mais... que faire pour Fleur de Saule et Bouton-d'Or ? protesta Perce-Neige. Elles ont besoin d'eau tout de suite.

— Je vais aller en chercher, lui proposa Tempête de Sable.

— Non, objecta Cœur de Feu. Je m'en charge. »

Voilà qui lui donnerait l'opportunité d'aller inspecter la caverne creusée sous le vieux chêne.

« Tu pourrais monter la garde au sommet du ravin ? » demanda-t-il à son amie.

Un-Œil poussa un cri d'angoisse.

« Je suis sûr qu'ils sont tous repartis, la rassura-t-il. Mais vous serez totalement en sécurité avec Tempête de Sable en sentinelle. »

Il croisa le regard émeraude de la guerrière et sut qu'il disait vrai.

« Je vais venir avec toi », proposa Poil de Fougère.

Il refusa d'un geste. Il avait besoin de se déplacer seul pour éviter de dévoiler la bonne action de Museau Cendré.

« Je veux que tu surveilles le camp avec Tornade Blanche, dit-il au mâle brun doré. Va aussi raconter ce que tu as vu dans la forêt à Étoile Bleue. Je vais ramener autant de mousse que possible. Les autres devront attendre le coucher du soleil pour aller se désaltérer. »

Cœur de Feu et Tempête de Sable sortirent du ravin ensemble. Sur la crête, ils humèrent l'atmosphère avec méfiance. Pas de trace des Bipèdes.

« Fais attention à toi », chuchota la chatte avant qu'il ne s'enfonce dans la forêt.

Il lui donna un petit coup de langue entre les deux oreilles.

« C'est promis. »

Ils se regardèrent dans les yeux pendant un long moment. Le jeune lieutenant se glissa ensuite avec précaution entre les arbres. Il progressait dans les taillis les plus denses, la bouche entrouverte pour saisir le moindre signe de danger. Il repéra leur étrange parfum près des Rochers du Soleil, mais la piste était déjà froide.

Il coupa à travers bois pour rejoindre la pente, au-dessus de la rivière, où passait la frontière. Il guettait une éventuelle patrouille adverse mais aussi la silhouette grise de son ami Plume Grise. Dans l'air étouffant, aucun signe du passage du moindre félin. Il avait donc libre accès au cours d'eau, mais d'abord il comptait aller jeter un coup d'œil au vieux chêne.

En longeant la frontière, il en profita pour marquer le territoire du Clan tous les sept ou huit arbres. Même à proximité de la rivière, la végétation avait perdu sa luxuriance : feuilles et tiges s'étaient rabougries. Il vit bientôt se profiler la silhouette de l'arbre noueux, et celle de la caverne où les chats du Clan de l'Ombre s'étaient abrités.

Il flaira les environs. La puanteur de la maladie avait disparu. Soulagé, il décida d'entrer inspecter la grotte. Les yeux fixés dessus, il se plaqua au sol, tendit le cou et contempla la tanière improvisée.

Brusquement, un poids mort lui tomba sur le dos et des griffes acérées s'agrippèrent à ses flancs.

Il poussa un cri affolé, puis se mit à hurler, submergé par la peur et la rage, en se tortillant pour se débarrasser de son agresseur. Mais l'animal qui lui avait tendu une embuscade était bien accroché. Cœur de Feu se prépara à une attaque sur son ventre exposé, mais les grosses pattes l'enserraient en douceur, leurs griffes rentrées. Une odeur familière vint lui chatouiller les narines – mêlée à celle du Clan de la Rivière, mais reconnaissable.

« Plume Grise ! s'écria-t-il, fou de joie.

— Je commençais à croire que tu ne viendrais jamais me voir ! » répondit son vieux complice.

Le sacripant se laissa glisser jusqu'au sol. Il était trempé. La fourrure rousse de Cœur de Feu dégoulinait, elle aussi. Il s'ébroua et dévisagea le guerrier cendré avec ébahissement.

« Tu as traversé la rivière à la nage ? »

Tous les chats du Clan du Tonnerre savaient que Plume Grise détestait se mouiller. L'intéressé n'eut pas besoin de se secouer longtemps pour se débarrasser de l'eau qui imprégnait sa robe. Son long pelage, qui en absorbait des quantités astronomiques, autrefois, luisait doucement au soleil.

« C'est plus rapide que d'aller jusqu'au gué, expliqua-t-il. D'ailleurs, ma fourrure retient moins l'eau qu'avant. Un des avantages de manger du poisson, il faut croire !

— Et certainement le seul, j'imagine ! » répondit le chat roux, le nez froncé.

À ses yeux, la saveur forte de ces proies aquatiques ne pouvait pas se comparer aux arômes subtils du gibier de la forêt.

« Ce n'est pas si mal, c'est une question d'habitude, voilà tout. Dis-moi, tu as l'air en forme !

— Toi aussi !

— Comment va le Clan ? Pelage de Poussière a guéri de ses blessures ? Et Étoile Bleue ?

— Pelage de Poussière se porte comme un charme. Quant à Étoile Bleue... »

Il chercha ses mots ; il ne savait pas s'il devait trop en dire à ce propos.

« Que se passe-t-il ? » s'inquiéta Plume Grise.

Son compagnon de toujours le connaissait trop bien pour ne pas remarquer son hésitation. Cœur de Feu agita les oreilles avec gêne.

« Étoile Bleue va bien, au moins ? s'affola son camarade.

— Oui, bien sûr », le rassura le jeune lieutenant, soulagé. C'était son anxiété pour leur chef que le guerrier au poil gris avait perçue, et pas sa méfiance envers son vieil ami. « Mais elle n'est plus elle-même, ces temps-ci. Plus depuis que Griffe de Tigre... »

Il ne termina pas sa phrase.

« Tu as vu ce sale traître depuis son bannissement ? voulut savoir Plume Grise.

— Non, pas la moindre trace de lui. Je ne sais pas quelle serait la réaction d'Étoile Bleue si elle le revoyait.

— Elle lui crèverait les yeux, telle que je la connais. Rien ne peut la décourager très longtemps. »

Si seulement c'était vrai, pensa Cœur de Feu. Une immense tristesse l'avait envahi : il ne pouvait plus se confier à son complice de toujours ! Plume Grise était un membre du Clan de la Rivière, à présent. Impossible de lui parler de la fragilité d'Étoile Bleue. Il n'était pas non plus prêt à évoquer la disparition de Nuage de Neige – du moins pas encore. Il avait beau se répéter qu'il ne voulait pas inquiéter son ami, que celui-ci ne pouvait rien changer à la situation, de toute façon... il se doutait bien que son silence était une affaire de fierté. Il ne voulait pas avouer qu'il avait échoué deux fois de suite dans sa tâche de mentor, puisque l'enlèvement de Nuage de Neige avait succédé à l'accident de Museau Cendré.

« Comment ça se passe, dans ta nouvelle tribu ? » lança-t-il pour changer le sujet.

Plume Grise haussa les épaules.

« C'est la même chose qu'au sein du Clan du Tonnerre. Certains chats sont amicaux, d'autres râleurs, d'autres amusants, d'autres sont... euh... normaux, si on peut dire. »

Le guerrier roux enviait la décontraction de son ami, dont la nouvelle vie n'était pas compliquée par les responsabilités d'un lieutenant. Au fond de lui, il en voulait toujours un peu à Plume Grise d'avoir quitté la tribu. Bien sûr, le jeune père ne pouvait pas abandonner ses chatons... Mais si seulement il avait pu se battre pour qu'ils restent au sein du Clan du Tonnerre !

Cœur de Feu fit taire ces pensées désagréables.

« Comment vont tes petits ? »

Le matou cendré se mit à ronronner.

« Ils sont merveilleux ! La femelle est le portrait craché de sa mère, aussi belle et aussi indomptable ! Elle fait tourner en bourrique la chatte qui l'élève, mais tout le monde l'adore. Surtout Étoile Balafrée. Le mâle est plus coulant, il est joyeux en toutes circonstances.

— Comme son père !

— Et presque aussi beau que lui », se vanta Plume Grise, espiègle.

La présence de son ami réchauffait le cœur du lieutenant, comme autrefois.

« Tu me manques », avoua-t-il, soudain submergé par un désir étrange : il aurait voulu que le chat gris soit là pour chasser et se battre à leurs côtés. « Je voudrais tellement que tu reviennes.

— Je ne peux pas laisser mes chatons. »

Cœur de Feu eut toutes les difficultés du monde à cacher son incrédulité – après tout, d'habitude les petits étaient élevés par leur mère, pas par leur père.

« Oh, on s'occupe très bien d'eux à la pouponnière ! poursuivit Plume Grise. Ils sont heureux, à l'abri. Mais je ne supporte pas l'idée de les quitter. Ils me rappellent trop Rivière d'Argent.

— Elle te manque à ce point-là ?

— Je l'aimais », répondit-il simplement.

D'abord rongé par une pointe de jalousie, le lieutenant roux se rappela la peine qu'il éprouvait toujours au réveil après avoir rêvé de Petite Feuille. Pour elle, il aurait peut-être fait la même chose. *Ou pour Tempête de Sable ?* murmura une voix au plus profond de lui.

Il effleura du bout du museau le nez de son camarade, qui lui rendit la pareille.

« Arrêtons avec ces histoires sentimentales ! décréta le guerrier cendré, comme s'il pouvait lire dans ses pensées. Tu n'es pas venu ici pour me voir, pas vrai ?

— Euh, en effet..., avoua Cœur de Feu, pris de court.

— Tu cherchais les combattants du Clan de l'Ombre, non ?

— Comment le sais-tu ?

— Difficile de ne pas les repérer, vu leur puanteur. Les chats du Clan de l'Ombre empestent, mais quand ils sont malades c'est encore pis !

— Les tiens sont-ils au courant de leur présence ? »

Si d'autres tribus découvraient que le Clan du Tonnerre abritait encore une fois des félins ennemis – malades, de surcroît – ce serait une catastrophe.

« Pas que je sache, le rassura Plume Grise. J'ai proposé de me charger de toutes les patrouilles dans cette zone-ci. Les autres se sont dit que j'avais le mal du pays et ils m'ont laissé faire. Je pense qu'ils espéraient en secret que je retourne parmi vous, hypnotisé par les parfums de la forêt !

— Mais pourquoi avoir protégé des chats du Clan de l'Ombre ?

— Je suis venu leur parler peu après leur arrivée. Ils m'ont dit que c'était Museau Cendré qui les avait cachés là. Je me suis dit que si elle avait quelque chose à voir dans cette affaire, tu devais être de mèche. Abriter deux sacs à puces mal en point, ça te ressemblait trop !

— En fait, je n'ai pas été franchement ravi quand je m'en suis aperçu.

— Mais tu l'as laissée faire. »

Cœur de Feu haussa les épaules.

« Euh... Oui.

— Elle a toujours su te mener par le bout du nez, le taquina Plume Grise, plein d'affection. De toute façon, ils sont partis, maintenant.

— Quand ça ? s'enquit Cœur de Feu, soulagé que Museau Cendré ait tenu parole.

— J'en ai vu un chasser de ce côté-ci de la rivière il y a deux ou trois jours, mais rien depuis.

— Il y a deux ou trois jours ? »

Ils n'étaient pas partis depuis très longtemps, constata-t-il, consterné. La chatte avait-elle décidé de les soigner jusqu'au bout, finalement ? Irrité par cette idée, il estima cependant qu'elle n'aurait pas pris cette décision sans raison. Il remerciait juste le Clan des Étoiles que les deux convalescents ne soient pas tombés sur une patrouille partie collecter un peu d'eau. Ils étaient partis à présent – la maladie aussi, avec un peu de chance.

« Écoute, il faut que j'y aille, lui dit Plume Grise. C'est mon tour de chasse, et j'ai promis de surveiller quelques apprentis cet après-midi.

— Tu as un apprenti ?

— Je ne pense pas que le Clan de la Rivière soit prêt à me confier un élève pour l'instant », murmura-t-il, les paupières animées d'un tremblement – marque de tristesse ou humour ? « On se voit bientôt, termina-t-il en donnant un petit coup de museau à son compagnon.

— Compte sur moi. »

Écrasé de tristesse, Cœur de Feu regarda son camarade s'éloigner. Petite Feuille, Plume Grise,

Nuage de Neige... Était-il destiné à perdre tous les chats dont il était proche ?

« Prends bien soin de toi ! » s'écria-t-il.

Le matou traversa les fougères plantées sur la berge et s'enfonça dans la rivière avec assûrance. Ses larges épaules créaient un léger remous derrière elles, ses pattes solides le propulsaient sans peine. Cœur de Feu secoua la tête : il aurait voulu se débarrasser de tous ses soucis aussi facilement que Plume Grise s'ébrouait après une de ses traversées. Il se tourna et disparut entre les arbres.

CHAPITRE 15

Cœur de Feu tenait la boule de mousse délicatement entre ses mâchoires. Elle avait perdu beaucoup de gouttes sur le chemin – le guerrier avait le poitrail et les pattes mouillées – mais il restait assez d'eau pour étancher la soif de Bouton-d'Or et Fleur de Saule pour l'instant. Le soir venu, une patrouille retournerait en chercher un peu plus.

Divisée en petits groupes disséminés dans la clairière, la tribu attendait que le soleil se cache enfin derrière la cime des arbres. La plupart avaient déjà dîné et faisaient leur toilette. Ils s'interrompirent entre deux coups de langue pour saluer leur lieutenant quand il émergea du tunnel d'ajoncs. Le chat roux fit un petit signe discret à Vif-Argent, Poil de Souris et Nuage d'Épines, qui s'apprêtaient à partir en patrouille.

Plume Blanche se préparait à emmener un autre groupe d'anciens chercher de l'eau. En passant devant le chêne abattu, où la bande était rassemblée, Cœur de Feu entendit Petite Oreille clamer :

« Il va falloir dresser l'oreille et ouvrir l'œil ! Vous voyez cette entaille dans mon oreille ? Une chouette me l'a faite quand j'étais apprenti. Elle a

197

fondu sur moi d'un seul coup. Mais je vous promets que mes griffes lui ont laissé une cicatrice beaucoup plus grosse que celle-là ! »

Rassuré par les murmures familiers de la vie de la tribu, Cœur de Feu se détendit un peu. Après tout, les combattants du Clan de l'Ombre étaient partis, comme Museau Cendré le lui avait promis, et il avait même pu bavarder un peu avec Plume Grise. Il se glissa dans la pouponnière pour déposer la mousse entre Fleur de Saule et Bouton-d'Or.

« Merci ! souffla la première.

— Il y en aura plus après le dîner », promit-il aux deux reines qui se mirent à lécher les précieuses gouttes de liquide. Une fois encore, les yeux ambrés du fils de Griffe de Tigre l'épiaient dans l'ombre. « Plume Blanche va emmener les anciens à la rivière une fois le soleil couché et les Bipèdes rentrés chez eux.

— Certains ne sont pas sortis du camp après le coucher du soleil depuis un bout de temps, fit observer Bouton-d'Or.

— Je crois que Petite Oreille est ravi de l'aventure. Il leur racontait l'histoire d'une chouette qui chassait autrefois près des Rochers du Soleil. Le pauvre Demi-Queue n'avait pas l'air très rassuré.

— Un peu d'action ne lui fera pas de mal, lança Fleur de Saule. J'aimerais bien les accompagner, histoire de me dégourdir les pattes. Surtout s'il faut affronter une chouette !

— Ta vie de guerrière te manque ? » lui demanda-t-il, surpris.

Elle avait l'air tellement à l'aise, étendue dans la pouponnière au milieu de ses nouveau-nés. Il ne s'était pas imaginé qu'elle puisse regretter son ancienne vie.

« Elle ne te manquerait pas, dans la même situation ? s'étonna-t-elle.

— Euh... si, bredouilla-t-il. Mais tu as tes petits. »

Elle aida à se relever une minuscule chatte écaille-de-tortue qui venait de glisser, la déposa entre ses pattes de devant et se mit à la lécher.

« Oh oui, j'ai mes petits, mais j'ai envie de courir dans la forêt, d'attraper mes propres proies, de partir en patrouille. J'ai hâte de pouvoir emmener mes trois chatons dans les bois pour la première fois.

— Je suis sûr qu'ils feront d'excellents chasseurs », déclara-t-il.

Le souvenir doux-amer de la première sortie de Nuage de Neige lui revint. Le garnement s'était aventuré dans la forêt enneigée pour ramener un campagnol ! Le cœur gros, le chat roux prit congé des deux reines en se demandant au passage quel genre de guerrier ferait le fils de Griffe de Tigre.

« À tout à l'heure », marmonna-t-il avant de se glisser dehors.

Les odeurs tentantes du tas de gibier vinrent lui chatouiller les narines, mais il lui restait une tâche à accomplir avant de pouvoir s'installer devant son dîner. Il se dirigea vers le gîte de Croc Jaune.

La guérisseuse profitait des derniers rayons du soleil, la fourrure aussi peu soignée qu'à son habitude. Elle leva le museau pour lui souhaiter la bienvenue.

« Bonsoir, Cœur de Feu ! Que fais-tu là ?

— Je cherche Museau Cendré.

— Pourquoi ? Que me veux-tu encore ? soupira l'apprentie, dissimulée dans sa tanière de fougères, avant de passer la tête à l'entrée.

— C'est une manière de saluer notre lieutenant ? la réprimanda Croc Jaune, qui cachait mal son amusement.

— Quand il me dérange en plein sommeil, oui ! rétorqua sa cadette, qui sortit dans la clairière. On dirait qu'il a décidé de m'empêcher de me reposer, ces temps-ci ! »

La vieille chatte sembla soudain soupçonneuse.

« Qu'est-ce que vous fabriquez, tous les deux ?

— Tu oses soumettre notre lieutenant à un interrogatoire ? » se moqua Museau Cendré.

Croc Jaune se mit à rire.

« Je sais que vous me faites des cachotteries. Mais je ne mettrai pas mon nez dans vos affaires. Tout ce que je sais, c'est que mon apprentie est redevenue elle-même. C'est une bonne chose, parce qu'elle ne servait à rien quand elle se morfondait comme un champignon sous la pluie ! »

Il fut soulagé de voir les deux bêtes échanger des piques comme autrefois, avant la mort de Rivière d'Argent. Il piétina le sol brûlé par le soleil : il était venu parler à l'apprentie du départ de ses deux patients, mais impossible d'aborder le sujet devant Croc Jaune.

« C'est étrange, maugréa la guérisseuse. J'ai une envie subite d'aller me chercher une autre souris sur le tas de gibier. » Il agita les oreilles pour la remercier. « Il te faut quelque chose, Museau Cendré ? »

Elle jeta un coup d'œil par-dessus son épaule à son élève, qui lui fit signe que non.

« Très bien, je vous laisse, conclut Croc Jaune. Prenez votre temps... »

Quand elle eut disparu, Cœur de Feu chuchota :

« Je suis allé inspecter la grotte. Tes deux malades sont partis...

— Je te l'avais dit.

— Mais seulement il y a deux ou trois jours !

— Ils n'auraient pas pu s'en aller plus tôt. D'ailleurs il a bien fallu que je prenne le temps de leur apprendre à préparer le remède. »

Il agita la queue, excédé par l'entêtement de Museau Cendré, mais ne lui fit aucune remontrance. Elle croyait sincèrement avoir fait le bon choix, et lui-même était bien obligé de reconnaître qu'elle avait sans doute eu raison.

« Je leur ai bien dit de partir, tu sais, renchérit-elle, soudain moins sûre d'elle-même.

— Je te crois. C'était à moi de m'assurer qu'ils avaient obéi, pas à toi.

— Au fait, comment sais-tu quand ils sont partis ?

— C'est Plume Grise qui me l'a dit.

— Tu lui as parlé ? Il va bien ?

— Il est en pleine forme. Il nage comme un poisson, maintenant !

— Tu plaisantes ! s'étrangla-t-elle. Je n'aurais jamais cru ça de lui !

— Moi non plus ! »

Il sursauta, gêné, quand son ventre se mit à gargouiller.

« Va manger ! lui ordonna Museau Cendré. Tu as intérêt à te dépêcher avant que Croc Jaune ne dévore tout le tas de gibier ! »

Il lui donna un petit coup de langue sur l'oreille.

« À plus tard ! » souffla-t-il.

La guérisseuse lui avait laissé un écureuil et un pigeon. L'oiseau à la gueule, il chercha où s'installer pour le déguster. Il sentit que Tempête de Sable l'observait, étendue sur le flanc, sa queue enroulée autour de ses pattes de derrière.

Il sentit son cœur se mettre à battre plus vite. Elle avait le poil roux, pas écaille-de-tortue, les yeux vert pâle, pas couleur d'ambre, et alors ? Figé sur place, les yeux fixés sur son amie, il se rappela les paroles de Museau Cendré : Concentre-toi sur le présent, cesse de ruminer le passé. Il savait que Petite Feuille aurait toujours une place dans son cœur, mais comment nier le frisson qui parcourait son échine quand il regardait Tempête de Sable ? Il traversa le camp pour la rejoindre. Quand il déposa sa proie à côté d'elle et se coucha pour attaquer son repas, il l'entendit se mettre à ronronner.

Soudain, un affreux miaulement lui fit dresser l'oreille. Sa camarade se releva à la hâte quand Poil de Souris et Nuage d'Épines déboulèrent dans la clairière. Leur pelage était taché de sang et l'apprenti boitait.

Cœur de Feu se hâta d'avaler sa bouchée et se leva d'un bond.

« Que s'est-il passé ? Où est Vif-Argent ? »

Les autres félins se rassemblèrent autour de lui, l'échine hérissée, tremblant de peur.

« Je ne sais pas, haleta Poil de Souris. Nous avons été attaqués.

— Par qui ?

— Dans l'obscurité, on n'a rien pu voir.

— Et leur odeur ?

— Impossible à dire, expliqua Nuage d'Épines, à bout de souffle. On était trop près du Chemin du Tonnerre. »

Cœur de Feu remarqua que l'apprenti oscillait, prêt à s'effondrer.

« Va tout de suite voir Croc Jaune, lui ordonna-t-il. Tornade Blanche, je veux que tu viennes avec nous », cria-t-il au vétéran qui sortait déjà de l'antre d'Étoile Bleue. Pour finir, il se tourna vers Poil de Souris. « Emmène-nous sur les lieux. »

À côté de lui, Tempête de Sable et Pelage de Poussière attendaient leurs ordres.

« Vous deux, vous restez ici pour monter la garde. C'est peut-être un piège pour attirer les guerriers dehors. C'est déjà arrivé. »

Comme il ne restait plus qu'une vie à Étoile Bleue, il voulait en priorité protéger le camp. Tornade Blanche et lui se ruèrent dans le tunnel d'ajoncs côte à côte, Poil de Souris, essoufflée, sur les talons. Ensemble, ils sortirent du ravin pour s'élancer dans la forêt.

Cœur de Feu ralentit l'allure quand il vit que la chatte avait du mal à les suivre.

« Il faut faire vite », l'encouragea-t-il.

Il savait que ses blessures devaient la faire souffrir, mais il fallait absolument trouver Vif-Argent. Il avait le pressentiment que cette attaque était liée au Clan de l'Ombre. Petit Orage et Poitrail Blanc étaient encore sur leur territoire très peu de temps auparavant... L'avaient-ils amené par la ruse à mettre sa tribu en danger ? Il se dirigea d'instinct vers le Chemin du Tonnerre.

« Non ! objecta Poil de Souris. C'est par là ! »

Elle courait de plus en plus vite et finit par le dépasser. Elle se dirigeait vers les Quatre Chênes. Cœur de Feu s'aperçut qu'il était déjà passé par là en suivant Petit Orage et Poitrail Blanc le jour où Étoile Bleue les avait fait raccompagner à la frontière. Les agresseurs de la patrouille étaient-ils venus par le tunnel de pierre creusé sous le Chemin du Tonnerre ?

Poil de Souris s'arrêta entre deux grands frênes. Au loin, les monstres ronronnaient ; leur odeur nauséabonde flottait parmi les broussailles. Devant eux, ils virent le corps élancé de Vif-Argent étendu par terre. Un matou noir et blanc se penchait sur le guerrier immobile. C'était Poitrail Blanc !

En les voyant approcher, le guerrier du Clan de l'Ombre ouvrit de grands yeux. Il recula, les jambes flageolantes.

« Il est mort ! » gémit-il.

Cœur de Feu coucha les oreilles en arrière, envahi par une terrible rage. Était-ce donc ainsi que leur ennemi récompensait les bontés du Clan du Tonnerre ? Sans se soucier de ce que Tornade Blanche et Poil de Souris faisaient, il poussa un cri de fureur et se jeta sur Poitrail Blanc, qui se recroquevilla en feulant. Le jeune lieutenant le renversa sur le sol, où il resta étendu sans résistance.

Dérouté, le chat roux contempla son adversaire tapi sans défense, l'air terrifié. Voyant son hésitation, le félin bicolore détala dans un buisson de ronces, sans doute en direction du tunnel de pierre. Cœur de Feu lui donna la chasse, sans se soucier des épines qui s'accrochaient à sa fourrure. Il finit par apercevoir le bout de la queue du combattant qui émergeait du taillis et se retrouva sur le bas-côté de la route.

Le poursuivant sortit des fourrés un instant plus tard, le vit planté au bord du Chemin du Tonnerre et se précipita vers lui. Mais, au lieu de s'enfuir vers le tunnel, Poitrail Blanc, dans sa terreur, se rua droit sur la bande d'asphalte.

Horrifié, Cœur de Feu vit le matou affolé se jeter en aveugle sur la pierre grise. Un vrombissement assourdissant retentit. Le mâle roux recula d'un bond en fronçant le nez quand le vent malodorant soulevé par le monstre cingla son visage. Le danger passé, il ouvrit les yeux et s'ébroua. Une forme désarticulée gisait sans bouger sur le Chemin du Tonnerre. La créature avait touché Poitrail Blanc !

Pendant un bref instant, Cœur de Feu se figea, assailli par les souvenirs douloureux de l'accident de Museau Cendré. C'est alors qu'il vit le blessé remuer. Il était incapable de laisser qui que ce soit au milieu de la route, même si c'était un guerrier du Clan de l'Ombre et le meurtrier d'un des guerriers les plus valeureux de sa tribu. Il regarda à sa droite et à sa gauche. Aucun monstre en vue. Il se précipita vers la victime. L'animal semblait plus petit que jamais, son poitrail blanc était maculé de sang qui luisait comme un incendie sous les rayons du soleil couchant.

205

Cœur de Feu comprit aussitôt que le déplacer ne ferait que hâter sa fin. Tremblant, il contempla la bête que Museau Cendré avait soignée en secret avec tant de persévérance.

« Pourquoi avez-vous attaqué notre patrouille ? » chuchota-t-il.

Il se pencha plus près quand Poitrail Blanc ouvrit la bouche pour répondre, mais la voix rauque du combattant fut noyée par le passage d'une créature à un poil de moustache des deux félins, qui furent douchés de gravillons. Le rouquin planta ses griffes du mieux possible dans la surface rigide du Chemin du Tonnerre et se colla contre le blessé.

Poitrail Blanc rouvrit la bouche. Un petit filet de sang perla au coin de ses lèvres. Un long spasme courut le long de son corps. Mais, avant qu'il puisse parler, ses pupilles se fixèrent sur un point situé au-dessus de l'épaule de Cœur de Feu, à la lisière du territoire du Clan du Tonnerre. Ses yeux reflétèrent une terreur sans nom avant de se voiler. Il était mort.

Le jeune lieutenant se retourna pour voir ce qui avait pu terrifier ainsi le matou dans ses derniers instants. Son cœur bondit dans sa poitrine quand il vit celui qui se tenait au bord du Chemin du Tonnerre. C'était le guerrier au poil brun qui hantait ses rêves.

Griffe de Tigre.

CHAPITRE 16

FIGÉ SUR PLACE, CŒUR DE FEU CONTEMPLA le félin dont l'ombre menaçante pesait sur sa vie depuis des lunes. Les apparences de loyauté au Clan s'étaient envolées, désormais. Griffe de Tigre était un banni, l'ennemi de tous ceux qui respectaient le code du guerrier.

Le soleil couchant allumait des reflets sanglants au sommet des arbres et dans la fourrure brune du grand chat. Dans le silence de la route déserte, Griffe de Tigre renifla d'un air méprisant.

« Pousser des félins chétifs à se tuer sur le Chemin du Tonnerre, est-ce là tout ce que tu sais faire pour défendre ton territoire ? »

En un instant, l'esprit de Cœur de Feu se clarifia – il ne lui restait plus qu'une colère froide et la force de son corps affûté. Il fixa le traître droit dans les yeux malgré le vrombissement d'un autre monstre qui se rapprochait. Il ne bougea pas d'un pouce quand la créature le dépassa en soulevant sa fourrure, aussitôt suivie d'une autre. Le chat roux ne ressentait plus aucune peur. Dans l'instant très bref qui sépara le passage des deux bêtes, il se concentra sur sa cible et bondit.

Griffe de Tigre fut complètement pris au dépourvu quand l'animal lui tomba dessus, toutes griffes dehors, en rugissant avec furie. Ils roulèrent ensemble sur l'herbe jusqu'au couvert des arbres. Cœur de Feu puisa de la force dans les parfums familiers de la forêt – son territoire, à présent, et non celui du traître – et ils luttèrent comme des enragés. Sur leur passage, les broussailles étaient aplaties et de grands trous creusés dans le sol par leurs griffes.

Dès son premier bond, il s'était fermement agrippé à son adversaire, dont il aurait pu compter les côtes tellement il avait maigri. Mais le vétéran n'avait pas perdu ses muscles malgré son exil. Il se ramassa sur lui-même, bondit et se contorsionna. Cœur de Feu fut décroché du dos de son opposant et atterrit lourdement sur le flanc. Le souffle coupé, il lutta pour se relever le plus vite possible – trop tard, son vieil ennemi lui sauta dessus et le plaqua par terre avec des griffes qui le percèrent jusqu'à l'os.

Il hurla de douleur, mais le grand félin le maintint au sol. Une odeur vint lui chatouiller les narines quand l'animal tendit le cou pour lui murmurer dans l'oreille :

« Tu m'écoutes bien, chat domestique ? Je vais vous tuer un par un, toi et tous tes guerriers. »

Même dans le tourbillon de la bataille, ces paroles firent frissonner Cœur de Feu. Il savait que son rival était sincère. Il se rendit soudain compte que de nouveaux bruits et de nouvelles odeurs l'entouraient – des félins inconnus ! Ils étaient encerclés. Mais par qui ? Dérouté par la puanteur du Chemin du Tonnerre, du sang de Poitrail Blanc, et de sa propre peur, il se demanda s'il s'agissait du reste des chats errants réunis par Plume Brisée, qui avaient aidé Griffe de Tigre à attaquer le camp peu de temps auparavant. Poitrail Blanc avait-il décidé de se joindre à cette bande de bannis plutôt que de retourner à sa tribu en proie à une épidémie mortelle ?

Désespéré, Cœur de Feu prit appui sur ses pattes de derrière. Ses griffes cherchèrent le ventre de son assaillant, qui avait dû sous-estimer les progrès du chat roux car sa prise se desserra. Le jeune lieutenant parvint à se dégager à temps pour voir Poil de Souris et Tornade Blanche se ruer sur deux des matous qui l'entouraient. Il coula ensuite un regard vers Griffe de Tigre, qui s'était relevé d'un bond et se cabrait, les babines retroussées, les yeux luisants de haine. Cœur de Feu esquiva le plongeon de son agresseur, se jeta en avant et fit volte-face pour lui assener un bon coup de griffe sur le nez. Sur sa droite, il entendait les cris de Tornade Blanche et Poil de Souris, qui se battaient avec un courage digne des guerriers d'autrefois. Mais ils ne pouvaient pas lutter contre autant d'adversaires. En feintant une nouvelle fois le vétéran, le rouquin chercha comme un fou un moyen pour eux de s'échapper. Des griffes lui déchiquetèrent l'arrière-train – un des chats errants s'agrippait à lui en découvrant des crocs menaçants. Efflanqué et sale comme ses compagnons, il hurlait sa hargne.

Griffe de Tigre se dressa de nouveau sur ses pattes de derrière, bouillant de colère. Cœur de Feu se préparait à recevoir le coup quand il vit du coin de l'œil un éclair gris. Deux épaules massives passèrent devant lui ; il reconnut aussitôt un chasseur aux côtés duquel il s'était battu à de nombreuses reprises.

Plume Grise !

Le guerrier gris se jeta sur le ventre vulnérable de Griffe de Tigre, et renversa la bête. Cœur de Feu se retourna, mordit jusqu'à l'os l'épaule de l'animal qui s'était accroché à une de ses pattes de derrière. Dès que le matou se mit à couiner, il le laissa filer et recracha le sang qui lui avait coulé dans la bouche.

Ébahi, il contempla la bataille qui faisait rage autour de lui. Plume Grise avait dû rameuter toute une patrouille du Clan de la Rivière, car c'était au tour des chats errants d'être surpassés en nombre. Il vit son complice de toujours se débarrasser de Griffe de Tigre qui essayait de l'étouffer, et se précipita à la rescousse. Ensemble, ils se cabrèrent en multipliant les coups de patte pour le forcer à reculer. Ils coordonnaient chaque mouvement comme ils s'y étaient si souvent exercés à l'entraînement. Ensuite, sans même se consulter du regard, ils se jetèrent sur lui de concert et le clouèrent au sol. Le traître poussa un feulement étouffé quand Cœur de Feu lui fourra le museau dans la poussière tandis que Plume Grise s'appuyait sur les épaules de leur adversaire pour lui labourer les flancs à l'aide de ses pattes de derrière.

Cœur de Feu entendit les cris s'éloigner dans les bois et comprit que les chats errants déguerpissaient. Griffe de Tigre profita de son hésitation pour se dégager. Fou de rage, il disparut dans le taillis de ronces.

Tandis que les gémissements des fuyards s'estompaient, les guerriers secouèrent la poussière de leur fourrure et se mirent à lécher leurs plaies. Le fils d'Étoile Bleue, Pelage de Silex, se trouvait parmi les félins du Clan de la Rivière.

« Il y a des blessés graves ? » demanda Cœur de Feu.

Tous lui firent signe que non, même Poil de Souris, qui saignait déjà après la première attaque.

« Nous devrions retourner à notre propre territoire, déclara Pelage de Silex.

— Le Clan du Tonnerre vous remercie pour votre aide, répondit Cœur de Feu, qui s'inclina avec respect.

— Les chats errants représentent une menace pour chacun d'entre nous. Nous ne pouvions pas vous laisser vous battre seuls. »

Tornade Blanche, qui secouait la tête, éparpilla des gouttes de sang sur le feuillage.

« C'est un plaisir de se battre de nouveau à tes côtés, l'ami, dit-il à Plume Grise. Comment es-tu arrivé jusqu'ici ?

— Il a entendu le cri de Cœur de Feu depuis les Quatre Chênes, où passait notre patrouille, répondit Pelage de Silex à sa place. Il nous a persuadés de venir à votre secours.

— Merci, déclara le jeune lieutenant avec chaleur. Merci à tous. »

Le petit groupe s'éloigna dans la forêt à la suite de son chef. Cœur de Feu effleura le flanc de Plume Grise du bout du museau, les dents serrées, désolé

211

de le voir partir. Il n'avait pas eu le temps de lui dire tout ce qu'il désirait.

« À bientôt ! lui souffla-t-il à l'oreille.

— À bientôt », murmura le guerrier cendré en ronronnant.

Les derniers rayons du soleil moururent enfin. Les yeux voilés de douleur de Poil de Souris brillaient dans le noir. L'attaque des chats errants avait coûté très cher au Clan. Le corps de Vif-Argent devait être presque froid, à présent. Et Griffe de Tigre avait un autre décès prématuré sur la conscience, ce jour-là.

« Peux-tu ramener Vif-Argent au camp avec Poil de Souris sans moi ? » demanda Cœur de Feu à Tornade Blanche.

Malgré sa curiosité, le vétéran se contenta d'acquiescer.

« Je vous rejoins très vite, lui promit le félin roux. Mais d'abord j'ai quelque chose à faire. »

CHAPITRE 17

LES PATTES LOURDES COMME DE LA PIERRE, Cœur de Feu retourna au Chemin du Tonnerre. L'odeur de Griffe de Tigre et de sa troupe de bannis était toujours forte, mais il n'entendait que le chant des oiseaux et le murmure des feuilles dans la brise. À présent que le calme était revenu, il remarqua que la puanteur du Clan de l'Ombre se mêlait aux autres effluves. À part Poitrail Blanc, y avait-il d'autres membres de cette tribu parmi les chats errants ? Il se demanda si l'épidémie qui touchait le Clan de l'Ombre était si grave que ses guerriers avaient préféré l'exil et cherché la protection de Griffe de Tigre. Mais l'odeur était peut-être simplement due à la proximité du territoire ennemi.

Il contempla le corps du chasseur noir et blanc étendu sur la route de pierre grise. Si Poitrail Blanc s'était rallié aux bannis, pourquoi cette expression d'horreur sur son visage, en apercevant Griffe de Tigre ? Pourquoi cette terreur si le grand félin était désormais son chef ? Un peu honteux, Cœur de Feu se demanda soudain si le jeune animal n'était pas tombé sur le corps de Vif-Argent par pur accident. Mais, dans ce cas, que faisait-il sur le territoire du

Clan du Tonnerre ? Et où était Petit Orage ? Trop de questions l'assaillaient, et il n'avait aucune réponse satisfaisante.

Il était sûr d'une chose : il refusait de laisser le corps de Poitrail Blanc au milieu du Chemin du Tonnerre, où les monstres risquaient de lui passer dessus encore et encore. Tout était calme, maintenant. Cœur de Feu s'engagea sur la chaussée et attrapa le mâle par la peau du cou. Il le tira avec douceur vers le bord de la route, du côté du Clan de l'Ombre ; il espérait que ses camarades trouveraient vite le corps et l'enterreraient décemment. Quels que soient les crimes de Poitrail Blanc, c'était au Clan des Étoiles de le juger, désormais.

Quand Cœur de Feu entra dans le camp du Tonnerre, le corps de Vif-Argent gisait en son centre, sous la lumière de la lune. Il semblait en paix, allongé comme s'il dormait. Étoile Bleue faisait les cent pas autour du corps, les sourcils froncés.

Le reste du Clan se tenait en retrait dans les ombres plus épaisses qui bordaient la clairière. Une angoisse diffuse se lisait sur tous les visages. Les félins écoutaient sans mot dire la reine grise murmurer des mots inaudibles. Le chat roux se rappela avec quelle dignité elle avait veillé son vieil ami, Cœur de Lion, bien des lunes plus tôt. Désormais, elle ne cachait rien de sa douleur.

Cœur de Feu s'approcha de leur chef sous les regards attentifs de la tribu. Étoile Bleue semblait paralysée par la peur.

« On dit que c'est Griffe de Tigre le responsable, grinça-t-elle.

« — Lui ou un des chats errants.

— Combien sont-ils ?

— Je l'ignore, avoua-t-il. Ils sont nombreux, en tout cas. »

La mêlée générale avait empêché tout décompte.

Étoile Bleue semblait de plus en plus désorientée, mais il fallait qu'elle sache tout, qu'elle le veuille ou non.

« Griffe de Tigre veut se venger du Clan du Tonnerre, lui expliqua-t-il. Il m'a dit qu'il allait tuer nos guerriers l'un après l'autre. »

Derrière lui, des cris d'horreur s'élevèrent. Cœur de Feu les ignora, les yeux fixés sur Étoile Bleue. Il priait le Clan des Étoiles de donner à la chatte la force d'affronter cette menace. Petit à petit, le silence revint. Le rouquin attendit comme les autres qu'elle prenne la parole. Une chouette hulula au loin en s'abattant entre deux arbres.

« C'est moi qu'il veut tuer, murmura-t-elle, si bas que seul son lieutenant put l'entendre. Pour le bien de la tribu...

— Non ! » l'interrompit-il. Avait-elle vraiment l'intention de s'offrir en sacrifice ? « Il veut se venger de tout le Clan, et pas seulement de toi !

— Quelle horrible trahison ! maugréa-t-elle. Comment ai-je pu être aussi aveugle quand il vivait parmi nous ? Quelle imbécile je fais ! » Elle ferma les paupières. « Quelle parfaite imbécile ! »

Cœur de Feu se mit à trembler. Étoile Bleue paraissait déterminée à se torturer l'esprit en s'attribuant la responsabilité de la perversité de Griffe de Tigre. Il se rendit compte qu'il allait devoir prendre les choses en main.

« Nous devons nous assurer que le camp soit gardé jour et nuit, désormais. Longue Plume ! Tu prendras la première garde, jusqu'à minuit. Pelage de Givre, tu assumeras le relais. »

Les deux chasseurs acquiescèrent. Il se tourna vers le cadavre.

« Poil de Souris et Poil de Fougère, vous pourrez enterrer Vif-Argent à l'aube. Étoile Bleue le veillera jusque-là. »

Il espérait que la chatte, qui regardait dans le vague, l'avait entendu.

« Je vais me joindre à elle », annonça Tornade Blanche.

Le vétéran se fraya un chemin dans l'assistance et alla s'asseoir près de leur chef, flanc contre flanc.

Un par un, les félins s'avancèrent pour rendre un dernier hommage à leur ami. Fleur de Saule sortit de la pouponnière pour aller effleurer du museau le combattant tombé au champ d'honneur, à qui elle chuchota quelques mots d'adieu. Bouton-d'Or fit signe à ses petits de rester à l'abri avant de la suivre. Au milieu d'eux, le fils de Griffe de Tigre épiait la scène avec curiosité. Cœur de Feu ne pouvait se débarrasser de sa première impression : il lui semblait que ce petit, pourtant innocent, incarnait la menace représentée par son père. Il grogna, furieux contre lui-même, quand Bouton-d'Or donna un coup de langue sur la joue de Vif-Argent. Avec l'aide du Clan, la reine élèverait un chasseur respectueux des autres et du code du guerrier, se jura-t-il.

Le jeune lieutenant s'approcha à son tour pour poser le museau contre la tête du défunt.

« Je vengerai ta mort », lui promit-il à voix basse.

Il vit alors une silhouette sortir de l'Ombre du Promontoire. Les yeux d'Éclair Noir – car c'était lui – passèrent de Vif-Argent à Étoile Bleue, pensifs, sans la moindre trace de peur ou de chagrin.

Perplexe, Cœur de Feu fila vers le seul endroit où il était sûr de trouver du réconfort. Il remonta le tunnel de fougères vers l'antre de Croc Jaune. Après tout, les morsures et les griffures sur sa peau commençaient à le brûler aussi fort que ses doutes intérieurs.

Nuage d'Épines était assis au milieu de la clairière. Couchées près de lui, la guérisseuse et son apprentie examinaient sa patte. Il grimaça quand Museau Cendré retira le tampon de toiles d'araignées qui couvrait sa blessure.

« Ça saigne toujours, constata l'apprentie.

— Ce n'est pas normal, fit observer Croc Jaune. Il faut qu'on arrête l'hémorragie avant que cette plaie s'infecte.

— J'ai ramené des tiges de prêle hier. On pourrait essayer de faire couler un peu de sève sur la blessure avant de la bander. Ça pourrait marcher...

— Bonne idée ! »

La vieille bête se précipita dans sa tanière pendant que sa cadette pressait la blessure avec sa patte. C'est alors que Museau Cendré aperçut le jeune lieutenant à l'entrée du tunnel.

« Cœur de Feu ! s'écria-t-elle, inquiète. Ça va ?

— Je n'ai que quelques éraflures et une ou deux morsures. »

Il rejoignit la chatte et son patient.

« Il paraît que ce sont des chats errants qui nous ont attaqués, fit Nuage d'Épines. On dit aussi que Griffe de Tigre était avec eux. Est-ce vrai ?

— C'est la vérité », lui répondit le lieutenant d'une voix grave.

Museau Cendré le considéra d'un air pensif, puis secoua la patte du blessé.

« Tiens, appuie là-dessus ! lui dit-elle.

— Moi ? s'étonna le chaton.

— C'est ta patte ! Dépêche-toi, ou bien il va falloir qu'on te renomme Cul-de-Jatte. »

Le pauvre animal s'exécuta.

« Étoile Bleue n'aurait jamais dû laisser Griffe de Tigre quitter la tribu, glissa Museau Cendré à l'oreille de son ami. Elle aurait dû le mettre à mort quand la chance s'est présentée.

— Elle ne l'aurait jamais tué de sang-froid. Tu le sais. »

Elle n'insista pas.

« Pourquoi est-il revenu maintenant ? Comment a-t-il pu assassiner un guerrier aux côtés duquel il a combattu autrefois ?

— Il m'a dit qu'il comptait tous nous tuer », dit-il d'un air sombre.

Nuage d'Épines poussa un miaulement étouffé, et les moustaches de Museau Cendré frémirent.

« Mais pourquoi ? » s'étrangla-t-elle.

La colère serrait la gorge de Cœur de Feu.

« Parce que le Clan du Tonnerre ne lui a pas donné ce qu'il voulait.

— Quoi donc ?

— La place de chef, répondit-il simplement.

— En tout cas, ce n'est pas comme ça qu'il

deviendra notre meneur. Il ne va pas se rendre très populaire s'il commence à attaquer nos patrouilles. »

En entendant ces paroles pleines de certitude, le lieutenant roux fut saisi d'un doute. Étoile Bleue était si fragile. Qui aurait la force de la remplacer si elle... Il fit la grimace. Il connaissait la peur profonde que le grand félin et ses chats errants inspiraient à la tribu. Et s'ils acceptaient de prendre Griffe de Tigre pour chef plutôt que de se laisser détruire en l'affrontant ?

« Tu le crois vraiment ? » insista-t-il.

Le bruit des pas de Croc Jaune qui revenait de son gîte le fit sursauter. Les trois bêtes se retournèrent. Elle posa la boule de toiles d'araignées qu'elle avait à la bouche.

« Croire quoi ? voulut-elle savoir.

— Que Griffe de Tigre ne deviendra jamais chef de Clan », lui expliqua Museau Cendré.

Le visage de la guérisseuse se renfrogna ; elle se tut quelques instants.

« Je crois qu'il a assez d'ambition pour devenir ce qu'il veut », finit-elle par déclarer.

CHAPITRE 18

✿

« **P**AS AUSSI LONGTEMPS QUE CŒUR DE FEU sera en vie », rétorqua Museau Cendré.

La confiance de l'apprentie lui réchauffa le cœur. Il s'apprêtait à répondre quand Nuage d'Épines signala d'une voix étouffée :

« Je saigne encore, vous savez !

— Plus pour très longtemps, lui assura Croc Jaune. Viens, Museau Cendré. Je te laisse bander sa plaie pendant que jc m'occupe des blessures de notre lieutenant. »

Elle poussa la boule de toiles d'araignées vers son apprentie et emmena le chat roux jusqu'à son antre.

« Attends-moi là », lui ordonna-t-elle avant de disparaître à l'intérieur.

Elle ressortit avec une bouchée d'herbes mâchées menu.

« Alors, reprit-elle. Où as-tu mal ? »

Il désigna une marque de morsure sur son épaule.

« Là, surtout.

— Très bien. »

Elle commença à y appliquer sa mixture avec précaution.

221

« Étoile Bleue est très secouée par cette histoire..., murmura-t-elle sans lever les yeux.

— Je sais. Je vais multiplier les patrouilles le plus vite possible, ça la calmera peut-être.

— Ça pourrait aussi rassurer le reste du Clan. Ils sont très inquiets.

— Il y a de quoi... »

Il fit la grimace quand elle frotta un peu plus fort pour faire pénétrer le mélange.

« Comment se débrouillent les nouveaux apprentis ? » lui demanda-t-elle d'un air faussement dégagé.

Il savait qu'elle lui donnait un conseil indirect.

« Je vais accélérer leur formation dès demain à l'aube », lui dit-il.

Le Clan aurait eu bien besoin de Nuage de Neige, pensa le chat roux, dont le chagrin était toujours aussi frais. Même s'il enfreignait le code du guerrier plus souvent qu'à son tour, l'apprenti était un combattant brave et très doué.

Il leva les yeux au ciel : un orage s'annonçait. Croc Jaune cessa son massage.

« C'est terminé ?

— Presque. Je vais juste mettre un peu de baume sur ces griffures. Ensuite tu pourras partir. » Elle marqua un temps d'arrêt. « Garde courage, jeune Cœur de Feu. C'est une période bien sombre pour le Clan du Tonnerre, mais personne n'aurait pu faire mieux que toi. »

Le grondement du tonnerre ponctua ces paroles, comme un mauvais présage. Un frisson courut le long de l'échine du chasseur.

Quand il retourna dans la clairière principale,

ses plaies un peu anesthésiées par les cataplasmes de Croc Jaune, il fut surpris de trouver de nombreux félins encore éveillés. Étoile Bleue, Tornade Blanche et Poil de Souris étaient couchés devant le cadavre de Vif-Argent, la queue basse. Les autres étaient réunis par petits groupes. Leurs yeux brillaient dans l'ombre, leurs oreilles s'agitaient nerveusement... Ils guettaient les bruits des bois.

Cœur de Feu s'installa à la lisière des arbres. L'air était étouffant. La forêt entière semblait attendre que l'orage éclate enfin. Une ombre passa dans son champ de vision. C'était Éclair Noir.

D'un signe de la queue, il invita le mâle au poil tigré à s'approcher. L'animal lui obéit sans se hâter.

« Je veux que tu organises une patrouille dès le retour de celle de l'aube, demain, ordonna le jeune lieutenant. À partir de maintenant, il y aura trois patrouilles supplémentaires par jour. Trois guerriers à chaque fois. »

Éclair Noir l'observa froidement.

« Je voulais emmener Nuage de Bruyère s'entraîner demain matin.

— Alors qu'elle t'accompagne, rétorqua Cœur de Feu, irrité. Ce sera une bonne expérience pour elle. Il faut qu'on accélère la formation de nos apprentis, de toute façon. »

Les oreilles de son vieil ennemi s'agitèrent, mais il garda son calme.

« Oui, lieutenant », murmura-t-il, l'œil brillant.

Épuisé, Cœur de Feu entra dans le gîte d'Étoile Bleue. Il n'était pas encore midi, mais il avait déjà participé à deux patrouilles ce jour-là. Dans l'après-midi, il devait aussi emmener Nuage Blanc, l'apprentie de Tornade Blanche, à la chasse. Depuis la mort de Vif-Argent, la tribu entière était très occupée. Guerriers et apprentis s'épuisaient à sillonner le territoire de long en large. Fleur de Saule et Bouton-d'Or s'occupaient de leurs petits, Tornade Blanche rechignait à quitter Étoile Bleue, Nuage de Neige et Vif-Argent manquaient à l'appel... Avec toutes ces défections, Cœur de Feu n'avait quasiment plus le temps de manger ni de dormir.

Étoile Bleue était tapie sur sa litière, les paupières mi-closes. Il se demanda un instant si elle avait attrapé la maladie du Clan de l'Ombre. Sa fourrure plus emmêlée que jamais, elle restait immobile comme une chatte qui attend la mort, désormais incapable de prendre soin d'elle-même.

« Étoile Bleue ! »

Elle se tourna lentement vers lui.

« Nous patrouillons dans la forêt en permanence, lui rapporta-t-il. On n'a trouvé aucune trace de Griffe de Tigre et de sa bande. »

Elle regardait dans le vague sans répondre. Il marqua un temps d'arrêt – fallait-il en dire plus ? – mais elle avait déjà ramené ses pattes sous la poitrine et fermé les yeux. Démoralisé, il s'inclina et sortit de la caverne.

La clairière ensoleillée semblait si paisible qu'il était difficile de croire que le Clan soit menacé. Devant la pouponnière, les petits de Fleur de Saule s'amusaient à attraper la queue battante de Poil de Fougère. Tornade Blanche se prélassait à l'ombre du Promontoire. Le seul indice de la tension qui régnait au sein de la tribu, c'étaient les oreilles dressées du vétéran.

Cœur de Feu contempla le tas de gibier sans enthousiasme. Il avait le ventre vide, mais impossible d'avaler la moindre bouchée. Un peu plus loin, Tempête de Sable dévorait une pièce de viande. Il n'avait qu'à lui demander de l'accompagner à la chasse avec Nuage Blanc ! Cette pensée lui rendit un peu d'appétit – son ventre se mit à gargouiller. Il décida de laisser les proies déjà disponibles à ses camarades et d'aller attraper son déjeuner.

À cet instant précis, Nuage Blanc entra dans le camp derrière Poil de Souris, Pelage de Givre et Demi-Queue. Ils ramenaient de la mousse imprégnée d'eau pour les reines et les anciens. L'apprentie apporta son fardeau détrempé dans la tanière d'Étoile Bleue sous le regard admiratif de Tornade Blanche.

« Tu m'as promis de nous attraper un lapin, l'autre jour ! cria Cœur de Feu à Tempête de Sable. Ça te dit de venir chasser avec Nuage Blanc et moi ? »

La chatte braqua sur lui ses yeux verts, où brillait un message tacite qui alluma un feu de joie au fond de son cœur.

« D'accord ! » jeta-t-elle avant de terminer son repas en quelques bouchées.

Elle se lécha les babines et le rejoignit au trot.

Côte à côte, ils attendirent Nuage Blanc. Même si leurs pelages se touchaient à peine, Cœur de Feu était ému.

« Prête à aller chasser ? demanda-t-il à l'apprentie dès qu'elle sortit du repaire d'Étoile Bleue.

— Maintenant ? s'étonna la petite.

— Je sais qu'il n'est pas encore midi, mais on peut y aller si tu n'es pas trop fatiguée. »

Elle leur fit signe qu'elle était partante et les suivit au grand galop dans le tunnel d'ajoncs.

Cœur de Feu grimpa la pente du ravin derrière Tempête de Sable, impressionné par le mouvement de ses muscles affûtés sous son pelage roux pâle. Elle était sans doute aussi fatiguée que lui, mais elle fila à vive allure dans les sous-bois, les oreilles pointées en avant et la gueule entrouverte.

« Je pense qu'on en a trouvé un ! » souffla-t-elle soudain, tapie en position de chasse.

Elle se glissa dans les taillis. Nuage Blanc huma l'air environnant. Immobile, le lieutenant se délectait de l'alléchante odeur du lapin qu'il entendait piétiner dans les broussailles derrière un bouquet de fougères. Tempête de Sable s'élança soudain dans un grand bruissement de feuilles. Les pattes arrière de sa proie martelèrent le sol. Elle essayait de fuir les griffes acérées de son prédateur. D'instinct, Cœur de Feu bondit, contourna le buisson et se lança à sa poursuite au milieu de la végétation. Il lui ôta la vie d'un seul coup de dents, sans oublier de remercier en silence le Clan des Étoiles de remplir la forêt de gibier, même si la pluie, elle, se faisait attendre. L'orage promis par les roulements du tonnerre, quelques jours plus tôt, n'avait jamais éclaté. L'air était plus étouffant que jamais.

Tempête de Sable s'arrêta à côté du matou encore

penché sur sa prise. Ils haletaient tous les deux, le souffle court.

« Merci, lança-t-elle. Je suis plus lente que d'habitude, aujourd'hui.

— Moi aussi.

— Tu as besoin de te reposer, lui conseilla-t-elle d'une voix douce.

— Je ne suis pas le seul..., répondit-il, touché par ces attentions.

— Mais tu es deux fois plus occupé que les autres.

— Il y a beaucoup à faire. » Il se força à ajouter : « Et puis, je dois consacrer plus de temps au Clan depuis le départ de Nuage de Neige. »

La disparition du chaton le troublait de plus en plus. Au début, il espérait voir son neveu débarquer un jour au camp – il n'était pas impossible qu'il trouve le moyen de rentrer seul. En vain. Cœur de Feu se retrouvait donc confronté à un terrible bilan : il avait perdu deux apprentis, Museau Cendré et Nuage de Neige. Comment se croire un bon lieutenant alors qu'il était incapable de remplir son devoir de mentor ? S'il s'assignait plus de patrouilles et d'expéditions de chasse que quiconque, c'était pour prouver sa valeur au reste de la tribu, et se montrer à lui-même qu'il était un bon élément.

Tempête de Sable semblait deviner les angoisses de Cœur de Feu.

« Je sais qu'il y a beaucoup à faire... Je peux peut-être t'aider un peu. Après tout, je n'ai pas d'apprenti, moi non plus. »

Voir Pelage de Poussière fait mentor de Nuage de

Granit a dû la blesser dans son amour-propre, pensa le chat roux, un peu honteux.

« Je suis désolé... », commença-t-il.

Mais la fatigue lui obscurcissait sans doute l'esprit : Tempête de Sable ne savait pas qui avait choisi les mentors, comprit-il trop tard. Comme le reste du Clan, elle supposait que la décision venait de leur chef.

« Désolé de quoi ? s'étonna-t-elle.

— Étoile Bleue m'a demandé de choisir les futurs professeurs de Nuage de Bruyère et Nuage de Granit, avoua-t-il. Je t'ai préféré Pelage de Poussière. »

Il chercha sur son visage la moindre trace de colère, mais elle garda tout son calme. Il voulut à toute force s'expliquer :

« Tu seras un excellent mentor, je le sais, mais il fallait que je donne à Pelage... »

Elle haussa les épaules.

« Ce n'est rien, je suis sûre que tu avais de bonnes raisons de le faire. »

Elle parlait avec décontraction, mais il remarqua que son échine s'était hérissée. Le silence s'installa entre eux jusqu'au retour de Nuage Blanc, qui passa le museau entre les broussailles.

« Vous l'avez eu ? » haleta-t-elle.

Soudain, Cœur de Feu remarqua que l'apprentie paraissait épuisée. Il se souvint de ses propres efforts, du temps où il était novice, pour ne pas se laisser distancer par les guerriers adultes, à l'entraînement. Il poussa la proie vers Nuage Blanc.

« Tiens, sers-toi la première, lui proposa-t-il.

J'aurais dû te laisser le temps de manger avant notre départ.

— Tu crois qu'on pourrait diminuer le nombre des patrouilles ? en profita pour suggérer Tempête de Sable, non sans hésitation. Tout le monde est si fatigué... En plus, Griffe de Tigre n'a pas été aperçu depuis la mort de Vif-Argent. »

Il savait qu'elle-même ne croyait pas à sa proposition. Le Clan entier était conscient que leur ennemi juré ne renoncerait pas si facilement. Cœur de Feu avait vu la tension de ses compagnons à chaque sortie, leur vigilance incessante, le nez en l'air, l'oreille dressée. Il sentait aussi leur insatisfaction croissante : ils avaient besoin que leur chef unisse la tribu contre cette menace invisible. Mais Étoile Bleue ne quittait presque plus son antre depuis la veillée de Vif-Argent.

« On ne peut pas réduire les patrouilles, expliqua-t-il à son amie. Il faut rester sur nos gardes.

— Tu crois vraiment que Griffe de Tigre nous tuera ? le questionna Nuage Blanc, qui avait interrompu son repas.

— Il va essayer.

— Que pense Étoile Bleue de la situation ? demanda timidement Tempête de Sable.

— Elle s'inquiète, bien sûr », répondit-il, évasif.

Seuls Tornade Blanche et lui comprenaient que le retour du félon avait précipité leur chef dans la même apathie qu'après l'annonce de la trahison de Griffe de Tigre.

« Elle a de la chance d'avoir un aussi bon lieutenant que toi, déclara sa camarade. Tous les chats de la tribu comptent sur toi pour nous sortir d'affaire. »

Il baissa les yeux. Il savait bien que ses compagnons le considéraient depuis quelque temps avec espoir. Il se sentait honoré d'avoir obtenu leur respect, mais, dans sa jeunesse et son inexpérience, il aurait voulu posséder la même foi inébranlable en leurs ancêtres que Tornade Blanche. Il espérait être digne de la confiance du Clan.

« Je ferai de mon mieux, promit-il.

— La tribu ne peut pas t'en demander plus », murmura-t-elle.

Il observa les restes du lapin.

« Finissons-le et trouvons une autre proie à ramener au camp. »

Quand tous se furent rassasiés, ils reprirent leur chemin. Ils progressaient sans parler pour ne pas trahir leur présence dans la forêt. Comme si, sous la menace de Griffe de Tigre, les félins du Clan du Tonnerre se comportaient en proies autant qu'en chasseurs.

Près du coteau qui descendait vers les Quatre Chênes, une odeur inconnue vint titiller les narines de Cœur de Feu. Sa fourrure se hérissa. Tempête de Sable avait senti la même chose, car elle s'immobilisa, le dos rond.

« Vite ! souffla-t-il. Suivez-moi ! »

Il monta le long du tronc d'un sycomore. Ses deux compagnes l'imitèrent et se couchèrent avec lui sur la plus basse branche pour épier les environs.

Il vit une ombre fine se faufiler entre les fougères. Deux oreilles noires pointaient au-dessus de la végétation. Leur forme lui évoquait un souvenir enfoui, plutôt agréable. Un des membres d'un Clan adverse qu'il avait aidé autrefois ? Mais avec les machinations de Griffe de Tigre, impossible de faire confiance à qui que ce soit. Tous les étrangers à la tribu étaient suspects.

Le chat roux sortit ses griffes, prêt à bondir. À côté de lui, son amie frémissait d'impatience ; sur le qui-vive, Nuage Blanc ne quittait pas leur cible des yeux. Quand l'inconnu passa sous le frêne, Cœur de Feu poussa un hurlement de rage et se laissa tomber sur son dos.

Le matou noir cria sa surprise et roula sur le côté pour se débarrasser de son agresseur. Agile, le jeune lieutenant se releva aussitôt. Il avait pu évaluer la taille et la force de son adversaire dès le premier contact et savait qu'il serait facile à battre. Le dos rond, il poussa un feulement de mise en garde. Quand Tempête de Sable et Nuage Blanc descendirent à leur tour de leur perchoir, l'intrus paniqua : il était seul contre trois.

Mais Cœur de Feu se redressait déjà. Sa première intuition était la bonne : il avait reconnu l'animal. Et à en croire l'expression du visage du félin – qui passa de l'épouvante au soulagement en un court instant – la bête l'avait elle aussi reconnu.

CHAPITRE 19

« **N**UAGE DE JAIS ! »

Cœur de Feu se précipita pour donner un grand coup de langue sur la tête de son ami.

« Je suis content de te voir ! » s'écria le matou au poil charbonneux.

Il fourra le museau contre le flanc du chat roux avant de s'exclamer :

« Nuage de Sable ? Ce n'est pas possible !

— C'est *Tempête* de Sable, maintenant ! rectifia-t-elle avec véhémence.

— Bien sûr ! La dernière fois que je t'ai vue, tu étais deux fois plus petite ! Comment va Nuage de Poussière ? » ajouta-t-il d'un ton méfiant.

Autrefois, Tempête de Sable et Pelage de Poussière, ses camarades d'entraînement, voyaient en lui plus un rival qu'un ami. Quand Nuage de Jais avait fui son mentor, Griffe de Tigre, pour aller vivre dans le territoire des Bipèdes, de l'autre côté des hauts plateaux, ni l'une ni l'autre n'avait vraiment regretté son départ. La réciproque était sans doute aussi vraie.

« Pelage de Poussière va bien. » Elle haussa les épaules. « Il a même un apprenti, maintenant.

« — Et celle-là, c'est ton élève à toi ? » demanda Nuage de Jais en montrant Nuage Blanc.

Cœur de Feu agita les oreilles quand Tempête de Sable répondit d'une voix sèche :

« Je n'ai pas encore d'apprentie. C'est celle de Tornade Blanche. Elle s'appelle Nuage Blanc. »

Une bourrasque agita les feuilles à la cime des arbres. Le jeune lieutenant dressa l'oreille. Distrait par cette rencontre inattendue, il avait baissé sa garde. Il scruta les sous-bois, méfiant.

« Que fais-tu ici, Nuage de Jais ? » s'enquit-il d'un ton pressant.

Son vieil ami, qui contemplait Tempête de Sable d'une drôle de manière, se tourna vers lui :

« Je te cherchais.

— Ah bon ? Mais pourquoi ? »

Il fallait une affaire de première importance pour pousser Nuage de Jais à revenir dans la forêt. Apprenti, il avait vécu dans la peur après avoir vu Griffe de Tigre tuer Plume Rousse, le lieutenant du Clan du Tonnerre. Quand le traître avait essayé de le tuer pour s'assurer de son silence, Cœur de Feu et Plume Grise avaient aidé leur ami à prendre la fuite. L'ancien apprenti habitait à présent près d'une ferme avec Gerboise, un autre solitaire (autrement dit, ni chat domestique ni membre d'un Clan). Il ignorait tout du bannissement de Griffe de Tigre et prenait donc un énorme risque en s'aventurant ainsi sur leurs terres.

Leur visiteur agita la queue comme s'il ne savait pas par où commencer.

« Un chat s'est installé à la frontière de mon territoire. »

Cœur de Feu resta muet, dérouté par la tournure que prenaient les choses. Son camarade s'efforça d'être plus clair.

« Je l'ai croisé un jour à la chasse. Il était désorienté, plutôt terrifié. Il ne m'a pas dit grand-chose, mais j'ai senti l'odeur du Clan du Tonnerre sur son pelage.

— Du Clan du Tonnerre ? répéta le félin roux.

— Je lui ai demandé s'il avait traversé les hauts plateaux pour venir, mais il n'avait pas la moindre idée d'où il se trouvait. Pour finir, je l'ai ramené au nid de Bipèdes qu'il disait habiter.

— Alors c'était vraiment un chat domestique ? voulut savoir Tempête de Sable, qui posait sur lui un regard d'aigle. Tu es bien certain d'avoir décelé l'odeur du Clan du Tonnerre sur sa fourrure ?

— Impossible d'oublier cette odeur. Je suis né ici, lui rappela-t-il. Il ne ressemblait pas non plus aux autres chats domestiques. En fait, il n'avait pas l'air content du tout que je le ramène chez ses Bipèdes. »

Le cœur battant, le jeune lieutenant se força à se taire jusqu'à la fin du rapport de son vieux complice.

« Cette histoire me trottait dans la tête. Je suis retourné chez ses maîtres pour lui parler – ils l'avaient enfermé. J'ai essayé de lui faire des signes par la fenêtre, mais ils m'ont chassé de leur jardin.

— De quelle couleur était ce chat ? » s'enquit Cœur de Feu.

Tempête de Sable lui jeta un coup d'œil entendu.

« Blanc, rétorqua Nuage de Jais. Il a une robe immaculée, toute duveteuse.

235

— Mais... On dirait Nuage de Neige tout craché ! s'exclama Nuage Blanc.

— Alors vous le connaissez ? s'étonna le matou noir. J'avais raison. C'est un des vôtres ? »

Le chat roux entendait à peine les paroles de son camarade. Il avait retrouvé son neveu ! Fou de joie, il commença à tourner autour de Nuage de Jais.

« Il allait bien ? Qu'a-t-il dit ?

— Euh..., bafouilla le félin au poil charbonneux, qui se dévissait la tête à force d'essayer de le suivre. Comme je t'ai dit, la première fois que je l'ai vu, il avait l'air complètement perdu.

— Ce n'est pas surprenant. Il n'avait jamais quitté notre territoire avant. » Cœur de Feu ne tenait pas en place. « Il n'a pas encore fait son pèlerinage aux Hautes Pierres. Il n'avait aucun moyen de savoir qu'il était si près de chez lui. »

Tempête de Sable acquiesça, et Nuage de Jais fit remarquer :

« Voilà qui expliquerait son état. Il devait croire...

— Son état ? le coupa le jeune mentor, tombé en arrêt. Pourquoi ? Il était blessé ?

— Non, non. Il était juste très malheureux. J'ai voulu le réconforter en lui montrant comment retourner chez ses Bipèdes, mais ça n'a pas eu l'air de lui remonter le moral. C'est pour ça que je suis venu te trouver. »

Cœur de Feu fixa le sol. Il ne savait plus quoi penser. Il comprit qu'il avait espéré jusque-là que Nuage de Neige soit heureux dans sa nouvelle vie, même s'il ne devait jamais le revoir.

Nuage de Jais semblait inquiet.

« Ai-je bien fait de venir ? Ce... euh... Nuage de Neige a-t-il été banni de la tribu ? »

Lui, qui avait risqué sa vie, méritait au moins une explication.

« Il a été enlevé par des Bipèdes, lui expliqua le lieutenant du Clan du Tonnerre. C'était mon apprenti et le fils de ma sœur. Il a disparu depuis un quartier de lune. Je... je commençais à croire que je ne le reverrais plus.

— Et qu'est-ce qui te fait croire que tu vas le revoir ? lança Tempête de Sable, sceptique. Il vit dans la plaine avec des Bipèdes, rien de moins !

— Je vais aller le chercher ! déclara Cœur de Feu.

— Pourquoi ?

— Tu as entendu Nuage de Jais : il n'est pas heureux !

— Tu es sûr qu'il veut de l'aide ?

— Tu n'en voudrais pas, à sa place ? rétorqua le chat roux.

— Je n'en aurais même pas besoin ! Je n'aurais jamais accepté de manger la pâtée de ces Bipèdes, pour commencer ! »

Le solitaire poussa un grognement de surprise, mais tint sa langue.

« Nous, on aimerait bien qu'il revienne », intervint Nuage Blanc.

Cœur de Feu ne l'entendit pas. Il fixait Tempête de Sable, bouillant de colère.

« Tu penses que Nuage de Neige mérite de rester là-bas, seul et malheureux ? Juste parce qu'il a commis une erreur stupide ? »

Elle renifla, impatientée.

« Non, je dis juste que tu ignores s'il veut vraiment rentrer.

— D'après Nuage de Jais, il a l'air triste », la contredit le jeune lieutenant.

Mais le doute s'était installé dans son esprit. Et si son neveu s'était habitué à la vie de chat domestique entre-temps ?

« Ils ne se sont parlé qu'une seule fois ! Il avait l'air contrarié quand tu l'as aperçu par la fenêtre ? » ajouta-t-elle à l'intention de l'ancien apprenti.

Le matou au poil charbonneux agita les moustaches, mal à l'aise.

« Difficile à dire, il était en train de manger. »

Elle pivota vers Cœur de Feu.

« Il a une maison, de la nourriture, mais toi tu penses toujours qu'il faut le sortir de là. Et le Clan, dans tout ça ? Ils ont besoin de toi. La vie de Nuage de Neige n'est pas menacée, elle ! Je pense qu'il vaut mieux le laisser là-bas. »

Elle avait l'échine hérissée, l'air déterminé. Le cœur gros, il se rendit compte qu'elle disait vrai. Comment pouvait-il quitter le Clan maintenant, même une seule journée, avec les menaces de Griffe de Tigre et l'état d'Étoile Bleue ? Tout ça pour le bien d'un simple apprenti – gourmand et paresseux, en plus...

Pourtant, son cœur lui disait d'essayer. Il ne pouvait pas renoncer à sa conviction que Nuage de Neige ferait un jour un excellent guerrier... et la tribu avait besoin de tous les combattants disponibles.

« Il faut que j'y aille, se contenta-t-il de répondre.

— Et si tu parviens à le ramener ? s'insurgea-t-elle. Sera-t-il en sécurité dans la forêt ? »

Il fut saisi d'un frisson. Faire revenir son apprenti, c'était le mettre à la merci de Griffe de Tigre... Pourtant, malgré ses doutes, il savait déjà ce qu'il allait choisir de faire.

« Je serai de retour demain avant midi, déclara-t-il. Informez Tornade Blanche de ma destination.

— Tu pars tout de suite ? s'étouffa Tempête de Sable.

— Il faut que Nuage de Jais me montre le chemin, et je ne peux pas lui demander de m'attendre ici trop longtemps. Pas avec Griffe de Tigre dans les parages. »

La queue du matou noir se hérissa.

« Comment ça, "dans les parages" ? » s'affola-t-il.

Tempête de Sable fit une grimace ironique à Cœur de Feu, qui lança à son ami :

« Allons-y ! Je t'expliquerai les détails en chemin. Mieux vaut ne pas traîner.

— Tu ne partiras pas sans moi ! s'interposa la guerrière. C'est une entreprise stupide, mais tu auras besoin de toute l'aide disponible si tu tombes sur Griffe de Tigre ou une patrouille du Clan du Vent ! »

Ces paroles firent un plaisir immense au lieutenant, qui agita les oreilles pour la remercier.

« Nuage Blanc ! Rentre au camp annoncer à Tornade Blanche où nous sommes partis. Il connaît Nuage de Jais, ne t'inquiète pas. »

Elle parut d'abord terrifiée à l'idée de se déplacer

seule, mais se redressa de toute sa hauteur pour lancer :

« Très bien !

— Rentre directement et fais-toi toute petite en chemin, lui conseilla-t-il, un peu inquiet de la laisser seule.

— Je ferai attention », lui promit-elle d'un ton grave.

Elle disparut aussitôt dans les fourrés.

Cœur de Feu fit taire son angoisse et se mit en route. Quand ses deux compagnons de voyage lui emboîtèrent le pas, il se rappela toutes les parties de chasse en forêt qu'il avait partagées avec Nuage de Jais et Plume Grise. Il menait peut-être ses camarades dans la gueule du loup, pensa-t-il avant de s'enfoncer dans les fougères.

Les trois félins traversèrent les Quatre Chênes et pénétrèrent sur le territoire du Clan du Vent. Cœur de Feu se rappela sa dernière visite en compagnie d'Étoile Bleue. Une fois encore, ils allaient effectuer le même trajet : traverser les hauts plateaux pour rejoindre les terres des Bipèdes au-delà desquelles se dressaient les Hautes Pierres. Au moins, l'air était lourd et immobile : le vent ne risquait donc pas de signaler leur passage.

Il choisit un chemin qui passait à bonne distance du camp ennemi, installé au cœur de la lande. En cette saison, le sol humide et tourbeux s'était asséché et la bruyère brunissait par endroits, rabougrie par le soleil.

« Alors, qu'est-il arrivé à Griffe de Tigre ? » demanda Nuage de Jais sans ralentir l'allure.

Depuis le bannissement du traître, Cœur de Feu s'était souvent imaginé raconter toute l'histoire à son ami. Mais la terreur que faisait à présent régner le grand matou, et en particulier le meurtre de Vif-Argent, avait terni sa joie. Il entama son récit avec amertume.

Au bout d'un moment, Nuage de Jais s'arrêta net :

« Il a tué Vif-Argent ?

— Malheureusement, oui. Il est à la tête d'une bande de chats errants, et il a juré de tous nous tuer.

— Mais qui voudrait d'un tel chef ?

— Parmi eux, il y a la garde rapprochée de Plume Brisée, bannie en même temps que lui du Clan de l'Ombre. »

Lors de la dernière bataille, cependant... Le jeune lieutenant repassa la scène dans sa tête et sursauta.

« Mais il a été rejoint par plusieurs félins que je n'avais jamais vus, continua-t-il. Je ne sais pas d'où ils viennent.

— Alors il est plus puissant que jamais..., murmura Nuage de Jais d'un air sombre.

— Non ! C'est un paria désormais, et plus un chasseur. Il n'a pas de tribu. Le Clan des Étoiles s'opposera forcément à lui tant qu'il transgressera le code du guerrier. Sans tribu, sans le soutien de nos ancêtres, jamais Griffe de Tigre ne pourra nous battre ! »

Cœur de Feu se tut. Il avait parlé avec une conviction dont il ignorait jusque-là toute la force. Tempête de Sable rayonnait, fière de lui.

« J'espère que tu as raison », marmonna le solitaire.

Moi aussi, songea le combattant roux, qui reprit son chemin sous un soleil écrasant.

« Bien sûr qu'il a raison ! insista la chatte avant de lui emboîter le pas.

— Moi, je suis content de ne plus avoir à l'approcher ! constata Nuage de Jais.

— Ma parole, le Clan ne te manque pas du tout, on dirait ! grogna-t-elle d'un air accusateur.

— Au début, si. Mais maintenant j'ai trouvé un endroit où vivre, et je m'y plais. Si je veux de la compagnie, Gerboise est là, et ça me suffit bien. Je préfère de loin cette vie-là aux machinations de Griffe de Tigre !

— Comment sais-tu qu'il ne viendra pas te chercher ? »

Les oreilles du mâle tressaillirent.

« Griffe de Tigre ne sait pas du tout où tu te trouves, intervint Cœur de Feu, qui jeta un regard de reproche à sa camarade. Venez, il faut qu'on se dépêche. »

Il accéléra le train ; bientôt, la petite bande courait entre les bruyères trop vite pour pouvoir discuter. Ils continuaient de décrire un large cercle autour du camp. Aucun arbre sur la lande aride ne leur offrait la moindre protection contre le soleil. Quand ils atteignirent la crête descendant vers la plaine, Cœur de Feu commençait à croire que son pelage allait prendre feu. Les champs, les sentiers et les nids des Bipèdes s'étendaient à perte de vue, comme la robe pommelée d'un félin écaille-de-tortue.

« Le Clan du Vent a dû réduire ses patrouilles à cause de la chaleur, estima Cœur de Feu, haletant, lorsque le trio dévala la pente. Espérons que le reste du trajet sera aussi facile. »

Ils purent enfin se mettre à l'abri sous les frondaisons d'un bouquet de saules. La fraîcheur de l'ombre et les parfums des bois leur firent le plus grand bien. Dans le ciel, deux busards décrivaient des cercles en poussant des cris perçants. Un monstre vrombissait au loin. Tenté de se coucher pour reposer ses pattes endolories, Cœur de Feu continua pourtant sa route, aiguillonné par son désir de retrouver Nuage de Neige.

Tempête de Sable, quant à elle, scrutait les environs, les moustaches tremblantes. Cœur de Feu se rappela qu'elle ne s'était jamais autant éloignée du territoire de la tribu, excepté lors de son pèlerinage aux Hautes Pierres avec Étoile Bleue, du temps de son apprentissage. Tous les apprentis devaient accomplir ce voyage avant de devenir guerriers. Cœur de Feu, lui, avait sillonné la région à plusieurs reprises, pour se rendre à la Pierre de Lune, mais aussi pour aller voir Nuage de Jais et pour ramener le Clan du Vent sur ses terres. Quant au chat noir, il était chez lui dans cette vallée.

« On ne peut pas trop traîner ici, les prévint-il. Surtout à cette heure-ci. Les Bipèdes aiment promener leurs chiens par ici. »

Justement l'odeur d'un gros dogue flottait dans l'air. Les oreilles couchées en arrière, les trois bêtes sortirent en silence du couvert des arbres.

Une haie leur barrait le passage. Nuage de Jais se glissa le premier de l'autre côté. Cœur de Feu laissa Tempête de Sable passer la deuxième, avant de se faufiler à son tour entre les branches. Il tomba sur une piste de terre rougeâtre qu'il avait déjà traversée une fois avec Plume Grise. Le matou au poil charbonneux regarda à droite et à gauche avant de la franchir en trombe, et de se couler à travers une deuxième haie. La chatte ne semblait pas très rassurée, mais elle s'élança dès que le félin roux lui fit signe de passer.

De l'autre côté, ils trouvèrent un champ d'orge qui montait plus haut que leur tête. Au lieu d'en faire le tour, Nuage de Jais s'enfonça directement dans la forêt de tiges bruissantes. Ses deux compagnons l'imitèrent à la hâte pour ne pas perdre de vue sa queue noire. Le jeune lieutenant se rendit compte qu'il ne pourrait jamais retrouver son chemin seul. Entre les céréales dorées autour de lui et une bande de ciel d'un bleu limpide au-dessus de sa tête, il avait perdu tous ses repères. Il fut soulagé quand ils en émergèrent enfin, et s'assirent sous la haie qui clôturait la parcelle. Ils avançaient bien. Le soleil était à mi-hauteur dans le ciel, et les hauts plateaux déjà loin derrière eux.

Cœur de Feu remarqua une odeur connue sur les arbustes.

« Tu as marqué ton territoire !

— À partir de maintenant, on est chez moi », expliqua Nuage de Jais.

Il désigna du menton les champs qui s'étendaient devant eux, où il vivait et chassait.

« Alors Nuage de Neige est près d'ici ? demanda Tempête de Sable, qui reniflait les alentours d'un air méfiant.

— Il y a un vallon de l'autre côté de cette colline. C'est là qu'est le nid de ses Bipèdes. »

Son camarade sentit soudain sa fourrure se hérisser. Il connaissait cette odeur... Parfaitement immobile, il entrouvrit la bouche.

Près de lui, le chat noir leva le nez en dressant l'oreille, sa queue agitée de battements nerveux.

« Des chiens ! » s'écria-t-il, épouvanté.

CHAPITRE 20

CŒUR DE FEU ENTENDIT L'HERBE REMUER derrière les arbustes. L'odeur qui l'avait alerté saturait l'atmosphère, à présent. Un aboiement fit se hérisser sa fourrure – un instant plus tard, il vit le nez frémissant d'un chien passer à travers la haie.

« Fuyez ! » hurla-t-il.

Un autre jappement lui indiqua qu'un deuxième animal suivait le premier.

Le chat roux fila comme le vent. Il courait avec Tempête de Sable, flanc contre flanc, le long de la barrière de verdure. La course de leurs poursuivants faisait trembler le sol, leur souffle chaud soulevait la fourrure sur le cou de Cœur de Feu. Il jeta un coup d'œil par-dessus son épaule. Les deux mastodontes avaient les yeux luisants et la langue pendante. Aucun signe de Nuage de Jais, en revanche.

« Tiens bon ! encouragea-t-il sa compagne. Ils n'arriveront pas à tenir ce rythme très longtemps. »

Elle parvint à hocher la tête et accéléra encore le train.

Il avait vu juste. Quand il se retourna pour la seconde fois, il s'aperçut que les chiens avaient commencé à perdre du terrain. Le jeune lieutenant repéra un frêne un peu plus loin. S'ils parvenaient à prendre assez d'avance sur les chiens, ils pourraient peut-être s'y abriter.

« Tu vois ce frêne ? haleta-t-il. Grimpes-y le plus vite possible. Je te suis. »

Elle acquiesça, à bout de souffle. Au pied de l'arbre, elle se ramassa sur elle-même, bondit et se hissa le long du tronc.

Avant de l'imiter, il jeta un dernier regard derrière lui pour évaluer le temps dont il disposait. Son pelage se hérissa d'un seul coup quand il vit une énorme mâchoire à moins de deux pas de lui. Le chien se jeta sur lui avec un grognement hargneux. Cœur de Feu fit volte-face, sortit ses griffes et attaqua. Il sentit la bajoue du chien se déchirer, entendit son cri de douleur. Il donna un deuxième coup avant de monter dans l'arbre, agile comme un écureuil. Il s'arrêta sur la branche la plus basse. Au pied du frêne, le molosse hurlait, furieux, vite rejoint par son acolyte, qui rejeta la tête en arrière et vociféra sa colère.

« Je... J'ai cru qu'il t'avait eu ! » bégaya Tempête de Sable.

Elle rampa le long de la branche pour venir se presser contre lui jusqu'à ce qu'ils cessent tous les deux de trembler. Les chiens se turent mais restèrent au pied du frêne. Ils allaient et venaient, exaspérés.

« Où est Nuage·de Jais ? » s'inquiéta soudain la chatte.

Le chat roux se remettait lentement de la terreur qui l'avait saisi pendant la poursuite.

« Il a dû s'enfuir dans l'autre sens. Il s'en est sans

doute sorti. Espérons qu'il n'y avait que deux poursuivants !

— Je pensais que c'était son territoire. Il ne
savait pas qu'il y avait des chiens ici aussi ? »

Cœur de Feu fut pris de court. Il vit Tempête
de Sable se rembrunir.

« Il ne nous aurait pas amenés ici exprès, quand
même ? grommela-t-elle.

— Bien sûr que non ! rétorqua-t-il avec véhémence pour dissimuler un doute soudain. Pourquoi
ferait-il une chose pareille ?

— J'ai trouvé ça étrange qu'il débarque comme
ça pour nous amener ici, c'est tout. »

Un miaulement perçant les fit sursauter. Était-ce
Nuage de Jais ? Les chiens tournèrent la tête pour
essayer de localiser le son. Une ombre noire se
glissa dans le champ. Quand le matou noir poussa
un nouveau cri, les deux molosses dressèrent
l'oreille. Les épis ondoyants trahissaient la position
du félin. Ils se précipitèrent dessus en jappant.

Nuage de Jais pouvait-il distancer les chiens ?
Cœur de Feu regarda les tiges d'orge trembler au
gré des zigzags de son ami. Les dos bruns de ses
poursuivants traçaient des sillons beaucoup plus
larges, comme des poissons maladroits. Ils écra-
saient tout sur leur passage en aboyant, fous de
rage.

Soudain retentit le cri d'un Bipède. Les chiens
s'arrêtèrent net, levèrent la tête au-dessus des épis,
la langue pendante. Un Bipède enjambait la barrière de bois dressée contre la haie. Il tenait des
sortes de ficelles à la main. À contrecœur, les deux
bêtes rebroussèrent chemin pour rejoindre leur

maître, qui empoigna leurs colliers et les attacha aux cordes. Soulagé, Cœur de Feu regarda l'homme forcer les chiens à le suivre, la queue basse.

« Je vois que tu es plus rapide que jamais ! »

Il se retourna, surpris. Agrippé au tronc, Nuage de Jais finit par se hisser sur leur branche. Il désigna Tempête de Sable de la tête.

« En revanche, je me demande pourquoi ils se sont donné la peine de courir après elle. Pas grand-chose à se mettre sous la dent, si vous voulez mon avis. »

La chatte le frôla en se dirigeant vers le tronc.

« Je croyais qu'on avait un apprenti à sauver ? fit-elle remarquer, glaciale.

— Je vois qu'elle est un peu susceptible.

— Je ne la chercherais pas, à ta place », murmura Cœur de Feu avant de suivre sa camarade.

Il préférait ne pas avouer au solitaire qu'elle l'avait soupçonné de traîtrise. Nuage de Jais n'était pas stupide : il s'en doutait certainement. Mais – signe d'assurance nouveau chez lui – il ne laissait pas la méfiance de Tempête de Sable le troubler. De toute façon, maintenant que le danger des chiens était écarté, le rouquin n'avait plus qu'une priorité : trouver Nuage de Neige.

Nuage de Jais les guida vers le sommet de la colline et s'arrêta. Un nid de Bipèdes se nichait dans la vallée ombragée, comme il l'avait promis.

« C'est là que tu as raccompagné Nuage de Neige ? »

Quand le matou noir acquiesça, Cœur de Feu commença à ronger son frein. Même s'ils retrouvaient vraiment son neveu, accepterait-il de les suivre ? Et s'il était partant, le Clan serait-il jamais capable de redonner sa confiance à un animal séduit par la douceur de la vie de chat domestique ?

« Je ne retrouve pas son odeur, signala Tempête de Sable d'un ton soupçonneux.

— Il n'y avait déjà plus beaucoup de traces de lui la dernière fois que je suis passé le voir, lui expliqua patiemment Nuage de Jais. Je crois que les Bipèdes le gardent enfermé.

— Alors comment allons-nous le sortir de là ? »

Le félin roux était déterminé à ne pas leur laisser le temps de se disputer. Il s'engagea sur la pente du vallon.

« Venez, allons voir ça de plus près. »

Le nid était entouré par une haie bien entretenue. Après s'y être faufilé, Cœur de Feu le contempla, dressé contre le ciel assombri sur un gazon jauni. Tapi contre le sol, les oreilles pointées en avant, il rampa vers le buisson le plus proche. Ici, son odorat ne lui servait à rien. L'air était saturé du parfum écœurant des fleurs, qui noyait tous les autres effluves. Un bruit de pas l'informa que Tempête de Sable et Nuage de Jais l'avaient rejoint, leur querelle oubliée pour l'instant. Rassuré par leur présence, il leur fit un petit signe avant de traverser la pelouse.

Quand ils atteignirent le nid des Bipèdes, le sang battait à leurs oreilles. La haie – au-delà de laquelle ils étaient en sécurité – leur paraissait soudain très loin.

« Voilà la fenêtre où je l'ai vu, chuchota le solitaire après avoir contourné la maison.

— Où les Bipèdes t'ont aperçu, tu veux dire... »,
marmonna la chatte.

L'odeur qu'elle dégageait exprimait la peur – son
agacement était dû autant à la tension de l'expédition qu'aux rivalités de l'apprentissage.

À l'intérieur, on entendait se déplacer plusieurs
Bipèdes. Tempête de Sable s'accroupit. Une lueur
filtrait par la fenêtre, trop haute pour y grimper
d'un bond. Cœur de Feu s'approcha à pas furtifs
d'un arbuste tordu qui grimpait le long du mur.
Les branches semblaient assez solides pour soutenir son poids. Pendant ce temps, les Bipèdes
continuaient d'aller et venir.

« Nuage de Neige doit être à moitié sourd avec
ce boucan ! » souffla la guerrière.

Le jeune lieutenant n'y tenait plus.

« Je vais aller jeter un coup d'œil ! » déclara-t-il.

Il s'élança sur l'arbuste, sans écouter les mises
en garde de sa camarade.

Le cœur battant, il se hissa sur l'appui de la
fenêtre. De l'autre côté de la vitre, un Bipède se
penchait sur un objet qui crachait de petits nuages
de vapeur. Une lumière artificielle baignait la
scène, si forte que Cœur de Feu fit la grimace. Pourtant, de vieux souvenirs de son passé se réveillaient
peu à peu en lui. Il devina qu'il observait une cui-
sine, où les Bipèdes préparaient leur nourriture. Il
se rappela soudain les croquettes fades et l'eau au
goût métallique qu'on lui donnait autrefois.
Concentre-toi ! se dit-il avant de se mettre à chercher
un signe de la présence de son neveu.

Dans un coin du nid, il aperçut une sorte de
tanière. Elle semblait faite de branches sèches tis-

sées. Une boule blanche y était roulée. Tremblant, le chat roux retint son souffle en voyant la bête s'étirer et sortir de sa boîte. Elle rejoignit le Bipède en courant et se mit à aboyer. Un chien ! Le félin recula, si déçu qu'il faillit tomber de son perchoir. Où était Nuage de Neige ?

Le Bipède se pencha pour caresser le roquet. Derrière la vitre, le mentor sursauta en voyant son apprenti entrer dans la pièce. Le chien se précipita vers le chaton, toujours en jappant. Mais, au lieu de faire le dos rond et montrer les crocs, Nuage de Neige l'ignora superbement.

Cœur de Feu se cacha quand le petit sauta sur le rebord intérieur de la fenêtre. Le cabot continua d'aboyer.

« Il est là ! annonça le jeune lieutenant à ses deux compagnons.

— Il t'a vu ? » s'enquit Tempête de Sable.

Il leva les yeux avec précaution, le corps toujours tapi contre la pierre. Nuage de Neige regardait le jardin sans rien voir. Aminci, il avait l'air malheureux. Malgré lui, son oncle se sentit soulagé. Il avait la preuve que le chenapan n'était pas fait pour vivre chez les Bipèdes.

Il se redressa et appuya les pattes de devant contre la vitre qui les séparait. Irrité, il tapota la surface froide, les griffes rentrées pour ne pas alerter les Bipèdes ou le chien. Il retint son souffle quand les oreilles de Nuage de Neige tressaillirent. Lorsque l'apprenti au poil blanc fit volte-face et l'aperçut, il poussa un cri de joie que Cœur de Feu n'entendit pas.

Mais le Bipède, lui, tourna la tête, surpris. Cœur de Feu sauta du rebord de la fenêtre.

« Qu'y a-t-il ? demanda Tempête de Sable.

— Nuage de Neige m'a vu, mais je crois que le Bipède aussi !

— Il faut qu'on file ! les pressa Nuage de Jais.

— Non ! Allez-y tous les deux. Moi, je reste jusqu'à ce qu'il parvienne à sortir.

— Que vas-tu faire ? protesta la guerrière. Je sens un chien dans les parages !

— Je ne peux pas partir maintenant que Nuage de Neige m'a vu ! Je reste ici ! »

Une porte grinça derrière eux. Ils se retournèrent d'un bond. Un flot de lumière inonda le jardin, dont la pelouse fut illuminée jusqu'à la haie. Un Bipède s'encadra dans l'ouverture.

Cœur de Feu se figea. Ils n'avaient pas le temps de se cacher. Le Bipède les avait aperçus. Il se mit à pousser des cris rauques qui sonnaient comme des questions, avant de s'avancer à pas lents vers eux. Les trois félins se blottirent les uns contre les autres. La respiration de Tempête de Sable se fit plus tremblante, le ventre du chat roux se tordit. À présent, l'ombre du Bipède se dressait juste devant eux : ils étaient pris au piège.

CHAPITRE 21

« **V**ITE ! PAR ICI ! »

Le cri de Nuage de Neige fit sursauter Cœur de Feu. Une silhouette blanche se détacha de l'encadrement de la porte et traversa la pelouse à fond de train en miaulant de toutes ses forces. Le chat roux sentit Tempête de Sable et Nuage de Jais profiter de la distraction du Bipède pour détaler. Il s'élança derrière eux sur le gazon. Le Bipède se mit à hurler, le chien à aboyer, mais le jeune lieutenant poursuivit sa course, se coula dans la haie et détala dans le champ sur la piste de ses trois amis qu'il finit par trouver pelotonnés dans un bouquet d'orties.

Tempête de Sable se lova contre lui, tremblante. Nuage de Neige le dévisageait, sous le choc. La joie de Cœur de Feu fut soudain tempérée par ses doutes sur la capacité du chaton à retrouver sa place parmi les siens. Il resta muet.

Son neveu fixa le sol.

« Merci d'être venus.

— Alors ? Tu veux revenir au camp ? » rétorqua le lieutenant sur un ton que l'inquiétude rendait brusque.

Il s'était assuré que le petit allait bien. Maintenant, l'intérêt de la tribu était prioritaire.

Nuage de Neige se redressa, l'œil humide.

« Bien sûr ! Je sais que je n'aurais jamais dû m'approcher des Bipèdes, reconnut-il. J'ai retenu la leçon. Je promets de ne plus jamais recommencer.

— Pourquoi te croirions-nous ? » demanda Tempête de Sable.

Elle parlait d'un ton calme, sans une trace de défi dans la voix. Nuage de Jais était assis à côté d'elle, la queue enroulée autour de ses pattes de devant. Il tenait sa langue mais rien ne lui échappait.

« Vous êtes venus me chercher, répondit Nuage de Neige d'un air hésitant. Vous devez vouloir que je revienne...

— Il faut que je puisse te faire confiance. » Cœur de Feu voulait faire comprendre à l'apprenti qu'il n'était pas le seul concerné. « Il faut que je sois sûr que tu comprends le code du guerrier, et que tu es capable d'apprendre à t'y conformer.

— Tu peux me faire confiance !

— Même si tu arrives à me convaincre, tu crois que les autres te croiront ? reprit-il d'un air sombre. Tout ce qu'ils verront, c'est que tu es parti avec ces Bipèdes. Pourquoi crois-tu qu'ils feront confiance à un apprenti qui a préféré la vie de chat domestique à son Clan ?

— Mais je ne l'ai pas choisie ! Ma place est parmi vous ! Je ne voulais pas suivre ces Bipèdes !

— Ne sois pas trop dur avec lui », murmura Tempête de Sable.

Cœur de Feu fut surpris par cette indulgence inattendue. Peut-être avait-elle été convaincue par la gravité de Nuage de Neige. Il espérait que ce serait aussi le cas du reste de la tribu. Cependant, sa colère l'avait quitté. Bougon, il donna à son neveu un coup de langue sur l'oreille.

« En tout cas, tu as intérêt à m'écouter, à l'avenir ! » grogna-t-il à son oreille pour se faire entendre malgré les ronronnements du galopin.

« La lune se lève, chuchota Nuage de Jais dans la pénombre. Si vous voulez être rentrés demain à midi, il ne vous reste plus beaucoup de temps.

— Tu as raison. » Le chasseur se tourna vers Tempête de Sable, qui s'étirait. « Prête ?

— Oui ! souffla-t-elle.

— Parfait ! Alors allons-y ! »

Nuage de Jais accompagna l'expédition jusqu'au pied des hauts plateaux, où il les laissa entrer seuls sur le territoire du Clan du Vent. L'aube n'était plus très loin, mais le soleil se levait tôt en cette saison. Ils avaient bien avancé.

« Merci ! s'exclama Cœur de Feu, qui effleura le museau de son ami en guise de salut. Tu as vraiment bien fait de venir me chercher. Je sais que ça n'a pas dû être très facile pour toi de revenir dans la forêt. »

Le solitaire s'inclina.

« Même si je ne fais plus partie de la tribu, tu seras toujours mon ami.

— Fais attention, le prévint le jeune lieutenant, la gorge serrée. Griffe de Tigre ne sait pas où tu habites, mais nous avons appris à ne pas le sous-estimer. Reste sur tes gardes. »

Il regarda ensuite son vieil ami trotter dans l'herbe constellée de rosée et disparaître dans le bois.

« Si on se dépêche, on peut être aux Quatre Chênes avant que la patrouille de l'aube du Clan du Vent ne quitte son camp. »

Il s'engagea sur la pente, flanqué de Nuage de Neige et Tempête de Sable. Traverser la lande avant le lever du soleil était rassurant. Lorsqu'ils atteignirent la partie la plus haute, où se trouvaient des terriers de blaireaux abandonnés, le soleil surgit à l'horizon et alluma des reflets d'or dans la bruyère. L'apprenti contempla le spectacle avec émerveillement. Dans le cœur de son oncle s'enracina plus fermement l'espoir qu'il tienne sa promesse et reste dans la forêt.

« Je perçois l'odeur de la maison, murmura le chaton.

— Vraiment ? rétorqua Tempête de Sable d'un air sceptique. Moi, tout ce que je sens, ce sont des excréments de blaireau !

— Et moi, des intrus du Clan du Tonnerre ! »

Les trois félins firent volte-face. Patte Folle, le lieutenant du Clan du Vent, sortit des fourrés et sauta au sommet du terrier sablonneux. Il était chétif d'apparence, et marchait en boitant – d'où son nom –, mais, comme le reste de sa tribu, sa taille cachait une agilité et une vitesse difficiles à égaler.

La bruyère s'agita et Griffe de Pierre fit son apparition. Il fit le tour du petit groupe et s'arrêta derrière eux.

« Nuage Noir ! » cria-t-il.

L'apprenti aux muscles noueux qu'ils avaient déjà croisé avec son mentor lors de leur dernier passage s'avança à découvert. Pourvu que la patrouille ne compte pas d'autres membres !

« Vous avez l'air d'être chez vous, ici ! » fulmina Patte Folle.

Avant de répondre, Cœur de Feu flaira l'atmosphère. Trois guerriers ennemis, pas plus. Ils étaient à égalité.

« Il n'y a pas d'autre moyen d'atteindre la plaine », leur expliqua-t-il posément.

Il n'avait pas envie de provoquer une bagarre, mais il ne pouvait pas oublier la façon dont Étoile Bleue et lui avaient été traités par Griffe de Tigre peu de temps auparavant.

« Vous essayez de retourner aux Hautes Pierres ? Encore ? s'étonna Patte Folle. Où est Étoile Bleue ? Est-elle morte ? »

Tempête de Sable fit le dos rond et rétorqua :

« Elle va très bien !

— Alors que faites-vous ici ? tonna Griffe de Pierre.

— On ne fait que passer ! »

La petite voix de Nuage de Neige parut déplacée parmi les rugissements des guerriers. Courageux mais peu prudent, pensa le chat roux, prêt à bondir pour le défendre.

« Je vois qu'il faut vous apprendre le respect, à toi comme à Cœur de Feu ! » ragea Patte Folle.

Pas de doute, il allait falloir se battre... Le matou noir agita la queue pour donner à ses compagnons l'ordre d'attaquer et sauta du haut du terrier. Sans lui laisser le temps de bien s'agripper à son dos, Cœur de Feu se laissa rouler dans la poussière pour le déséquilibrer.

Patte Folle se releva aussitôt en grommelant : « Bien pensé, mais tu es trop lent, comme tous les chats de la forêt », avant de se jeter sur lui.

Le jeune lieutenant l'esquiva de peu, sentit des griffes acérées effleurer ses oreilles.

« Je suis assez rapide pour te battre, en tout cas », répliqua-t-il.

Il se ramassa sur lui-même et bondit sur son adversaire, qui hoqueta, frappé de plein fouet, mais parvint à pivoter et à retomber sur ses pattes. Vif comme un serpent, Patte Folle lui érafla le nez. Le rouquin contre-attaqua en plantant ses griffes dans l'épaule de son assaillant. La prise était solide ! Il le tenait. Il s'agrippa plus fort, se hissa sur le dos du guerrier au poil noir et le précipita au sol, le nez dans la tourbe séchée.

Il avait l'avantage sur son rival et en profita pour évaluer la situation. Nuage Noir, l'apprenti, avait déjà pris la fuite. Tempête de Sable et Nuage de Neige s'attaquaient ensemble à l'arrière-train de Griffe de Pierre – elle se servait de ses griffes et lui de ses dents. Après un dernier cri de fureur, le guerrier prit la fuite.

« Je te montrerai du respect quand tu l'auras mérité », souffla Cœur de Feu à l'oreille de son adversaire.

Il lui donna un bon coup de dents sur l'épaule avant de le laisser partir. Écumant de rage, Patte Folle disparut dans les bruyères.

« Venez ! lança le chat roux. Mieux vaut partir avant qu'ils reviennent plus nombreux. »

Tempête de Sable acquiesça, l'air sombre, mais le chaton sautillait, surexcité.

« Vous les avez vus s'enfuir ? se vanta-t-il. On dirait que je n'ai pas oublié mon entraînement, finalement !

— Chut ! le réprimanda son oncle. Filons d'ici ! »

Nuage de Neige se tut, encore rayonnant. Le trio détala vers le coteau qui plongeait vers les Quatre Chênes et laissa enfin le territoire du Clan du Vent derrière lui.

« Tu as vu ton apprenti se battre ? chuchota Tempête de Sable à Cœur de Feu en dévalant la pente.

— Seulement à la fin, quand il t'a aidée à vaincre Griffe de Pierre.

— Pas avant ? murmura-t-elle, pleine d'enthousiasme. Il s'est débarrassé de l'autre apprenti en deux temps trois mouvements. Le pauvre animal était terrifié.

— Nuage Noir vient sans doute juste de commencer l'entraînement, suggéra-t-il avec mansuétude, sans parvenir à cacher sa fierté.

— Mais Nuage de Neige vient de passer presque une lune enfermé chez ses Bipèdes ! Il n'est pas au mieux de sa forme, et pourtant... » Elle s'interrompit. « Je crois vraiment qu'avec un bon entraînement il fera un excellent combattant !

— Allez, reconnais-le ! Je m'en suis bien sorti, non ? piaula Nuage de Neige derrière eux.

— Une fois qu'il aura appris l'humilité, bien sûr ! » termina-t-elle, les moustaches frémissantes.

Cœur de Feu resta silencieux. La confiance de Tempête de Sable lui faisait un plaisir immense, mais le petit vaurien arriverait-il jamais à vraiment comprendre le code du guerrier ?

Ils traversèrent en trombe les bois remplis de chants d'oiseaux et gorgés d'odeurs de gibier. Mais ils n'avaient pas le temps de s'arrêter pour chasser. Cœur de Feu avait hâte de rentrer. Il avait un mauvais pressentiment, encore accentué par la chaleur étouffante. Un orage se rapprochait, tel un grand fauve prêt à refermer sur la forêt des griffes immenses. Une fois en vue du camp, le guerrier accéléra l'allure et déboula dans le ravin ventre à terre. Il priait pour que Griffe de Tigre n'ait rien manigancé en son absence. Ses deux compagnons distancés, il se précipita dans le tunnel et émergea, à bout de souffle, dans la clairière. Tremblant de soulagement, il trouva les lieux exactement comme il les avait laissés.

Sur l'herbe, quelques lève-tôt se doraient au soleil. Ils agitèrent la queue d'un air inquiet en le voyant passer.

Tornade Blanche vint à sa rencontre.

« Je suis content que tu sois revenu en un seul morceau ! »

Cœur de Feu s'inclina, contrit.

« Désolé de t'avoir causé du souci. Nuage de Jais est venu m'annoncer qu'il avait trouvé mon neveu.

— Oui, Nuage Blanc m'a raconté toute l'histoire. »

Quand Tempête de Sable et Nuage de Neige sortirent du tunnel d'ajoncs, tous parurent ébahis.

La chatte vint saluer Tornade Blanche. L'apprenti s'assit à côté d'elle dans une attitude respectueuse, la queue enroulée autour des pattes et les yeux baissés.

« On pensait que tu étais allé vivre chez les Bipèdes, lui fit remarquer le vétéran.

— C'est vrai, ça ! intervint d'un air nonchalant Éclair Noir, couché devant sa tanière. Tu avais décidé de redevenir *chat domestique*, pas vrai ? »

Il vint se planter à côté de Tornade Blanche. La foule des autres félins suivait la scène avec curiosité. Ils attendaient la réponse de Nuage de Neige. Cœur de Feu se dandinait d'une patte sur l'autre, fou d'angoisse.

L'apprenti se redressa de toute sa hauteur.

« J'ai été enlevé par les Bipèdes ! » déclara-t-il.

Un murmure de surprise parcourut l'assistance. Nuage de Granit vint en courant effleurer le nez de son ami.

« Je leur avais bien dit que tu ne serais jamais parti de ton plein gré ! s'écria-t-il.

— J'ai eu beau me débattre, les Bipèdes m'ont fait prisonnier !

— Je les reconnais bien là ! » jeta Perce-Neige, assise devant la pouponnière.

Le jeune lieutenant en fut médusé. Le garnement allait-il réussir à retourner l'assemblée avec son histoire biaisée ?

« J'ai eu de la chance que Nuage de Jais me trouve, poursuivit le chaton sur un ton dramatique. Il est allé chercher Cœur de Feu, qui est venu me sauver. Sans Tempête de Sable et lui, je serais toujours enfermé chez les Bipèdes avec ce... ce chien !

— Un chien ? s'indigna Pomme de Pin, horrifié, couché près du chêne abattu.

— Il a bien dit "chien" ? demanda Un-Œil, étendue près de lui.

— Oui, un chien ! clama Nuage de Neige. Il était en liberté dans le nid des Bipèdes, avec moi ! »

Les anciens frissonnèrent, épouvantés. Nuage de Neige agita la queue, indigné.

« Il t'a attaqué ? insista Pomme de Pin.

— Euh... Pas vraiment. Mais il aboyait tout le temps.

— Tu pourras raconter tous les détails à tes amis plus tard, l'interrompit Cœur de Feu. Tu as besoin de repos. Tout ce que le Clan a besoin de savoir, pour l'instant, c'est que tu as retenu la leçon et que tu respecteras le code du guerrier, désormais.

— Mais j'en étais presque arrivé au moment où la patrouille du Clan du Vent a attaqué !

— Une patrouille ? railla Éclair Noir. Ça explique cette marque de griffe sur ton nez, Cœur de Feu. Ils vous ont mis en déroute ?

— En fait, c'est l'inverse, rétorqua Tempête de Sable, furieuse. D'ailleurs Nuage de Neige s'est battu comme un vrai guerrier.

— Vraiment ? s'étonna Tornade Blanche.

— Il a battu un autre apprenti à la loyale et aidé Tempête de Sable à se débarrasser de Griffe de Pierre, expliqua le lieutenant.

— Bravo ! »

Sur ces mots, Poil de Souris s'inclina devant Nuage de Neige, qui lui rendit la politesse.

« Alors c'est tout ? s'étouffa Éclair Noir. On va le reprendre sans discuter ?

— Hum... C'est à Étoile Bleue d'en décider, bien sûr, rappela Tornade Blanche. Mais le Clan a grand besoin de combattants. Il serait stupide de renvoyer le petit d'où il vient.

— Comment peut-on être sûr que ce chat domestique ne s'enfuira pas chez ses Bipèdes quand les temps seront trop durs ? s'insurgea le guerrier tigré.

— Je ne suis pas un chat domestique ! Et je ne me suis pas enfui ! J'ai été enlevé !

— Éclair Noir a raison de soulever cette question », reconnut à contrecœur le félin roux.

Les doutes du matou pouvaient être partagés par le reste du Clan. Il faudrait plus que de belles paroles pour persuader la tribu d'accorder sa confiance au novice.

« Je vais aller parler à Étoile Bleue, conclut Cœur de Feu. Tornade Blanche est dans le vrai. C'est à elle d'en décider. »

CHAPITRE 22

Quand Cœur de Feu franchit le rideau de lichen, Étoile Bleue se redressa à moitié.

« Ah ! C'est toi ? »

Elle était toujours pelotonnée sur sa litière, la fourrure ébouriffée et l'air anxieux. À croire qu'elle n'avait pas bougé d'un pouce depuis leur dernière entrevue.

« Nuage de Neige est de retour », lui annonça-t-il.

Comment allait-elle réagir à la nouvelle ? Il n'en avait pas la moindre idée. Autant lui apprendre directement la vérité.

« Il était dans le territoire des Bipèdes, au-delà des hauts plateaux.

— Et il a réussi à rentrer d'aussi loin ? s'étonna-t-elle.

— Non... Nuage de Jais, qui l'avait vu là-bas, est venu m'en informer.

— Nuage de Jais ?

— Euh... L'ancien apprenti de Griffe de Tigre, lui rappela-t-il, embarrassé.

— Je sais qui c'est ! rétorqua-t-elle. Mais que faisait-il dans notre territoire ?

— Eh bien... Il était venu me parler de Nuage de Neige, répéta Cœur de Feu.

— Alors Nuage de Neige est rentré..., marmonna-t-elle, songeuse. Pourquoi est-il revenu ?

— Il voulait nous retrouver depuis le début. Les Bipèdes l'avaient enlevé contre son gré.

— Alors le Clan des Étoiles l'a ramené chez lui, murmura-t-elle.

— Avec l'aide de Nuage de Jais », ajouta-t-il.

Étoile Bleue fixait le sol sablonneux de son gîte, absorbée dans ses pensées.

« Je pensais que nos ancêtres voulaient qu'il trouve sa propre voie, loin de la tribu. J'avais peut-être tort. Alors Nuage de Jais t'a aidé ?

— Oui. Il nous a montré l'endroit où Nuage de Neige était enfermé. Il nous a même sauvés de plusieurs chiens.

— Qu'a-t-il dit quand tu lui as appris la trahison de Griffe de Tigre ? » l'interrogea-t-elle soudain.

Il fut pris au dépourvu par cette question.

« Eh bien, il... Il était très choqué, bien sûr, bredouilla-t-il.

— Il a essayé de nous prévenir, autrefois... » Elle parlait d'une voix pleine de regrets. « Je m'en souviens, maintenant. Pourquoi ne l'ai-je pas écouté ? »

Il chercha un moyen de réconforter son chef.

« Nuage de Jais n'était qu'un apprenti, à l'époque. Tout le monde admirait Griffe de Tigre. Il cachait bien son jeu. »

Elle soupira.

« J'ai mal jugé Griffe de Tigre – et Nuage de Jais, aussi. Je lui dois une excuse. » Elle semblait accablée. « Devrais-je l'inviter à rejoindre le Clan ? »

Il secoua la tête.

« Je ne pense pas qu'il ait envie de revenir. On l'a quitté dans le territoire des Bipèdes, où vit Gerboise. Il est heureux sur ses terres. Tu m'as dit un jour que la vie, là-bas, lui conviendrait mieux que la nôtre. Tu avais vu juste.

— Mais je me suis trompée sur le compte de Nuage de Neige. »

Il semblait à Cœur de Feu que la conversation tournait en rond.

« Je pense que c'est notre mode de vie qui lui convient le mieux, clama-t-il avec le plus d'assurance possible. Cela dit, toi seule peux décider s'il faut qu'on l'admette parmi nous.

— Tu en doutes ?

— Éclair Noir, par exemple, pense qu'il retournera vers ses maîtres.

— Et toi, qu'en penses-tu ? »

Il inspira profondément.

« Je pense que l'expérience de Nuage de Neige avec les Bipèdes lui a appris qu'il appartient au Clan corps et âme, tout comme moi. »

Il fut soulagé de voir le visage de la chatte s'éclairer.

« Très bien, il peut rester.

— Merci, Étoile Bleue. »

Cœur de Feu savait qu'il aurait dû se réjouir un peu plus de voir son neveu accepté dans la tribu, mais son soulagement était toujours teinté de doute. Certes, Nuage de Neige s'était bien battu contre la patrouille ennemie, et semblait vraiment heureux d'être de retour au camp, mais combien de temps cela allait-il durer ? Jusqu'à ce qu'il se lasse de l'entraînement ? Ou qu'il en ait marre de devoir attraper ses repas ?

« Pense bien à dire au Clan que s'ils revoient Nuage de Jais sur notre territoire il faut qu'ils l'accueillent comme s'il était l'un des nôtres », reprit Étoile Bleue après un instant de réflexion.

Le chat roux s'inclina avec reconnaissance. Le solitaire ne s'était fait que peu d'amis pendant son apprentissage, surtout à cause de la terreur que lui inspirait Griffe de Tigre, mais aucun membre de la tribu n'avait de raison de lui en vouloir.

« Quand vas-tu annoncer ta décision concernant Nuage de Neige ? » demanda-t-il à la reine grise.

Ce serait une bonne chose pour le Clan de voir leur chef remonter sur le Promontoire.

« Tu n'as qu'à t'en charger », lui ordonna-t-elle.

Il serra les dents, déçu. Se sentait-elle désormais incapable de s'adresser aux siens ? Même si le jeune lieutenant mourait d'envie de leur apprendre la nouvelle lui-même, il fallait que la tribu soit certaine que le verdict venait d'Étoile Bleue en personne. Elle n'était plus sortie de son antre depuis si longtemps, elle déléguait à Cœur de Feu toute l'organisation du camp... Si elle le proclamait elle-même, Éclair Noir serait contraint de s'y plier.

L'esprit en ébullition, il restait immobile.

« Il y a un problème ? s'étonna-t-elle.

— Peut-être Éclair Noir pourrait-il annoncer ta décision, se hasarda-t-il à proposer. Après tout, c'est lui qui n'était pas d'accord pour qu'on réintègre Nuage de Neige. »

La chatte sembla prise d'un léger soupçon. Il retint son souffle.

« Tu deviens astucieux, Cœur de Feu. Tu as raison. Il va s'en charger, envoie-le-moi. »

Il se demanda si elle avait été troublée par sa ruse ou par la perspective de voir Éclair Noir. Mais son expression resta indéchiffrable le temps qu'il prenne congé et sorte du repaire.

Le guerrier tigré n'avait pas bougé de sa place. Il attendait la réponse d'Étoile Bleue, immobile, tandis que ses congénères vaquaient à leurs occupations. Les rares félins encore présents dans la clairière dressèrent l'oreille quand ils virent réapparaître Cœur de Feu.

Le chat roux s'efforça de cacher sa jubilation et signala à Éclair Noir d'un geste de la queue que leur chef voulait le voir. Il se dirigea ensuite vers le tas de gibier, déjà bien approvisionné même s'il n'était pas encore midi. Les expéditions de chasse se déroulaient pour le mieux, songea-t-il avec satisfaction. Fatigué et affamé, il se choisit un écureuil. *Puisque l'orage approche*, se dit-il, *espérons qu'il éclate le plus vite possible.*

Il fit un détour par la tanière des apprentis où Nuage de Neige dévorait un moineau. En l'entendant approcher, le chaton se dépêcha d'avaler sa dernière bouchée.

« Qu'a-t-elle dit ? »

Pour une fois, un brin d'anxiété pointait dans sa voix. Son mentor lâcha le rongeur.

« Tu peux rester. »

L'animal se mit à ronronner.

« Génial ! Quand sort-on s'entraîner ? »

Les pattes endolories de Cœur de Feu en profitèrent pour se rappeler à son bon souvenir.

« Pas aujourd'hui. Il faut que je dorme. »

Nuage de Neige parut déçu.

« Demain », lui promit son oncle, amusé. L'enthousiasme de son neveu était contagieux. « Au fait, tu es un vrai baratineur. Ta petite escapade s'est transformée en une sacrée aventure. »

Le sacripant baissa la tête, embarrassé. Le lieutenant roux reprit :

« Mais, tant que tu respecteras le code du guerrier, je laisserai la tribu croire que tu as été "enlevé" par les Bipèdes...

— C'est pourtant la vérité ! marmonna Nuage de Neige.

— Toi et moi, on sait que ça ne s'est pas tout à fait passé comme ça, rétorqua Cœur de Feu d'un ton sévère. Si je t'attrape encore à regarder une clôture de jardin, je te chasserai du Clan moi-même !

— Je comprends », souffla l'animal.

Le lendemain soir, Cœur de Feu se coucha d'excellente humeur. Sa séance d'entraînement avec Nuage de Neige s'était bien passée. Pour une fois, l'apprenti avait écouté ses instructions avec attention. Les techniques de combat du chaton s'amélioraient indéniablement. *Pourvu que ça dure*, pensa-t-il avant de s'assoupir.

La forêt s'insinua dans ses rêves. Des troncs flottaient devant lui au milieu du brouillard, de plus en plus haut, jusqu'à disparaître parmi les nuages. Le chat roux cria, mais un silence étrange étouffait ses paroles. Affolé, il chercha à se repérer, mais la brume était trop épaisse. Les arbres se pressaient autour de lui, blottis les uns contre les autres. Leurs troncs noircis raclaient sa fourrure. Il huma l'air, l'échine hérissée. Il décela une odeur âcre qu'il connaissait sans parvenir à mettre un nom dessus.

Soudain, un autre pelage effleura son flanc. Un parfum familier l'enveloppa et calma son esprit inquiet comme une gorgée d'eau claire. C'était Petite Feuille.

« Que se passe-t-il ? »

Elle ne répondit rien. Il avait beau la chercher du regard, il la voyait à peine. Seuls ses yeux ambrés, luisant de peur, se détachèrent un instant avant que des Bipèdes ne se mettent à hurler.

Deux jeunes sortirent du brouillard, le visage déformé par la terreur. Petite Feuille s'écarta : Cœur de Feu la vit disparaître pour de bon derrière un rideau de fumée blanche. Atterré, il se retrouva seul face aux Bipèdes qui se précipitaient vers lui de plus en plus vite.

Il se réveilla en sursaut. Ses paupières s'ouvrirent aussitôt, et il regarda autour de la tanière, paniqué. Quelque chose clochait. Le monde du rêve avait envahi le réel : l'odeur âcre remplissait ses narines, et un étrange brouillard s'insinuait entre les branches du gîte. Le jeune lieutenant se leva d'un bond et sortit du repaire en courant. Une lueur orangée brillait entre les arbres ? L'aube, déjà ?

La puanteur se fit plus forte, et soudain Cœur de Feu comprit avec horreur de quoi il s'agissait.

Le feu !

CHAPITRE 23

« Un incendie ! Réveillez-vous ! » hurla Cœur de Feu.

Pelage de Givre émergea de l'antre des guerriers, épouvantée.

« Il faut quitter le camp tout de suite ! lui ordonna-t-il. Va dire à Étoile Bleue que la forêt est en feu ! »

Il se rua vers la tanière des anciens et cria entre les branches du chêne abattu :

« Un incendie ! Sortez vite ! »

Il se précipita ensuite vers les apprentis, qui sortaient à moitié endormis de leurs litières.

« Abandonnez le camp ! Dirigez-vous vers la rivière ! » Nuage de Neige le dévisagea, encore abruti de sommeil. « Vers la rivière, vite ! » répéta son oncle.

Pelage de Givre aidait déjà Étoile Bleue à traverser la clairière plongée dans l'obscurité. Le visage de leur chef semblait transformé par la peur. La guerrière était obligée de la pousser pour la forcer à avancer.

« Par ici ! » s'époumona Cœur de Feu qui lui fit signe de la queue avant de l'aider à guider la vieille chatte vers la sortie. Un flot ininterrompu de félins au poil hérissé défilait devant eux. »

Le feu rugissait autour de la tribu, sans compter les cris affolés des Bipèdes et un étrange gémissement – deux notes successives qui se répétaient à l'infini. La fumée se faisait plus épaisse dans la clairière ; derrière elle, la lueur du feu enflait à mesure qu'il s'approchait du camp.

Étoile Bleue ne se mit à courir qu'une fois le tunnel d'ajoncs passé, portée par la foule des chats qui sortaient du ravin de toute la vitesse de leurs pattes.

« Dirigez-vous vers la rivière, leur ordonna Cœur de Feu. Vérifiez que personne ne s'éloigne des autres. Ne vous perdez pas de vue. »

Un calme extraordinaire l'avait envahi, comme un lac d'eau glacée, malgré le bruit, la chaleur et la panique qui régnaient autour de lui.

Il rebroussa chemin pour aider Fleur de Saule à réunir ses chatons qui avaient du mal à la suivre. Elle portait le plus petit, effarée, fatiguée par le poids qui tapait contre ses jambes.

« Où est Bouton-d'Or ? » lui demanda-t-il.

Elle lui montra le sommet du ravin. Soulagé qu'une reine au moins soit déjà hors du camp avec ses nouveau-nés, il appela Longue Plume, déjà parvenu à mi-hauteur de la pente. Pendant que le guerrier faisait demi-tour, Cœur de Feu passa un autre chaton à Poil de Souris, qui les avait rejoints. Il ramassa le troisième, qu'il donna au bout de quelques secondes à Longue Plume.

« Ne quitte pas Fleur de Saule d'un pas ! » jeta-t-il au chasseur.

Il savait que la chatte risquerait la mort plutôt que d'être séparée de sa progéniture.

Du fond du ravin, il regarda les félins monter à l'assaut de la pente. Les volutes de fumée qui tourbillonnaient dans le ciel cachaient la Toison Argentée. *Le Clan des Étoiles voit-il la catastrophe ?* se demanda-t-il un bref instant. Il vit Étoile Bleue atteindre le sommet, poussée en avant par les compagnons qui l'entouraient. Quand les fougères sèches s'embrasèrent et que le feu commença à se rapprocher du camp en léchant le fond du ravin, il se décida enfin à suivre le mouvement.

Au bout de quelques instants, il se hissa sur la crête.

« Attendez ! » cria-t-il aux fuyards, qui se retournèrent. Aveuglé par la fumée, il s'efforça de passer en revue ses camarades : « Personne ne manque ?

— Où sont Demi-Queue et Pomme de Pin ? » s'étrangla Nuage de Neige, terrifié.

Les félins s'entre-regardèrent et Petite Oreille rétorqua :

« Ils ne sont pas avec moi.

— Ils doivent encore être au camp ! s'exclama Tornade Blanche.

— Où est Patte d'Épines ? se lamenta Bouton-d'Or au milieu du ronflement des flammes. Il était juste derrière moi quand j'ai gravi la pente du ravin ! »

Cœur de Feu gémit. Trois membres de la tribu manquaient à l'appel.

« Je vais les trouver, promit-il. Il ne faut pas rester ici, c'est trop dangereux. Tornade Blanche et

Éclair Noir, assurez-vous que tout le monde parvient à la rivière.

— Tu ne peux pas y retourner ! » tempêta Tempête de Sable, qui se fraya un passage dans l'assistance pour venir se planter à côté de lui.

Elle fouilla son regard, désespérée.

« Il le faut, répondit-il.

— Alors je viens aussi.

— Non, intervint Tornade Blanche. Nous manquons déjà de guerriers. Nous avons besoin de toi pour aider le Clan à rallier la rivière.

— Alors je t'accompagne ! »

Horrifié, le chat roux vit Museau Cendré s'avancer cahin-caha.

« Je ne suis pas une guerrière, expliqua-t-elle. Je ne serai d'aucune utilité si nous croisons une patrouille adverse.

— Pas question ! » s'écria-t-il.

Il ne pouvait pas la laisser risquer sa vie. Croc Jaune choisit ce moment pour fendre la foule à son tour.

« Je suis vieille, certes, mais je tiens mieux sur mes pattes que toi, dit-elle à son apprentie. La tribu aura besoin d'une guérisseuse. J'irai avec Cœur de Feu. Reste avec le Clan. »

Museau Cendré rouvrait la bouche quand le lieutenant grommela :

« On n'a pas le temps de discuter. Croc Jaune, tu viens avec moi. Les autres, vous filez vers la rivière. »

Sans laisser à l'apprentie le temps de protester, il s'engagea dans le ravin rendu étouffant par la fumée et la chaleur.

Malgré sa panique, il se força à continuer à courir en arrivant au fond. Derrière lui, la vieille chatte hoquetait. Même pour ses jeunes poumons, chaque inspiration était douloureuse. Les flammes qui dansaient le long des fortifications du camp s'attaquaient déjà aux fougères entrelacées, mais la clairière était encore épargnée. La tanière des anciens était la plus proche de l'entrée : Cœur de Feu s'y précipita, à moitié aveuglé. Il entendait le feu crépiter à l'autre extrémité du chêne abattu. La chaleur était intense, à croire que l'incendie s'apprêtait à embraser le camp d'un instant à l'autre.

Le chasseur aperçut Demi-Queue affalé sous une branche. Pomme de Pin gisait à côté de lui comme s'il avait essayé de le traîner dehors avant de s'écrouler à son tour, asphyxié.

Le jeune lieutenant tomba en arrêt, désemparé, mais Croc Jaune tirait déjà le corps de Demi-Queue vers l'entrée du camp.

« Ne reste pas planté là ! ronchonna-t-elle. Aide-moi à les sortir de cet enfer ! »

Il attrapa Pomme de Pin par la peau du cou pour le transporter à travers la clairière. Dans le tunnel, il lutta contre de terribles quintes de toux et les ajoncs qui s'accrochaient à la fourrure du doyen. Il s'attaqua ensuite au coteau du vallon. Le vieux chat fut pris de convulsions et de violents haut-le-cœur. Cœur de Feu s'entêta sur la pente abrupte, le cou endolori par le poids de son protégé.

Au sommet, il installa Pomme de Pin sur un rocher plat. La respiration sifflante, l'ancien ne réagissait pas. Le félin roux chercha Croc Jaune du regard. Elle sortait justement du tunnel d'ajoncs, à bout de souffle. Les troncs noircis des arbres plantés autour du camp avaient pris feu. La guérisseuse leva des yeux immenses vers lui, le cou de Demi-Queue serré entre ses mâchoires. Il fléchit les pattes, prêt à s'élancer sur les rochers pour l'aider, mais un miaulement de terreur lui fit lever la tête. À travers la fumée, il vit le fils de Bouton-d'Or s'accrocher aux branches d'un arbre dressé sur le flanc du ravin. L'écorce s'embrasait déjà ; Patte d'Épines poussa un nouveau cri quand le tronc entier prit feu.

Sans prendre le temps de réfléchir, Cœur de Feu bondit le plus haut possible. Il planta ses griffes dans le tronc, au-dessus des flammes, et se hissa jusqu'à la hauteur du chaton, suivi de très près par l'incendie. Il tendit le cou pour attraper le minuscule animal qui hurlait, les yeux fermés, agrippé de toutes ses forces à une branche. Sitôt qu'il se sentit en sécurité, le petit lâcha prise si brusquement que le guerrier, déséquilibré, faillit tomber. Son équilibre rétabli, il jeta un coup d'œil en arrière. Impossible de redescendre par où il était venu. Les flammes lui coupaient toute retraite. Il ne lui restait plus qu'à s'avancer le plus loin possible sur son perchoir et sauter au sol.

Sans écouter les braillements du chaton, il s'engagea sur la branche qui ployait sous son poids. Il se ramassa sur lui-même, prêt à s'élancer. Le brasier faisait rage derrière lui, son pelage commençait même à roussir. La branche oscilla de nouveau, un grand craquement retentit. *Que le Clan des Étoiles me vienne en aide !* pria le matou. Il ferma les paupières, fléchit l'arrière-train et se propulsa vers le sol.

Il atterrit si brutalement qu'il en eut le souffle coupé. Tout en cherchant désespérément une prise sur le flanc du vallon, il tourna la tête. Le feu avait dévoré le tronc entier et précipité l'arbre dans le ravin. Ses branches enflammées lui fermaient désormais l'entrée du camp. Impossible de rejoindre Croc Jaune.

CHAPITRE 24

« **C**ROC JAUNE ! »

• Cœur de Feu déposa Patte d'Épines à terre et hurla le nom de la guérisseuse. Le sang battait à ses oreilles. Seul l'affreux crépitement des flammes lui répondit.

Le corps du chaton était blotti contre ses pattes. Tremblant de chagrin, à peine conscient de la douleur que lui causaient ses flancs roussis, le lieutenant roux le prit entre ses mâchoires et remonta sur la crête retrouver Pomme de Pin.

L'ancien n'avait pas bougé, sa poitrine se soulevait faiblement. Jamais il n'arriverait à se mettre à l'abri seul. Il reposa le petit.

« Suis-moi ! » lui ordonna-t-il avant d'attraper le doyen par la peau du cou.

Après un dernier regard vers le ravin embrasé, il commença à traîner son fardeau entre les arbres. Patte d'Épines le suivait en titubant sans piper mot, le regard perdu dans le vague. Cœur de Feu aurait voulu pouvoir les porter tous les deux, mais il ne pouvait pas laisser mourir Pomme de Pin. Le chaton allait devoir trouver la force de faire seul le terrible trajet.

Sans rien voir autour de lui, le chat roux suivit les traces laissées par la tribu, ne se retournant que pour s'assurer que le chaton ne s'était pas laissé distancer. La dernière image qui lui restait du ravin l'obsédait : quelle vision terrifiante, cette vallée de flammes et de fumée qui avait englouti le camp ! Et de Croc Jaune et Demi-Queue, pas la moindre trace.

Ils rejoignirent le reste du Clan aux Rochers du Soleil. Cœur de Feu déposa Pomme de Pin sans à-coups sur une pierre plate. Patte d'Épines se rua droit vers Bouton-d'Or, qui l'attrapa par le cou et le secoua avec colère, mais en ronronnant si fort qu'elle faillit s'étouffer. Elle le reposa aussitôt par terre et se mit à laver sa fourrure noircie par la fumée à grands coups de langue furieux, qui se muèrent bientôt en caresses émues. Elle leva ensuite vers leur lieutenant des yeux emplis d'une gratitude inexprimable.

Il fixa le sol, la gorge serrée. Il commençait à comprendre que Croc Jaune était peut-être morte parce qu'il avait pris le temps de sauver le fils de Griffe de Tigre. Un violent frisson le secoua. Il ne pouvait pas y penser pour l'instant. Sa tribu avait besoin de lui. Autour de lui, des félins effondrés étaient couchés un peu partout sur les rochers. Croyaient-ils donc être à l'abri ? Ils auraient dû continuer jusqu'à la berge. Il chercha Tempête de Sable parmi les silhouettes accablées, en vain. Une fatigue immense lui alourdissait les pattes : impossible de trouver la force de se relever.

Il sentit Pomme de Pin remuer. Le doyen leva la tête, haletant, avant d'être pris d'une quinte de toux qui attira Museau Cendré à son chevet. Elle appuya de toutes ses forces sur la poitrine du malade pour essayer de lui dégager les poumons.

Le patient cessa de tousser. Il ne bougeait plus, étrangement silencieux à présent que sa respiration sifflante s'était tue. La guérisseuse releva la tête, les yeux débordant de larmes.

« Il est mort », murmura-t-elle.

Des cris d'horreur lui répondirent. Cœur de Feu n'en croyait pas ses oreilles. Pomme de Pin venait de rendre l'âme, alors qu'il avait réussi à le traîner jusqu'ici ? Il était mort presque au même endroit que Rivière d'Argent, d'ailleurs. Museau Cendré s'en était sans doute aperçue, elle aussi. Les moustaches tremblantes, elle se pencha pour fermer les yeux du vieux chat d'un geste plein de douceur. Son ami craignait que le chagrin soit trop dur à porter. Mais, tandis que les autres anciens s'approchaient pour faire la toilette de Pomme de Pin, elle se rassit et chuchota, incrédule :

« Une autre victime. Mais ma peine ne sera d'aucun secours au Clan.

— Tu commences à montrer autant de force que Croc Jaune, souffla-t-il.

— Croc Jaune ! Où est-elle ? »

Une douleur sans bornes se réveilla dans la poitrine du jeune lieutenant, si aiguë qu'il serra les dents.

« Je l'ignore, avoua-t-il. Elle ramenait Demi-Queue et... je l'ai perdue de vue dans la fumée. J'allais retourner la chercher quand le chaton... »

Incapable de terminer sa phrase, il regarda le

visage de la guérisseuse refléter une peine inimaginable. Qu'arrivait-il à la tribu ? Le Clan des Étoiles souhaitait-il vraiment leur mort ?

Patte d'Épines se mit soudain à tousser. Museau Cendré se secoua comme si elle sortait d'un bain dans une eau glaciale. Elle fila clopin-clopant au secours du petit dont elle se mit à lécher le poitrail avec vigueur pour stimuler sa respiration. Peu à peu, le souffle du chaton devint plus régulier.

Cœur de Feu écoutait la forêt, sans bouger. Une légère brise, qui soufflait depuis la direction du camp, secouait le feuillage des arbres. Il entrouvrit la bouche pour essayer de distinguer la fumée de la puanteur de sa fourrure roussie. Le feu brûlait-il toujours ? Il s'aperçut alors que le ciel se remplissait de volutes noires : le vent poussait l'incendie vers les Rochers du Soleil. Les oreilles couchées en arrière, il entendit le ronflement des flammes noyer le murmure des feuilles.

« Le feu s'approche ! hurla-t-il d'une voix rauque. Nous devons nous rapprocher de la rivière. Nous ne serons à l'abri qu'après l'avoir traversée. Là-bas, il ne pourra plus rien contre nous. »

Ses compagnons levèrent la tête, surpris. Des dizaines de paires d'yeux brillèrent dans la nuit. La lumière du feu transparaissait déjà entre les arbres.

Soudain, les rochers et la végétation furent illuminés par un éclair aveuglant. Un coup de tonnerre assourdissant explosa au-dessus de leurs têtes. Les rescapés se plaquèrent contre la pierre. Derrière la fumée, des nuages s'amassaient. Soulagé, malgré la peur qu'inspiraient toujours aux félins ces manifestations naturelles, il comprit que l'orage avait enfin éclaté.

« La pluie arrive ! s'écria-t-il pour encourager ses camarades recroquevillés par la peur. Elle va éteindre le feu ! Mais il faut partir maintenant ou nous n'arriverons pas à le distancer ! »

Poil de Fougère fut le premier à se relever. Les autres l'imitèrent – ils comprenaient tous le danger qui les menaçait. Leur horreur de l'incendie l'emportait sur leur peur instinctive des colères du ciel. Ils allaient et venaient sans savoir quelle direction prendre. Quand le chat roux vit la silhouette de Tempête de Sable parmi eux, son cœur bondit dans sa poitrine. Il aperçut aussi Étoile Bleue, assise sur l'un des plus hauts rochers, les yeux levés vers la Toison Argentée. Un éclair déchira le ciel, mais elle ne bougea pas d'un pouce. *Prie-t-elle le Clan des Étoiles ?* se demanda Cœur de Feu, perplexe.

« Par ici ! » brailla-t-il.

Il indiquait le chemin avec sa queue quand un autre coup de tonnerre couvrit le bruit de sa voix.

La tribu entière se précipita vers la piste qui menait à la rivière. L'odeur de l'incendie saturait l'atmosphère. Un lapin terrifié passa en courant devant le matou. Il ne sembla même pas remarquer les chats qui l'entouraient, et fonça se réfugier sous les pierres. Il cherchait d'instinct à s'abriter au milieu des rochers qui se dressaient çà et là depuis des temps immémoriaux, mais Cœur de Feu savait que la fumée tuait aussi bien que les flammes.

« Dépêchez-vous ! » s'écria-t-il.

Aussitôt, le Clan se mit à courir. Comme la première fois, Poil de Souris et Longue Plume transportaient la portée de Fleur de Saule. Nuage de Neige et Pelage de Poussière s'étaient emparés du corps de Pomme de Pin, qui rebondissait sur le sol à chacun de leurs pas. Tornade Blanche et Plume Blanche encadraient Étoile Bleue, qu'ils poussaient à avancer à petits coups de museau.

Le chat roux cherchait Tempête de Sable quand il vit Perce-Neige peiner à porter son fils. Le chaton avait beaucoup grandi et la reine était plus âgée que les autres reines. Cœur de Feu se hâta de la débarrasser de son fardeau. Elle le remercia d'un battement de queue et se mit à courir.

Comme ils se dirigeaient directement vers la rivière, à présent, le feu était sur leur gauche. Tout en encourageant ses troupes, le jeune lieutenant surveillait la progression du mur de flammes. Tout autour d'eux, les arbres commencèrent à osciller ; le vent de l'orage se leva et se mit à attiser l'incendie, poussant le brasier dans leur direction. Ils voyaient la rivière, désormais – encore fallait-il la traverser. Peu de ses congénères avaient pratiqué la natation, mais ils n'avaient pas le temps de descendre vers le gué, en aval.

Tandis qu'ils se ruaient vers la frontière, Cœur de Feu sentit la chaleur du feu contre son flanc et entendit un rugissement plus assourdissant encore que celui du Chemin du Tonnerre. Il accéléra le train, arriva le premier sur la rive. Un nouvel éclair alluma des reflets argentés sur les galets lisses, mais le tonnerre s'entendait à peine dans le vacarme de l'incendie. La tribu déboula derrière son lieutenant, et tomba en arrêt devant les courants impétueux, saisie d'une peur nouvelle. Le courage de Cœur de Feu vacilla : comment persuader ses camarades d'entrer dans l'eau ? Mais dans leur dos le feu dévorait la forêt dans une course folle et il comprit qu'il n'avait pas le choix.

CHAPITRE 25

Cœur de Feu déposa le petit de Perce-Neige devant Tornade Blanche et se tourna pour affronter le Clan.

« Vous pourrez passer à gué sur presque toute la largeur de la rivière. Le niveau a beaucoup baissé. Il faudra nager un peu au milieu, mais vous y arriverez. »

Les félins poussèrent des miaulements de terreur.

« Faites-moi confiance ! » les exhorta-t-il.

Tornade Blanche hésita un instant avant de hocher la tête sans se départir de son calme. Il ramassa le chaton et s'avança dans l'eau jusqu'au ventre. Il se tourna alors pour inviter les autres à le suivre d'un signe de la queue.

Une odeur bien-aimée enveloppa Cœur de Feu ; une douce fourrure rousse effleura son épaule.

« Ce n'est pas dangereux ? murmura Tempête de Sable en désignant les courants bouillonnants du bout du nez.

— Non, je te le promets. »

Il aurait voulu être ailleurs, loin de ce rivage menacé par l'incendie. Il la regarda bien en face

291

pour lui donner de la force alors qu'il aurait voulu frotter son museau contre le pelage soyeux et s'y cacher jusqu'à la fin de ce cauchemar.

Comme toujours, elle semblait deviner ses pensées. Elle renifla d'un air amusé avant de s'élancer dans l'eau à toute vitesse pour se jeter dans la partie la plus profonde de la rivière. Au même instant, un éclair illumina les flots. La gorge du matou se serra quand il la vit perdre pied sur les galets et glisser sous la surface. Il attendit sa réapparition – son cœur cessa de battre et le sang gronda à ses oreilles comme le tonnerre.

Tempête de Sable émergea soudain en toussant et en remuant les pattes dans tous les sens ; malgré tout, elle progressait sans encombre vers la rive opposée. Elle se hissa sur la berge, la fourrure plus sombre, et hurla :

« Agitez les pattes et tout ira bien ! »

Cœur de Feu était si fier qu'il n'arrivait plus à respirer. Il se retint de sauter dans l'eau pour rejoindre la silhouette mince qui se détachait sur les arbres, là-bas. Non, le Clan passait d'abord ; il se força à les regarder sauter dans la rivière.

Pelage de Poussière et Nuage de Neige traînèrent le corps de Pomme de Pin jusqu'au bord. L'air sombre, ils mesuraient la difficulté : impossible de transporter le défunt sur l'autre berge puisque eux-mêmes savaient à peine nager.

Le guerrier roux s'approcha d'eux.

« Laissez-le ici, murmura-t-il, même si la perspective d'abandonner l'un des leurs l'affligeait. On reviendra l'enterrer quand le feu sera éteint. »

Nuage de Neige entra dans l'eau derrière Pelage de Poussière. Constellé de taches de suie, l'apprenti était presque méconnaissable. Cœur de Feu lui effleura le flanc quand il passa à sa hauteur : il espérait que son neveu sentirait à quel point il était fier de son courage.

Il remarqua vite que Petite Oreille hésitait sur la rive. De l'autre côté, Tempête de Sable était retournée dans l'eau pour aider les félins à atteindre le bord. Elle appela l'ancien d'un air encourageant, mais il recula quand un autre éclair illumina le ciel. Le rouquin attrapa le doyen par la peau du cou et plongea. Petite Oreille se mit à vagir et à se démener tandis que le jeune lieutenant tentait de maintenir sa tête au-dessus de la surface. Après la chaleur des flammes, l'eau glacée lui coupait le souffle, mais il se força à persévérer. Il n'avait pas oublié l'aisance de Plume Grise dans l'eau.

Soudain, un courant fit dévier sa trajectoire. Il agita les pattes, paniqué, quand il vit qu'un mur de terre remplaçait peu à peu la rive en pente douce. Il n'arriverait jamais à se hisser hors de l'eau, surtout avec Petite Oreille ! Le doyen avait cessé de se débattre ; il n'était plus qu'un poids mort qui entravait la progression de Cœur de Feu. Seule sa respiration rauque montrait qu'il était toujours en vie et qu'il pouvait encore survivre à la traversée. Le chat roux essayait à grand-peine de lutter contre le courant sans oublier de maintenir le museau de l'ancien hors de l'eau.

Sans crier gare, une silhouette debout sur la berge attrapa Petite Oreille pour le sortir de l'eau. C'était Taches de Léopard, le lieutenant du Clan de la Rivière ! La chatte dérapa dans la boue, retrouva son équilibre, déposa son fardeau sur le sol et se pencha pour récupérer Cœur de Feu, qui sentit des dents pointues dans sa fourrure.

Une fois au sec, il mit quelques instants à retrouver son souffle.

« Tout le monde est là ? » lui demanda-t-elle.

Il regarda autour de lui. Des guerriers du Clan de la Rivière allaient et venaient entre les réfugiés couchés sur les galets, trempés et sous le choc. Plume Grise était parmi les sauveteurs.

« Je... je crois », bredouilla Cœur de Feu.

Il voyait Étoile Bleue, étendue sous les branches basses d'un saule. Elle semblait bien frêle, la fourrure plaquée contre son flanc famélique.

« Et celui-là ? »

Taches de Léopard désignait le chat noir et blanc étendu sur l'autre rive. Les fougères, qui avaient pris feu, projetaient des gerbes d'étincelles sur la surface de l'eau dans une lumière papillonnante.

« Il est mort », chuchota le matou.

Sans un mot, Taches de Léopard se glissa dans la rivière. Son pelage doré se parait de reflets roux. Elle saisit le cadavre et revint aussitôt en laissant un sillage blanc dans les eaux noires. Un coup de tonnerre retentit, mais elle poursuivit sa route sans broncher.

« Cœur de Feu ! Ça va ? »

Plume Grise, car c'était lui, vint presser son flanc chaud contre le corps trempé de son vieil ami, qui acquiesça, hébété.

La guerrière poussa Pomme de Pin près d'eux.

« Venez, nous l'enterrerons au camp.

— Au camp... du Clan de la Rivière ?

— À moins que tu préfères retourner au tien... »,
rétorqua-t-elle.

Sa tribu gravit la rive, laissant derrière elle la
rivière et les flammes. Lorsque le Clan du Tonnerre se leva péniblement pour la suivre, de lourdes
gouttes de pluie s'écrasèrent dans les feuillages. La
pluie arrivait-elle assez tôt pour sauver la forêt ?
Plume Grise s'empara du corps détrempé qu'il souleva sans peine. La pluie tombait de plus en plus
fort. Plus épuisé que jamais, Cœur de Feu ferma la
marche en titubant sur les galets ronds.

Le lieutenant du Clan de la Rivière fit passer ses
hôtes à travers les roseaux qui bordaient la rive
pour les mener à une île qui, en n'importe quelle
autre saison, aurait été entourée d'eau.

Cœur de Feu connaissait l'endroit. À sa dernière
visite, la glace était partout. Cette nuit-là, au
contraire, les roseaux oscillaient au vent et la pluie
coulait en cascades le long des branches pendantes
des saules jusque sur le sol sablonneux.

Taches de Léopard suivit un étroit passage qui
serpentait entre les joncs et menait sur l'île. L'odeur
de la fumée s'attardait encore, mais le rugissement des flammes avait décru. On entendait les
gouttes clapoter dans l'eau, au-delà des roseaux.

Étoile Balafrée les attendait dans une clairière au
centre de l'île. Il jeta un regard soupçonneux à
Plume Grise quand le Clan du Tonnerre fit son
entrée, mais Taches de Léopard alla lui annoncer :

« Ils ont fui l'incendie.

— Y a-t-il le moindre danger pour nous ? demanda aussitôt son chef.

— Le feu ne traversera pas la rivière. Surtout maintenant que le vent a tourné. »

Cœur de Feu flaira l'air environnant. Elle avait raison. L'orage avait apporté avec lui un air beaucoup plus frais. Quand la brise souleva sa fourrure humide, il sentit son esprit s'éclaircir. Où était Étoile Bleue ? Au lieu de saluer Étoile Balafrée, elle se cachait au milieu des siens, tête basse et paupières mi-closes.

La tribu ne pouvait pas laisser le Clan de la Rivière constater la fragilité de sa meneuse ! Le chat roux se hâta de la remplacer. Il s'inclina profondément devant le chef adverse.

« Taches de Léopard et sa patrouille ont témoigné d'une grande bonté et d'un grand courage en nous aidant à échapper aux flammes », déclara-t-il.

Dans le ciel couvert de nuages, les éclairs continuaient de serpenter et le tonnerre de gronder au loin. L'orage s'éloignait.

« Elle a eu raison de vous porter secours, répondit Étoile Balafrée. Tous les Clans craignent le feu.

— Notre camp a été détruit et notre territoire continue de se consumer, reprit Cœur de Feu. Nous n'avons nulle part où aller. »

Il cligna des paupières, aveuglé par la pluie. Il n'avait pas d'autre choix que de s'en remettre à la merci de l'ennemi.

Le vétéran laissa passer quelques instants. *Il ne s'imagine tout de même pas que, dans cet état, ma tribu représente la moindre menace ?* se demanda Cœur de Feu, irrité.

« Vous pouvez rester ici tant que vous ne pourrez pas rentrer, finit par proclamer Étoile Balafrée.

— Merci, répondit le jeune lieutenant, soulagé et reconnaissant.

— Veux-tu que nous enterrions votre ancien ? proposa Taches de Léopard.

— C'est très généreux de votre part, mais c'est à nous de mettre Pomme de Pin en terre. »

Il était assez triste, déjà, d'inhumer le vieux guerrier en territoire ennemi. Le chat roux savait que les amis du défunt insisteraient pour l'accompagner dans son voyage vers le Clan des Étoiles.

« Très bien, dit-elle. Je vais faire placer son corps à l'extérieur du camp pour que vos anciens puissent le veiller en paix. » Il la remercia d'un battement de la queue. « Je vais demander à Patte de Pierre d'assister votre guérisseuse. »

La chatte au poil tacheté scruta les félins trempés. Elle finit par remarquer la silhouette recroquevillée de leur chef.

« Étoile Bleue est blessée ? »

Il choisit ses mots avec précaution.

« La fumée était étouffante. Elle a quitté le camp parmi les derniers. Excusez-moi, il faut que j'aille m'occuper de ma tribu. »

Il s'approcha de Nuage de Neige et Petite Oreille, assis côte à côte.

« Vous vous sentez assez bien pour enterrer Pomme de Pin ?

— Moi oui, répliqua l'apprenti. Mais je crois que Petite Oreille...

— Je suis en assez bonne forme pour rendre les honneurs à un vieux compagnon, l'interrompit l'ancien d'une voix rauque.

— Je vais demander à Pelage de Poussière de vous aider. »

Un mâle au poil brun suivait Museau Cendré parmi les réfugiés. Il portait un ballot d'herbes, qu'il plaça sur le sol détrempé quand la guérisseuse s'arrêta devant Fleur de Saule et sa portée. Les chatons poussaient des miaulements pitoyables, mais refusaient de téter leur mère. Cœur de Feu s'approcha, inquiet.

« Ils vont bien ?

— Patte de Pierre suggère de leur donner du miel pour calmer leur gorge. Rien de grave, ne t'inquiète pas. Mais ça ne leur a pas fait du bien d'aspirer la fumée. »

Sous le regard approbateur de la mère, le matou brun plaça devant sa progéniture une boule de mousse imprégnée d'un liquide doré mais poisseux. Elle se mit à ronronner quand les petits se mirent à lécher le remède – d'abord méfiants, puis ravis.

Museau Cendré avait la situation en main. Cœur de Feu se trouva un coin ombragé et s'attela à sa toilette. Il grimaça en léchant sa fourrure roussie : beurk ! Malgré son corps endolori, il voulait se débarrasser de toutes traces de fumée avant de se reposer enfin.

Quand il eut terminé, il s'aperçut que les habitants du camp s'étaient abrités de la pluie dans leurs tanières. Seuls demeuraient les félins du Clan du Tonnerre, blottis par petits groupes le long des fortifications, contre le mur de roseaux, afin de se protéger de l'averse. La silhouette sombre de Plume Grise allait et venait d'un chat à l'autre en murmurant des paroles apaisantes. Son travail terminé, Museau Cendré s'était roulée en boule à côté de Nuage de Granit. Quant à Tempête de Sable, elle semblait profondément endormie près de Longue Plume. Étoile Bleue et Tornade Blanche avaient eux aussi trouvé le sommeil.

Le museau posé sur ses pattes de devant, Cœur de Feu écoutait la pluie tambouriner sur le sol boueux de la clairière. Lorsque ses paupières se fermèrent, une image intolérable – le visage terrifié de Croc Jaune devant le tunnel d'ajoncs – fit irruption dans son esprit. Il gémit, mais l'épuisement l'emporta et il put se réfugier dans le monde des rêves.

CHAPITRE 26

Quand il se réveilla, Cœur de Feu eut l'impression de n'avoir fermé les paupières qu'un instant. Une brise fraîche ébouriffait son pelage. La pluie avait cessé. De gros nuages blancs filaient dans le ciel. D'abord, il se demanda où il se trouvait. Ensuite, il entendit des voix et reconnut le chevrotement de Petite Oreille.

« Je vous avais bien dit que le Clan des Étoiles manifesterait sa colère ! Nous n'avons plus de camp et la forêt est détruite !

— Étoile Bleue aurait dû nommer notre lieutenant avant minuit, renchérit Perce-Neige. C'est la coutume ! »

Le chat roux se leva d'un bond, mais, sans lui laisser le temps de manifester sa présence, Museau Cendré intervint :

« Comment pouvez-vous être aussi ingrats ? Cœur de Feu t'a fait traverser la rivière, Petite Oreille !

— Il a failli me noyer, oui !

— Tu serais mort s'il t'avait abandonné ! s'indigna-t-elle. S'il n'avait pas senti la fumée le premier, on serait peut-être *tous* morts !

« — Je suis sûr que Pomme de Pin, Demi-Queue et Croc Jaune lui sont tous profondément reconnaissants », jeta Éclair Noir, sarcastique.

Cœur de Feu grinça des dents.

« Croc Jaune le remerciera elle-même quand on la retrouvera ! lança Museau Cendré.

— Tu rêves ! rétorqua le guerrier tigré. Elle n'avait aucune chance d'échapper à cet incendie. Il n'aurait jamais dû l'autoriser à retourner au camp ! »

La guérisseuse poussa un grognement de fureur. Le matou avait dépassé les bornes. Leur lieutenant sortit de l'ombre à la hâte – Nuage de Bruyère, assise à côté d'Éclair Noir, posait sur son professeur des yeux horrifiés.

Mais Pelage de Poussière le devança.

« Tu devrais montrer un peu plus de respect envers nos amis disparus et mesurer tes paroles, Éclair Noir ! Tout le monde a assez souffert comme ça ! »

Cœur de Feu fut surpris d'entendre le jeune guerrier se dresser contre son ancien mentor. Ce dernier ne parut pas moins étonné, et prit un air menaçant. Le rouquin s'avança dans la lumière.

« Pelage de Poussière a raison, déclara-t-il d'une voix posée. L'heure n'est pas aux disputes. »

Éclair Noir, Petite Oreille et les autres agitèrent la queue d'un air penaud en comprenant qu'il avait surpris leur conversation.

« Cœur de Feu ! » appela Plume Grise, qui traversait la clairière, la fourrure encore humide après un plongeon matinal.

Son camarade fila à sa rencontre.

« Tu reviens de patrouille ?

— Oui, et de la chasse. Tout le monde ne peut pas passer la matinée à dormir ! » Le guerrier cendré donna un petit coup de museau à son ami avant de poursuivre. « Tu dois avoir faim. Suis-moi ! Taches de Léopard dit que tout ça est pour ta tribu, termina-t-il en lui montrant un tas de gibier dressé à la lisière de la clairière.

— Merci ! » répondit Cœur de Feu, dont le ventre gargouillait. « Plume Grise dit que ces réserves sont pour nous ! cria-t-il aux félins rassemblés.

— Le Clan des Étoiles soit loué ! s'exclama Bouton-d'Or.

— Je n'accepterai pas de gibier d'une autre tribu ! maugréa Éclair Noir.

— Tu devrais pouvoir aller chasser, si tu le désires, rétorqua le félin roux. Mais il faudra que tu demandes la permission à Étoile Balafrée, d'abord. Après tout, on est sur son territoire. »

Le mâle tigré renifla d'un air excédé et fila vers les proies empilées. Étoile Bleue, quant à elle, n'avait pas réagi à la nouvelle.

Tornade Blanche agita les oreilles.

« Je vais m'assurer que tout le monde a sa part, promit-il d'un air entendu.

— Merci », répondit son cadet.

Plume Grise en profita pour apporter une souris à son vieil ami.

« Tiens, tu pourras la manger à la pouponnière. J'ai des petits à te présenter. »

Les deux félins s'approchaient d'un enchevêtrement de roseaux quand deux boules de poils argentés sortirent par un trou minuscule pour se précipiter sur leur père. Quand ils se jetèrent à son cou, le matou roula sur le flanc, et s'amusa à repousser leurs assauts à petits coups de patte, ses griffes rentrées. Cœur de Feu avait aussitôt compris qui ils étaient.

Plume Grise se mit à ronronner.

« Comment avez-vous su que j'arrivais ?

— On t'a senti ! répondit le mâle.

— Bravo ! »

Lorsque son invité eut terminé sa souris, le guerrier cendré se redressa ; les chatons dégringolèrent de son ventre.

« Maintenant, je voudrais vous présenter un vieil ami. On s'est entraînés ensemble. »

Les deux bêtes parurent très impressionnées.

« C'est Cœur de Feu ? demanda la femelle.

— C'est lui ! »

Le jeune lieutenant se sentit honoré que son complice de toujours ait déjà parlé de lui à ses petits.

Une chatte écaille passa la tête par l'entrée de la pouponnière.

« Revenez ici, tous les deux ! Il va encore pleuvoir ! »

Les garnements soupirèrent, déçus, avant de se diriger vers la tanière.

« Ils sont adorables ! s'exclama Cœur de Feu.

— Oui, acquiesça Plume Grise d'un air attendri. Plus grâce à Pelage de Mousse qu'à moi, il faut bien le dire. C'est elle qui s'occupe d'eux. »

Il parlait avec un brin de nostalgie... À croire que son Clan d'origine commençait à beaucoup lui manquer.

En silence, ils sortirent du camp et s'installèrent sur un carré de terre nue au milieu des roseaux. Un saule dont les branches frémissaient dans la brise se penchait sur eux. Le vent ébouriffa leur pelage. Le Clan des Étoiles avait l'air décidé à leur envoyer encore un peu de pluie.

« Où est passée Croc Jaune ?

— Après l'évacuation du camp, on est retournés chercher Pomme de Pin et Demi-Queue, elle et moi. Je l'ai perdue de vue. Un... Un arbre est tombé dans le ravin au moment où elle essayait d'en sortir. »

Avait-elle pu échapper aux flammes ? Il entretenait cet espoir obstinément.

« Tu n'as trouvé aucune trace d'elle au cours de ta patrouille ?

— Non, je suis désolé.

— Tu crois que l'incendie est éteint ?

— Je n'en suis pas sûr. On a aperçu quelques volutes de fumée.

— Tu crois qu'il reste quelque chose du camp ?

— Tu le sauras bien assez tôt. »

À travers le feuillage du saule, Plume Grise fixa les nuages qui s'amoncelaient dans le ciel.

« Pelage de Mousse avait raison... La pluie revient. » Une grosse goutte s'écrasa à côté d'eux. « Voilà qui devrait éteindre le reste de l'incendie. »

Les gouttes se multiplièrent, crépitant sur les roseaux. Bientôt, une deuxième averse trempait les deux chats, comme si le Clan des Étoiles pleurait les pertes de la veille.

CHAPITRE 27

En fin d'après-midi, l'odeur de la fumée avait été remplacée par des effluves de cendres mouillées, mais Cœur de Feu se délectait de cette puanteur.

« Le feu doit être éteint, maintenant, dit-il à Plume Grise, qui s'abritait près de lui sous un bouquet de roseaux. On devrait aller voir si le Clan peut rentrer.

— Et en profiter pour chercher Croc Jaune et Demi-Queue. »

Bien sûr, le guerrier cendré avait deviné la vraie raison de cette mission d'exploration.

« Il faut que j'aille demander à Étoile Balafrée la permission de t'accompagner », ajouta-t-il.

Cœur de Feu sursauta. Il avait presque oublié que son ami appartenait à un autre Clan désormais.

« Je reviens tout de suite ! » conclut l'animal avant de s'éloigner.

De l'autre côté de la clairière, Étoile Bleue se blottissait contre Tornade Blanche, comme si le vétéran était son dernier rempart contre la terrible catastrophe qui avait touché la tribu. Fallait-il lui dire où ils comptaient se rendre ? Cœur de Feu préférait l'éviter. Il avait décidé d'agir seul ; les siens sauraient la protéger de la curiosité des félins du Clan de la Rivière.

Nuage de Neige s'approcha de lui.

« Tu crois que le feu est éteint ?

— C'est ce qu'on va aller vérifier, Plume Grise et moi.

— Je peux venir ? »

Cœur de Feu préféra décliner cette offre. Il ne savait pas ce qui les attendait au camp du Tonnerre. Il craignait aussi qu'en contemplant la dévastation du camp l'apprenti ne soit tenté de retourner à sa vie de chat domestique.

« Je ferai tout ce que tu me diras, lui jura son neveu.

— Alors reste et aide ton Clan. Tornade Blanche a besoin de toi, ici. »

Nuage de Neige s'efforça de cacher sa déception.

« Compris !

— Tu diras à Tornade Blanche où je suis parti. Je serai rentré avant minuit.

— D'accord. »

Le guerrier priait pour que son neveu obéisse aux ordres, pour une fois, et reste au camp du Clan de la Rivière.

Plume Grise revint accompagné d'Étoile Balafrée.

« Il paraît que vous voulez retourner ensemble à ton camp, lança le grand mâle couleur crème. Tu ne peux pas y aller avec un de tes guerriers ?

— Nous avons perdu deux chats dans l'incendie. Je ne veux pas les retrouver tout seul. »

Le chef ennemi sembla comprendre cet argument et répondit d'une voix douce :

« S'ils n'ont pas survécu, tu auras besoin de la

308

présence d'un vieil ami. Plume Grise peut t'accompagner. »

Les deux félins retournèrent donc à la rivière. De l'autre côté, la forêt était complètement noircie. Les cimes des arbres les plus hauts avaient pu garder quelques-unes de leurs feuilles, qui ondulaient bravement dans la brise. Mais la victoire restait mince : toutes les autres branches étaient nues. Certes, le Clan des Étoiles avait envoyé l'orage éteindre l'incendie, mais trop tard pour sauver la forêt.

Plume Grise se glissa dans l'eau sans mot dire. Cœur de Feu l'imita, contraint de se démener comme un beau diable pour éviter d'être distancé. Une fois sur l'autre rive, ils en furent réduits à contempler, la mort dans l'âme, les bois qu'ils aimaient tant.

« Mon seul réconfort, c'était d'observer les arbres pendant mes patrouilles », murmura le chat cendré.

Le pauvre semblait encore plus nostalgique de sa tribu que son camarade ne l'aurait cru. Sans lui laisser le temps d'approfondir le sujet, Plume Grise fila en direction de la frontière, qu'il franchit avec enthousiasme. Il s'arrêta même pour y marquer son territoire. *Au nom de qui ?* se demanda Cœur de Feu. *Le Clan de la Rivière ou celui du Tonnerre ?*

Malgré les dégâts, l'exilé volontaire semblait ravi d'être de retour sur ses terres d'autrefois. Au lieu de se précipiter vers le camp comme son compagnon, il restait à la traîne, reniflait un peu partout. Il était bien difficile de reconnaître quoi que ce soit. La forêt avait changé d'aspect : sous-bois carbonisés, aucun signe de la moindre proie. Sous leurs pattes, la pluie et la cendre s'étaient changées en une boue noire à l'odeur âcre qui collait à leur fourrure. La pluie faisait frissonner le chat roux. Le chant d'un oiseau isolé soulignait l'étendue des dommages.

Ils finirent par atteindre le sommet du ravin. Débarrassé de ses fortifications, le camp était bien visible. La terre luisait comme de la pierre noire sous la pluie. Seul le Promontoire restait le même, si l'on exceptait la fine couche de cendre qui le recouvrait.

Cœur de Feu descendit la pente à la hâte, en soulevant des cascades de débris humides. L'arbre sur lequel s'était réfugié le fils de Bouton-d'Or n'était plus qu'un tas de branches brûlées qu'il franchit sans difficulté. À la place du tunnel d'ajoncs qui servait autrefois d'entrée au camp ne restaient plus que quelques tiges noircies. Il s'y fraya un chemin.

Dans la clairière, Plume Grise lui donna un coup de museau : le corps en partie calciné de Demi-Queue était étendu à l'entrée du tunnel de fougères de Croc Jaune – du moins ce qu'il en restait. La guérisseuse avait dû essayer de ramener l'ancien évanoui à l'abri du camp – dans l'espoir, sans doute, que le rocher fendu où elle avait aménagé sa tanière les protégerait des flammes.

« Je me charge d'enterrer Demi-Queue, proposa le guerrier cendré. Toi, retrouve Croc Jaune. »

Il alla ramasser le corps pour le traîner à l'extérieur du camp, là où les félins enterraient leurs morts.

Cœur de Feu le regarda partir, figé sur place. Il savait qu'il était revenu au camp pour savoir la vérité, mais ses pattes refusaient de le porter. Il dut se faire violence pour faire les quelques pas qui le séparaient de la tanière de son amie. Plus de tunnel de verdure, à présent. Rien que le crépitement de la pluie sur le sol boueux.

« Croc Jaune ! » cria-t-il d'une voix enrouée, avant d'entrer dans la clairière.

Le rocher était noir de suie, mais, mêlée à l'odeur de la cendre, il discerna aussi celle de la vieille chatte.

« Croc Jaune ? »

Un miaulement rauque lui répondit. Il venait de l'antre. Elle était vivante ! Tremblant de soulagement, Cœur de Feu se glissa dans la grotte sombre.

Il y avait très peu de lumière à l'intérieur. Lui qui n'était jamais entré dans ce gîte dut attendre un instant que ses yeux s'adaptent à l'obscurité. Au pied d'un des murs s'étalaient toute une série d'herbes et de baies, souillées par la fumée mais épargnées par les flammes. À l'autre bout de l'étroite caverne, deux pupilles luisaient dans la pénombre.

« Croc Jaune ! »

Il se précipita vers elle. Elle était couchée sur le ventre, noire de la tête aux pieds, la respiration sifflante. Trop faible pour se déplacer. Elle avait à peine la force de garder les yeux ouverts, et parlait d'une voix faible.

« Cœur de Feu... Je suis contente que ce soit toi.

— Je n'aurais jamais dû te laisser ici. » Il pressa

le museau contre sa fourrure emmêlée. « Pardonne-moi.

— Tu as réussi à sauver Pomme de Pin ? »

Il secoua la tête.

« Il avait respiré trop de fumée.

— Demi-Queue aussi », souffla-t-elle.

Quand il vit ses paupières frémir et commencer à se fermer, il lança :

« Mais on a sauvé le petit de Bouton-d'Or !

— Lequel était-ce ?

— Patte d'Épines. »

Elle savait maintenant que le sauvetage du fils de Griffe de Tigre lui avait coûté la vie. Il chercha un indice sur le visage de la vieille chatte : que lui avait révélé le Clan des Étoiles sur le chaton ? Aurait-il mieux valu qu'il meure ? Elle ferma les yeux un instant.

« Tu es un grand guerrier, Cœur de Feu. »

Elle les rouvrit soudain et le fixa intensément.

« J'aurais été fière que tu sois mon fils. Je l'ai souvent souhaité. Si seulement ç'avait été toi plutôt que... » À l'entendre respirer, le chat roux comprit que chaque mot lui déchirait la gorge. « ... Plume Brisée. »

Il tressaillit. Elle venait de lui révéler son plus grand secret : le cruel meneur du Clan de l'Ombre était en fait son fils – un chaton qu'elle avait dû abandonner à la naissance car les guérisseurs ne pouvaient pas avoir d'enfants. Quelle torture pour elle de voir ce traître tuer son propre père pour devenir le chef, avant de mener la tribu à sa perte par excès d'ambition !

Comment Cœur de Feu aurait-il pu lui avouer qu'il le savait déjà ? Il lui lécha l'oreille pour tenter de l'apaiser, mais elle continua :

« Je l'ai tué. Empoisonné. Je voulais qu'il meure. »

L'aveu se termina en quinte de toux.

« Chut ! chuchota le guerrier. Garde tes forces ! »

Elle ne lui apprenait rien. Quand Plume Brisée avait aidé Griffe de Tigre et sa bande de chats errants à attaquer le camp, Croc Jaune s'était retournée contre son fils. Cœur de Feu l'avait vue donner à Plume Brisée des baies mortelles.

« Je vais aller te chercher un peu d'eau, suggéra-t-il.

— Tu ne peux plus rien pour moi. Je veux tout te dire avant de...

— Tu ne vas pas mourir ! » Il commença à s'affoler. « Dis-moi ce que je peux faire pour t'aider.

— Inutile de perdre ton temps, répondit-elle impatiemment. Quoi que tu fasses, je vais mourir, mais je n'ai pas peur. Écoute-moi, c'est tout. »

Il aurait voulu la supplier de se taire, d'économiser ses forces pour vivre quelques moments de plus, mais il la respectait trop pour ne pas lui obéir, même en cet instant.

« J'aurais voulu que tu sois mon fils, mais je n'aurais jamais pu donner naissance à un chat tel que toi. Le Clan des Étoiles m'a envoyé Plume Brisée pour me donner une leçon.

— Quelle leçon ? protesta-t-il. Tu es aussi sage qu'Étoile Bleue.

— Pourtant, j'ai tué mon propre petit.

— Il le méritait !

— Mais j'étais sa mère, chuchota-t-elle. Je suis prête à entendre le jugement du Clan des Étoiles. »

Il était incapable de répondre. Au désespoir, il se mit à lécher son pelage furieusement, comme si son amour pour la vieille chatte pouvait la garder en vie.

« Cœur de Feu », murmura-t-elle.

Il s'arrêta.

« Oui ?

— Merci de m'avoir ramenée à ta tribu. Dis à Étoile Bleue que je ne l'ai pas assez remerciée de m'avoir donné une tanière et un Clan. C'est un bel endroit pour mourir. Mon seul regret, c'est de ne pas être là pour te voir accomplir la destinée que t'ont réservée nos ancêtres. »

Sa voix faiblit ; ses flancs se convulsèrent pour apporter un peu d'air à ses poumons brûlés.

« Croc Jaune ! l'implora-t-il. Ne t'en va pas... »

Entendre la respiration pénible de la guérisseuse lui déchirait le cœur. Il comprit qu'il n'y avait plus rien à faire.

« N'aie pas peur du Clan des Étoiles. Ils sauront comprendre ton geste, lui promit-il. Nos ancêtres rendront hommage à ta loyauté et à ton immense courage. Il y a tellement de chats qui te doivent la vie. Sans toi, Museau Cendré serait morte après son accident. Et quand le mal vert s'est abattu sur le camp, tu as lutté jour et nuit... »

Il ne pouvait plus s'arrêter de parler, même s'il savait que la chatte avait rendu son dernier soupir, qu'elle s'était tue pour toujours. Croc Jaune était morte.

CHAPITRE 28

D'UN COUP DE LANGUE AFFECTUEUX, Cœur de Feu ferma les yeux de la guérisseuse. Ensuite, il posa la tête sur son épaule et sentit la chaleur quitter son corps.

Il ne sut jamais combien de temps il passa là, à écouter le seul battement de son cœur dans la pénombre de la caverne. Il crut un instant qu'une brise froide lui apportait l'odeur de Petite Feuille. Était-elle venue guider Croc Jaune vers le Clan des Étoiles ? Il laissa cette pensée apaisante l'envahir et le sommeil grignoter les coins de sa conscience.

La voix douce de Petite Feuille vint chatouiller la fourrure de son oreille :

« Elle sera en sécurité avec nous. »

Il se redressa, incrédule.

« Cœur de Feu ? s'écria Plume Grise à l'entrée. J'ai enterré Demi-Queue.

— Croc Jaune est morte », chuchota le chat roux. Ses paroles se réverbérèrent sur les murs de la grotte. « Elle était encore vivante quand je l'ai trouvée, mais...

— Elle a dit quelque chose ? »

Il ferma les paupières. Jamais il ne dévoilerait le

tragique secret de Croc Jaune à qui que ce soit, pas même à son plus vieil ami.

« Juste... Qu'elle remerciait Étoile Bleue de l'avoir laissée vivre parmi nous. »

Plume Grise vint lécher la joue de la chatte.

« Quand je suis parti, je ne m'imaginais pas ne plus jamais lui reparler, dit-il avec tristesse. Je l'enterre avec toi ?

— Non », répondit-il d'un ton ferme.

Il avait soudain les idées claires. Les paroles de Petite Feuille résonnèrent dans sa tête : *Elle sera en sécurité avec nous.*

« C'était une guérisseuse, mais aussi une guerrière. Elle aura droit à une veillée... On l'enterrera à l'aube.

— Mais il faut qu'on retourne raconter aux autres ce qui s'est passé !

— Alors je reviendrai ici ce soir pour passer la nuit avec elle », déclara Cœur de Feu.

Les deux amis rebroussèrent chemin en silence dans la forêt saccagée. La lumière grise de l'après-midi commençait déjà à décliner quand ils entrèrent dans le camp de la Rivière. Des groupes de chats couchés près du mur de roseaux faisaient leur toilette après le dîner. Les félins du Clan du Tonnerre formaient un groupe compact à l'écart. Aussitôt que les éclaireurs apparurent, Museau Cendré se précipita en boitant à leur rencontre.

Étoile Bleue se leva elle aussi et les accueillit la première, un espoir fou dans les yeux.

« Vous avez trouvé Croc Jaune et Demi-Queue ? »

Derrière elle, Museau Cendré dressait l'oreille, aussi angoissée que leur chef.

« Ils sont morts tous les deux », répondit Cœur de Feu.

Les pattes de la guérisseuse se mirent à trembler. Elle recula en titubant, les larmes aux yeux. Cœur de Feu aurait voulu la rejoindre, mais Étoile Bleue se dressait entre eux. Leur meneur ne manifestait aucune douleur. Son expression était devenue si austère que le lieutenant en frissonna.

« Petite Feuille m'avait dit que le feu *sauverait* le Clan ! ragea-t-elle. Il nous a détruits, au contraire !

— Non.... »

Le chat roux ne put trouver les mots capables de la réconforter. Museau Cendré, elle, retourna d'un pas hésitant vers ses congénères. Heureusement, Tempête de Sable se hâta d'aller s'appuyer contre le flanc gris de la chatte effondrée de chagrin.

« Le Clan du Tonnerre rentrera ce soir, décréta Étoile Bleue, glaciale.

— Mais les bois sont déserts. Le camp est inhabitable ! protesta Plume Grise.

— Tant pis ! Nous sommes des étrangers, ici. Il est temps de rentrer chez nous.

— Alors je vais vous escorter », proposa le guerrier cendré.

Sa voix était teintée de nostalgie. Il voulait revenir ! Le soulagement enfla dans la poitrine de Cœur de Feu comme une étoile filante illumine le ciel. Étoile Bleue avait sans doute compris le souhait informulé de Plume Grise, elle aussi...

« Nous n'avons pas besoin d'escorte, rétorqua-t-elle pourtant.

— Je pourrais peut-être vous aider à reconstruire le camp, proposa-t-il d'un air hésitant. Quelques jours, au moins... »

Il s'arrêta en la voyant serrer les dents, irritée.

« Essaierais-tu de me dire que tu veux revenir parmi nous ? cracha-t-elle. C'est non ! »

Le silence s'installa. Cœur de Feu tombait de haut.

« Tu as préféré tes petits à ton Clan ! continua-t-elle. Il faut assumer ta décision, à présent. »

Plume Grise recula.

« Préparez-vous à partir ! lança la reine grise à la ronde. On rentre ! »

Les félins se levèrent aussitôt d'un bond, mais le jeune lieutenant serrait les dents, déçu et furieux.

Sans prêter attention à la tribu qui se rassemblait autour d'elle, la chatte fixait ses petits désormais adultes, Patte de Brume et Pelage de Silex, couchés dans un des recoins de la clairière. Une ombre passa sur son visage. Elle connaissait mieux que personne le dilemme qu'affrontait Plume Grise. Elle avait préféré son Clan à ses chatons et en souffrait encore.

Cœur de Feu comprit alors sa réaction à la requête de Plume Grise. Elle n'en voulait pas au guerrier cendré, mais à elle-même. Elle regrettait toujours d'avoir quitté sa portée de nombreuses lunes plus tôt. Sans vraiment s'en rendre compte, elle essayait de lui éviter la même erreur.

Le chat roux donna un coup de langue sur l'épaule de son vieil ami.

« Étoile Bleue a des raisons personnelles de parler ainsi, murmura-t-il. Elle souffre beaucoup en ce moment, mais elle se remettra. Alors, peut-être, tu pourras revenir.

— Tu crois ? répondit l'animal, plein d'espoir.

— Oui. »

Cœur de Feu priait pour que ce soit vrai.

Il s'approcha de la chatte, qui remerciait Étoile Balafrée de la générosité de sa tribu. Taches de Léopard, quant à elle, épiait la scène avec froideur.

« Le Clan du Tonnerre a une dette envers vous », termina la reine grise avant de s'incliner.

À ces mots, une étrange lueur s'alluma dans les prunelles émeraude du lieutenant du Clan de la Rivière. Voilà qui ne présageait rien de bon. *Quel dédommagement exigera-t-elle ?* se demanda le rouquin. Il la connaissait assez pour savoir qu'elle n'hésiterait pas à profiter de la situation.

Étoile Bleue prit la tête de la colonne et se dirigea vers la sortie. Avant de disparaître au milieu de la végétation, Cœur de Feu se retourna. Seul dans la pénombre, le cœur serré, Plume Grise regardait ses anciens camarades repartir d'où ils étaient venus.

Petite Oreille hésita devant la rivière gonflée par les pluies. Cœur de Feu fit la grimace. Éclair Noir et Tornade Blanche attendaient déjà la tribu sur l'autre berge. Pelage de Poussière nageait à côté de Nuage de Bruyère, dont la petite tête grise fendait la surface avec difficulté. Tempête de Sable avait traversé le chenal en compagnie de la guérisseuse.

La guerrière n'avait pas quitté Museau Cendré depuis l'annonce de la mort de Croc Jaune.

« Dépêche-toi ! » dit leur chef à l'ancien.

Surpris par sa sévérité, Petite Oreille se jeta dans les eaux noires. Le chat roux banda ses muscles, prêt à aller le secourir, mais ce fut inutile. Les épaules de Longue Plume et Poil de Souris apparurent de part et d'autre du doyen affolé pour le soutenir.

Étoile Bleue sauta dans les flots et gagna facilement la rive. Son corps avait retrouvé sa force, comme si le feu l'avait purifié de toute fragilité. Cœur de Feu se hâta de la suivre. Les nuages commençaient à se dissiper ; un vent plus frais le fit frissonner quand il sortit de la rivière, trempé. Il s'approcha de Museau Cendré pour lui lécher la joue. La queue basse, Tempête de Sable partageait leur chagrin. Immobilisé sur la rive, le reste du Clan contemplait la forêt dévastée sans prononcer un mot. Même au clair de lune, les ravages sautaient aux yeux. Les arbres étaient dépouillés de leur feuillage, l'odeur âcre du bois brûlé remplaçait le parfum des fougères.

Étoile Bleue semblait ne rien remarquer. Sans la moindre hésitation, elle les mena vers les Rochers du Soleil. Il ne restait plus à la tribu qu'à la suivre.

« J'ai l'impression d'être ailleurs, souffla Tempête de Sable.

— C'est exactement ça... »

Cœur de Feu l'abandonna un instant pour aller parler à son apprenti.

« Nuage de Neige ! Merci d'être resté au camp de la Rivière comme je te l'avais demandé.

— Pas de problème.

— Comment vont les anciens ?

— Ils ne se remettront pas de sitôt de la mort de Demi-Queue et de Pomme de Pin, constata le chaton d'un air sombre. Mais j'ai réussi à les convaincre de manger un peu. Il faut qu'ils gardent leurs forces, malgré leur chagrin.

— Bravo ! Tu as bien fait », lui dit Cœur de Feu, fier de la sagesse de son neveu.

Le ravin ressemblait à une plaie ouverte au milieu des bois. Tempête de Sable contemplait le spectacle en tremblant. Les félins s'engagèrent les uns après les autres sur la pente escarpée ; lentement, ils suivirent la reine grise jusque dans le camp. Ils s'assirent pour observer sans mot dire la clairière calcinée où ils vivaient encore la veille.

« Où est le corps de Croc Jaune ? » jeta Étoile Bleue à son lieutenant dans le silence.

La fourrure de Cœur de Feu se hérissa. La chatte n'était plus que l'ombre d'elle-même, le chef affaibli qu'il avait dû protéger depuis quelques lunes. Mais elle n'était pas non plus redevenue le mentor sage et doux qui l'avait accueilli dans son Clan autrefois. Il se dirigea vers la clairière saccagée de Croc Jaune, Étoile Bleue sur les talons. Museau Cendré leur emboîta le pas. Il les guida vers la tanière.

« Elle est à l'intérieur », dit-il à l'entrée.

Étoile Bleue se glissa dans la caverne. Assise, la guérisseuse semblait prendre son mal en patience.

« Tu n'entres pas ? s'étonna son ami.

— Je la pleurerai plus tard. Je crois qu'Étoile Bleue a besoin de nous pour l'instant. »

Elle parlait posément, avec une douceur surpre-

nante. Il devina qu'elle avait mis de côté son chagrin, qu'elle essayait de leur donner de la force au
milieu du désastre. Il s'inclina avec reconnaissance.

Un gémissement à donner la chair de poule
retentit. Leur chef sortit d'un pas chancelant, agitée
de tremblements convulsifs.

« Comment le Clan des Étoiles peut-il nous faire
une chose pareille ? fulmina-t-elle. Ils n'ont donc
aucune pitié ? Je ne retournerai jamais à la Pierre
de Lune ! Désormais, mes rêves m'appartiennent...
Nos ancêtres ont déclaré la guerre à ma tribu, je
ne le leur pardonnerai jamais ! »

Cœur de Feu poussa un gémissement d'horreur.
Museau Cendré s'était faufilée sans bruit dans la
grotte. Au lieu de se recueillir près du corps de son
mentor, elle ressortit un instant plus tard et déposa
quelques graines devant Étoile Bleue.

« Mange, l'encouragea-t-elle. Elles vont apaiser
ta souffrance.

— Elle est blessée ? s'inquiéta le guerrier.

— D'une certaine façon, oui, murmura la guérisseuse. Mais ses blessures ne se voient pas à l'œil
nu. Le pavot la calmera et donnera à son esprit le
temps de guérir. »

Elle se tourna vers son chef pour souffler :

« Mange-les, s'il te plaît. »

La chatte grise s'exécuta, obéissante.

« Suis-moi », reprit Museau Cendré avant de
s'éloigner avec sa patiente.

Les moustaches frémissantes, Cœur de Feu avait
regardé son amie travailler en silence. Croc Jaune
aurait été si fière de l'habileté et de l'assurance de
son apprentie ! Il entra dans le repaire, attrapa par

la peau du cou le corps maculé de suie. Avec douceur, il le disposa dans la clairière illuminée par la lune. Il veilla à ce qu'elle ait la même apparence de dignité dans la mort qu'elle avait toujours eue dans la vie. Quand il eut terminé, il donna un dernier coup de langue à sa vieille amie.

« Cette nuit, tu pourras dormir sous les étoiles une dernière fois », lui chuchota-t-il à l'oreille avant de s'installer à côté d'elle pour la veiller jusqu'au matin, comme il le lui avait promis.

Quand la lune presque pleine commença à décliner et que l'horizon se colora de rose, Museau Cendré le rejoignit. Cœur de Feu s'étira. Il parcourut du regard la clairière saccagée.

« Ne sois pas trop triste pour la forêt, murmura la chatte grise couchée à côté de lui. Elle repoussera vite, renforcée par l'épreuve qu'elle a subie, comme un os brisé qui se ressoude deux fois plus solidement. »

Cœur de Feu savoura un instant ces paroles apaisantes. Il s'inclina et alla trouver le reste du Clan.

Poil de Souris gardait l'entrée du repaire d'Étoile Bleue.

« Ordre de Museau Cendré », lui expliqua Tornade Blanche, tapi dans l'ombre un peu plus loin. Le pelage du vétéran était toujours maculé de fumée, ses yeux rougis par la fumée et l'épuisement. « Elle dit qu'Étoile Bleue est malade et qu'il faut la surveiller.

— Très bien, répondit le chat roux. Comment vont les autres ?

— La plupart ont essayé de trouver un endroit sec et de dormir un peu.

— Il faut qu'on mette sur pied une première patrouille. Griffe de Tigre risque d'essayer de profiter des circonstances.

— Qui penses-tu choisir ?

— Éclair Noir est en meilleure forme que les autres, mais j'ai besoin de sa force pour entamer la reconstruction du camp. » Il savait qu'il ne disait pas toute la vérité. Il voulait garder un œil sur le guerrier tigré. « J'aimerais que tu restes ici, toi aussi, si tu n'y vois pas d'inconvénient. »

Tornade Blanche acquiesça et Cœur de Feu reprit :

« Il faut qu'on fasse un point avec la tribu.

— Étoile Bleue dort, souligna le grand chasseur, les sourcils froncés. Tu crois vraiment qu'on devrait la déranger ?

— Non. Il faut la laisser se reposer. Je vais parler au Clan. »

Il sauta d'un bond sur le Promontoire pour lancer l'appel rituel. À moitié endormis, les félins sortirent de leurs tanières détruites. Leurs queues et leurs oreilles tressaillirent quand ils virent leur lieutenant sur le rocher à la place de leur chef.

« Il faut qu'on reconstruise le camp, commença-t-il quand ils se furent installés devant lui. Je sais que les dégâts sont impressionnants à voir, mais nous sommes en plein milieu de la saison des feuilles vertes. La forêt ne tardera pas à repousser, renforcée par l'épreuve qu'elle a subie. »

Il reprenait les paroles de la guérisseuse, qu'il

remercia en pensée. Éclair Noir l'interpella depuis le dernier rang de l'Assemblée.

« Pourquoi Étoile Bleue ne nous annonce-t-elle pas la nouvelle elle-même ? »

Cœur de Feu se raidit.

« Elle est épuisée. Museau Cendré lui a donné des graines de pavot pour qu'elle puisse se reposer et récupérer. »

Un léger brouhaha trahit l'anxiété de la foule.

« Mieux elle se reposera, plus vite elle se remettra, ajouta-t-il. Exactement comme nos bois.

— Mais la forêt est déserte ! s'écria Plume Blanche. Les proies qui ne se sont pas enfuies sont mortes dans l'incendie. Qu'allons-nous manger ? »

Elle couvait du regard Nuage de Bruyère et Nuage de Granit, qui avaient pourtant quitté la pouponnière, avec toute l'inquiétude d'une mère.

« Le gibier reviendra, lui assura Cœur de Feu. Nous chasserons comme d'habitude. S'il faut aller un peu plus loin pour trouver à manger, on ira. »

Quand la foule manifesta son approbation, il sentit son assurance augmenter.

« Longue Plume, Poil de Souris, Nuage d'Épines et Pelage de Poussière, vous vous chargerez de la patrouille de l'aube », ordonna-t-il.

Les quatre bêtes s'inclinèrent sans poser de question.

« Nuage Agile, tu monteras la garde devant la tanière d'Étoile Bleue à la place de Poil de Souris. Assure-toi qu'elle ne soit pas dérangée. Le reste de la tribu va s'attaquer aux réparations. Tornade Blanche, tu organiseras des petits groupes chargés de réunir les matériaux nécessaires. Éclair Noir, tu superviseras la reconstruction du mur du camp.

— Comment vais-je faire ? Les fougères ont brûlé !

— Utilise tout ce que tu pourras trouver. Mais assure-toi que les fortifications sont assez solides. Il ne faut pas oublier les menaces de Griffe de Tigre. Nous devons rester sur le qui-vive. Aucun petit ne devra quitter la clairière. Les apprentis ne se déplaceront qu'en compagnie d'un guerrier. » Il balaya du regard les félins silencieux. « Vous êtes d'accord ?

— Oui ! répondirent-ils à l'unisson.

— Parfait ! Au travail, alors ! »

Au milieu d'allées et venues fiévreuses, les chats se réunirent aussitôt autour de Tornade Blanche et Éclair Noir pour prendre leurs instructions.

Une fois descendu de son perchoir, Cœur de Feu s'approcha de Tempête de Sable.

« Il va falloir organiser l'enterrement de Croc Jaune.

— Tu n'as pas parlé de sa mort, lui fit-elle remarquer, un peu perplexe.

— Ni de celle de Demi-Queue ! renchérit Nuage de Neige, qui s'était approché, d'un ton réprobateur.

— La tribu sait bien qu'ils ne sont plus parmi nous, leur répondit le chat roux, gêné. C'est à Étoile Bleue de trouver les bons mots pour leur rendre hommage. Elle le fera dès qu'elle ira mieux.

— Et si son état ne s'améliore pas ? hasarda Tempête de Sable.

— Ça n'arrivera pas ! » rétorqua-t-il.

En la voyant faire la grimace, il s'en voulut. Elle ne faisait qu'exprimer les craintes du Clan tout entier. Si Étoile Bleue avait vraiment renoncé aux rituels de leurs ancêtres, Croc Jaune et Demi-Queue n'auraient jamais droit à leur oraison funèbre.

Il sentit son assurance l'abandonner. Et si la forêt ne repoussait pas avant la saison des neiges ? Et s'ils ne trouvaient pas assez de gibier pour nourrir la tribu ? Et si Griffe de Tigre en profitait pour les attaquer ?

« Si Étoile Bleue ne se remet pas, je ne sais pas ce qui risque d'arriver, marmonna-t-il.

— Elle t'a nommé lieutenant ! protesta Tempête de Sable avec véhémence. Elle comptait sur toi pour savoir quoi faire ! »

Il se sentit blessé par ces paroles.

« Tu peux rentrer tes griffes, tu sais ! Tu ne vois pas que je fais du mieux que je peux ? Au lieu de me critiquer, va réunir les apprentis pour enterrer Croc Jaune ! » Il fusilla Nuage de Neige du regard. « Toi, tu la suis. Et pour une fois, essaie de ne pas te fourrer dans le pétrin ! »

Il traversa la clairière sans se retourner sur les deux félins stupéfaits. Il savait qu'il était allé trop loin, mais les deux bêtes avaient posé une question à laquelle il n'était pas prêt à répondre. Une question si terrifiante qu'il se refusait à en considérer les tenants et les aboutissants.

Et si Étoile Bleue ne se remettait jamais ?

CHAPITRE 29

LES JOURS SUIVANTS, le ciel resta gris, mais les averses n'entravèrent pas la reconstruction du camp. En fait, Cœur de Feu était ravi de voir la pluie laver les cendres qui s'étaient déposées partout et aider la forêt à reverdir.

Mais ce matin-là le soleil brillait haut dans le ciel, et les nuages filaient à l'horizon. *Il fera beau cette nuit, pour l'Assemblée*, pensa Cœur de Feu. Il aurait voulu que la réunion soit annulée comme à chaque fois que la lune était cachée. Étoile Bleue n'était toujours pas rétablie : elle n'était sortie de sa tanière qu'en une seule occasion, persuadée par Tornade Blanche de venir constater l'avancement des réparations. La chatte avait contemplé les travaux sans réagir avant de retourner cahin-caha se réfugier dans son gîte. Cœur de Feu se demanda si elle se rappelait que l'Assemblée se tenait le soir même. Il décida qu'une petite visite à son chef s'imposait.

Il longea d'abord les fortifications, fier du labeur des siens. Le camp retrouvait un semblant de forme. Le tronc du chêne des anciens était noirci mais toujours en un seul morceau malgré ses branches réduites en cendres. Pour réparer le taillis de ronces qui abritait la pouponnière – il n'y avait plus une seule feuille dessus après l'incendie –, on s'était servi de brindilles et de pousses ramassées dans des zones épargnées par le feu. Le mur extérieur avait été renforcé avec les branches les plus solides possibles, même s'il semblait difficile de remplacer l'épaisse barrière de fougères qui protégeait autrefois le camp. Les réparations ne seraient vraiment complètes qu'avec la repousse des plantes.

Cœur de Feu entendit du bruit derrière la pouponnière. À travers ses parois trouées, il aperçut une silhouette blanche.

« Nuage de Neige ! » lança-t-il.

Son élève réparait les brèches avec des branches de toutes tailles. Le Clan entier avait remarqué avec quelle application il travaillait depuis l'incendie. Plus personne ne mettait en doute son dévouement à la tribu. Son mentor se demandait parfois s'il avait fallu un incendie pour que son neveu découvre le sens du mot loyauté. Nuage de Neige avait la fourrure maculée de suie et de boue, les yeux cerclés de rouge.

« Va te reposer, lui intima Cœur de Feu d'une voix douce. Tu l'as bien mérité.

— Je finis ça et j'y vais.

— Tu t'y remettras après.

— Mais c'est presque terminé !

— Tu as l'air prêt à t'écrouler, insista son oncle. File !

— D'accord.... »

L'apprenti coula un regard triste vers le chêne

abattu où Petite Oreille était assis avec Plume Cendrée et Un-Œil.

« La tanière des anciens a l'air si vide..., se lamenta l'apprenti.

— Pomme de Pin et Demi-Queue sont auprès du Clan des Étoiles, à présent. Ce soir, ils veilleront sur toi depuis la Toison Argentée. »

Il soupira. Étoile Bleue avait refusé de célébrer la cérémonie funèbre de ses compagnons disparus.

« Je ne les recommanderai pas au Clan des Étoiles, lui avait-elle rétorqué avec amertume. Nos ancêtres ne méritent pas la compagnie des chats du Clan du Tonnerre. »

Tornade Blanche avait donc été contraint d'apaiser les angoisses de la tribu en prononçant les mots qui permettraient à Croc Jaune et Demi-Queue de rejoindre leurs anciens camarades là-haut dans le ciel, comme il l'avait déjà fait pour Pomme de Pin au camp du Clan de la Rivière.

Nuage de Neige ne semblait pas convaincu. Il avait du mal à croire que les étoiles de la Toison Argentée étaient l'esprit de leurs aïeux qui veillaient sur la forêt.

« Va te reposer », répéta Cœur de Feu.

Son neveu se traîna vers la souche calcinée où les apprentis se réunissaient pour manger et faire leur toilette. Quand Nuage Blanc vint à sa rencontre, il la salua d'un coup de museau affectueux. Mais ses paupières se fermaient déjà, et sa bouche s'ouvrit sur un bâillement. Il s'affala par terre. Son amie se coucha contre lui pour le débarbouiller. Cœur de Feu se rendit compte que l'amitié tout aussi forte qu'il avait partagée autrefois avec Plume Grise lui manquait terriblement.

Il reprit la direction de l'antre d'Étoile Bleue. Longue Plume, qui montait la garde devant la tanière, le salua avec respect. Le lichen était parti en fumée, seule demeurait la roche noircie. Le chat roux s'annonça avant d'entrer. Sans le rideau de végétation, la grotte était ouverte à tous les vents. Pour échapper à la lumière du jour, leur chef avait traîné sa litière au fond de la caverne.

Assise à côté de l'endroit où la reine s'était roulée en boule, Museau Cendré poussait un petit tas d'herbes vers elle.

« Mange, tu te sentiras mieux, l'encourageait-elle.

— Je vais bien, merci, répondit Étoile Bleue, les yeux fixés sur le sol sablonneux.

— Peut-être plus tard, alors. Je te les laisse. »

La guérisseuse retourna clopin-clopant à l'entrée de la caverne.

« Comment la trouves-tu ? chuchota Cœur de Feu.

— Têtue comme une mule », maugréa Museau Cendré avant de sortir.

Il s'approcha de la vieille chatte avec précaution. Depuis qu'elle s'était retournée contre le Clan des Étoiles, il la comprenait encore moins qu'avant. Il s'inclina avant de demander :

« Étoile Bleue... Il y a une Assemblée, ce soir. As-tu désigné ceux qui t'accompagneront ?

— À l'Assemblée ? jeta-t-elle avec dédain. Je te laisse choisir. Je n'irai pas. Je n'ai plus aucune raison d'honorer nos ancêtres. »

À ce moment précis, le vent poussa un nuage de cendres à l'intérieur de la grotte. Une quinte de toux ponctua ses paroles.

C'est notre chef ! pensa Cœur de Feu, au désespoir. C'est elle qui lui avait appris que les guerriers d'autrefois veillaient sur la forêt. Comment pouvait-elle rejeter les principes sur lesquels elle avait construit sa vie entière ?

« T... Tu n'as pas à honorer nos aïeux, finit-il par bafouiller. Mais il faut que tu ailles représenter les tiens. Ils ont besoin de toi. »

Elle le dévisagea un long moment.

« Mes petits avaient besoin de moi, eux aussi, mais je les ai confiés à d'autres, murmura-t-elle. Pourquoi ? Parce que le Clan des Étoiles m'avait soufflé qu'un autre destin m'attendait. Je les ai abandonnés pour ça ? Pour être trahie par mon lieutenant ? Pour voir ma tribu mourir autour de moi ? Nos ancêtres avaient tort. Ça n'en valait pas la peine. »

Le sang de Cœur de Feu se figea dans ses veines. Il sortit du gîte presque à l'aveuglette. Devant l'entrée, Tempête de Sable avait remplacé Longue Plume. Il espérait un peu de réconfort, mais elle ne lui avait à l'évidence toujours pas pardonné son coup de sang, quelques jours plus tôt. Elle l'ignora superbement.

Attristé, le chat roux vit Tornade Blanche rentrer au camp avec le reste de la patrouille de midi. Sur un signe de son lieutenant, le vétéran s'approcha pendant que ses camarades se dispersaient, qui pour manger, qui pour se reposer.

« Étoile Bleue n'est pas en assez bonne forme

pour assister à l'Assemblée », annonça Cœur de Feu.

Le vieux guerrier ne sembla pas s'étonner de la nouvelle.

« Autrefois, rien n'aurait pu empêcher Étoile Bleue d'assister à une Assemblée, murmura-t-il.

— On devrait y aller quand même. Il faut mettre en garde les autres Clans contre Griffe de Tigre. Son groupe de chats errants représente une menace pour tout le monde.

— Tu as raison. On peut toujours leur dire qu'Étoile Bleue est malade. Mais leur laisser voir que notre chef est affaiblie, c'est chercher des ennuis.

— Ce serait pis encore de ne pas y aller du tout, fit remarquer le chat roux. Les autres tribus auront entendu parler du feu. Il faut paraître aussi forts que possible.

— D'autant que le Clan du Vent nous est hostile...

— Ils sont sortis vaincus de notre dernière rencontre, et sur leur propre territoire, en plus. Sans oublier le Clan de la Rivière...

— Ils nous ont offert asile après l'incendie, pourtant ! objecta Tornade Blanche, surpris.

— Je sais. Mais je me demande si Taches de Léopard ne risque pas de réclamer quelque chose en échange.

— Nous n'avons rien à lui donner.

— Si. Les Rochers du Soleil, répondit Cœur de Feu. Le Clan de la Rivière n'a jamais caché qu'il s'intéressait à cette partie de la forêt. Malheureusement, nous avons besoin de chaque pouce de terrain disponible pour trouver du gibier.

334

— Au moins le Clan de l'Ombre est affaibli par l'épidémie. Il ne risque pas de nous attaquer d'ici un moment.

— Oui », confirma le rouquin, que l'idée de profiter des souffrances d'autrui mettait mal à l'aise. « En fait, la révélation de la trahison de Griffe de Tigre pourrait nous donner un avantage. »

Tornade Blanche parut surpris.

« Si on arrive à persuader les autres tribus qu'il représente une menace, elles se concentreront peut-être sur la protection de leurs frontières, expliqua Cœur de Feu.

— C'est peut-être notre meilleure chance de les tenir à distance pendant qu'on reprend des forces. Tu as raison ! Il faut aller à l'Assemblée, même si Étoile Bleue ne peut pas venir avec nous. »

Leurs regards se croisèrent, et le jeune lieutenant devina qu'ils pensaient tous les deux la même chose. La reine grise était tout à fait capable d'y aller si elle le voulait vraiment. Elle avait simplement choisi de ne pas le faire.

Tandis que le soleil se couchait, les félins commencèrent à se servir dans la maigre réserve de gibier qu'ils avaient pu amasser. Cœur de Feu choisit une minuscule musaraigne, qu'il porta jusqu'au bouquet d'orties et dévora en un rien de temps. Depuis plusieurs jours déjà, personne ne mangeait à sa faim. Le gibier revenait peu à peu, mais il ne fallait pas tuer trop de proies, pour laisser à la forêt une chance de se remettre de la catastrophe.

Quand tous eurent fini leur repas, Cœur de Feu traversa la clairière. Il sauta sur le Promontoire, tous les regards braqués sur lui. Il n'eut pas besoin d'appeler la tribu à se rassembler : les chats se réunirent d'eux-mêmes sous le rocher dans la lumière déclinante.

« Étoile Bleue ne participera pas à l'Assemblée de ce soir », annonça-t-il.

Des cris d'inquiétude retentirent. Aussitôt, Tornade Blanche alla de l'un à l'autre pour les rassurer. La tribu avait-elle compris l'étendue du handicap de la chatte grise ? Dans le camp du Clan de la Rivière, ils s'étaient relayés pour protéger la reine des fouineurs. Mais ici sa faiblesse semblait communicative.

Assis devant la pouponnière, le fils de Griffe de Tigre observait la scène. Un instant, Cœur de Feu se laissa hypnotiser par ce regard jaune : des images de son ennemi juré s'insinuèrent dans son esprit.

Il sortit de sa rêverie en voyant Éclair Noir se frayer un chemin jusqu'au premier rang.

« Alors le Clan du Tonnerre n'ira pas à l'Assemblée ? Que vaut notre tribu sans son chef ? »

Cœur de Feu entendit une telle malveillance dans la voix du matou tigré qu'il crut avoir rêvé.

« Nous irons aux Quatre Chênes ce soir, clamat-il. Nous devons montrer à nos ennemis que nous restons forts en dépit de l'incendie. »

Plusieurs félins hochèrent la tête. Les apprentis se regardaient avec fébrilité, incapables de tenir en place. Trop jeunes pour comprendre la gravité de la situation, ils se demandaient simplement qui d'entre eux serait choisi pour assister à l'Assemblée.

« Nous ne devons montrer aucune faiblesse, pour le bien de notre meneur et de la tribu tout entière, reprit-il. Souvenez-vous que nous sommes le Clan du Tonnerre ! »

Il avait crié ces derniers mots. Il était lui-même surpris de parler avec une telle conviction. Galvanisés, les félins se redressèrent, léchèrent les traces de suie sur leur fourrure et lissèrent leurs moustaches roussies.

« Éclair Noir, Poil de Souris, Tempête de Sable, Tornade Blanche, Nuage de Granit et Nuage de Neige iront à l'Assemblée.

— Restera-t-il assez de guerriers pour protéger le camp ? s'écria Éclair Noir.

— Griffe de Tigre sait qu'il y a une Assemblée ce soir, ajouta Longue Plume. Il risque d'en profiter pour nous attaquer !

— Nous ne pouvons pas nous permettre d'y aller moins nombreux que d'habitude, insista Cœur de Feu. Si nous paraissons vulnérables, les autres tribus pourraient nous attaquer.

— Il a raison, dit Poil de Souris. Nous ne pouvons pas laisser nos rivaux deviner notre faiblesse !

— Le Clan de la Rivière sait déjà que le feu a détruit notre camp, ajouta Fleur de Saule. Il faut leur montrer que nous sommes aussi solides qu'avant !

— Alors, c'est d'accord ? conclut le chat roux. Longue Plume, Pelage de Poussière, Pelage de Givre, Plume Blanche et Poil de Fougère garderont le camp. Les anciens et les reines seront en sécurité avec eux. Nous reviendrons le plus vite possible. »

Il écouta les murmures, épia les réactions. Il fut soulagé de les voir hocher la tête.

« Parfait », lança-t-il avant de sauter du Promontoire.

Les guerriers et les apprentis qu'il avait choisis pour l'accompagner faisaient déjà les cent pas à l'entrée du camp, impatients de se mettre en route. Parmi eux, Nuage de Neige, dont ce serait la première Assemblée. Cœur de Feu rêvait depuis longtemps d'emmener son neveu aux Quatre Chênes. Il gardait un souvenir ému de sa première soirée là-bas, de l'euphorie qui l'avait saisi en dévalant la pente de la vallée sacrée au milieu de puissants guerriers. Nuage de Neige, lui, n'aurait droit qu'à un groupe de chats faméliques au poil roussi ! Pourtant, la patrouille vibrait d'une énergie contenue. Tempête de Sable et Poil de Souris piétinaient sur place.

Avant de partir, le jeune lieutenant s'approcha de Longue Plume.

« Tu es le plus expérimenté des guerriers qui restent au camp, lui dit-il. Je compte sur toi. »

L'animal s'inclina avec déférence.

« Je ferai de mon mieux, c'est promis. »

Cœur de Feu se sentit flatté par ce geste de respect, mais le regard moqueur d'Éclair Noir gâcha aussitôt son plaisir. Le chat tigré ne semblait pas dupe une seconde de son assurance apparente. Tempête de Sable, elle aussi, fixait le chat roux sans ciller. *Étoile Bleue t'a nommé lieutenant ! Elle comptait sur toi pour savoir quoi faire !* Ces paroles, qui pourtant l'avaient vexé quelques jours plus tôt, lui donnèrent soudain de la force. Il passa devant Éclair Noir sans cacher son dédain.

La troupe s'élança dans les bois en silence. Autour d'eux, les arbres carbonisés tendaient vers le ciel leurs moignons tordus. La cendre humide collait toujours aux pattes des félins, mais une odeur prometteuse flottait dans l'air : de nouvelles pousses sortaient de terre.

Cœur de Feu jeta un coup d'œil par-dessus son épaule. Nuage de Neige n'avait aucun mal à suivre l'allure. Quant à Tempête de Sable, elle accéléra même le train pour se placer à la hauteur du rouquin.

« Tu t'es bien débrouillé, ce soir, sur le Promontoire, déclara-t-elle, le souffle court.

— Merci. »

Une pente abrupte lui fit prendre de l'avance sur la chatte, qui le rattrapa au sommet.

« Pardon pour ce que j'ai dit l'autre jour, murmura-t-elle. J'étais inquiète. La reconstruction du camp avance bien, malgré...

— ... Malgré le fait que je sois lieutenant ? suggéra Cœur de Feu avec aigreur.

— Malgré l'ampleur des dégâts, voyons ! termina-t-elle. Étoile Bleue doit être fière de toi... »

Il grimaça : il doutait que leur chef ait remarqué quoi que ce soit, mais les paroles de Tempête de Sable lui réchauffaient le cœur.

« Merci », répéta-t-il. Il tourna la tête vers elle malgré l'escarpement semé d'obstacle. « Tu m'as manqué, tu sais... »

Une silhouette sombre s'approcha d'eux par-derrière et la voix d'Éclair Noir l'interrompit :

« Alors, que comptes-tu dire aux autres Clans ? »

Avant que Cœur de Feu puisse répondre, un arbre abattu lui barra la route. Le lieutenant voulut le franchir d'un bond, mais une de ses pattes heurta une branche et il se réceptionna maladroitement sur le sol. D'instinct, le reste de la patrouille ralentit pour l'attendre.

« Tout va bien ? lui demanda Éclair Noir, moqueur, quand son lieutenant le rattrapa.

— Oui, inutile de t'inquiéter », rétorqua le rouquin d'un ton sec, sans ralentir malgré sa cuisse endolorie.

Il parvint tant bien que mal sur la crête qui dominait les Quatre Chênes. Il y fit halte le temps de reprendre son souffle et de se concentrer avant la réunion. Le feu n'était pas parvenu jusque-là ; les quatre chênes se dressaient toujours sous le ciel étoilé.

La queue battante et les oreilles pointées en avant, le petit groupe attendait un signe de Cœur de Feu. De toute évidence, ils comptaient sur lui pour prendre la place d'Étoile Bleue à l'Assemblée et convaincre les autres tribus que le Clan du Tonnerre n'avait pas été affaibli par la récente tragédie. Il fallait qu'il se montre digne de leur confiance. Comme il avait vu leur chef le faire tant de fois, il agita la queue en guise de signal et s'élança vers le Grand Rocher.

CHAPITRE 30

L'ODEUR DES CLANS DE LA RIVIÈRE ET DU VENT était partout. Cœur de Feu frissonna, anxieux. Dans quelques instants, il allait devoir grimper sur le Grand Rocher pour s'adresser à l'assistance. Aucun signe du Clan de l'Ombre. L'épidémie s'était-elle propagée au point de les empêcher d'assister à l'Assemblée ? Pauvre Poitrail Blanc...

Il repensa à Griffe de Tigre et à la terreur qui s'était reflétée dans les yeux du jeune félin quand il avait vu le traître dressé au bord du Chemin du Tonnerre. Il fut saisi d'une brusque envie de se précipiter sur le Grand Rocher pour prévenir toutes les tribus de la présence du guerrier au poil sombre dans la forêt.

« Cœur de Feu ! » s'écria Moustache, qui s'approchait.

Le chat roux fut pris au dépourvu par ce miaulement amical. La dernière fois qu'il avait vu un guerrier du Clan du Vent, c'était dans le feu de la bataille. Mais Moustache, lui, n'avait pas oublié l'aide apportée par Cœur de Feu à sa tribu en exil. Les deux chasseurs étaient devenus amis à cette occasion.

« Salut, Moustache ! Si Griffe de Pierre nous voit en train de discuter, trêve ou pas, tu risques d'avoir des ennuis. On ne s'est pas séparés en très bons termes, la dernière fois.

— Il met un point d'honneur à défendre notre territoire », expliqua le matou, qui se dandinait d'une patte sur l'autre, gêné.

De toute évidence, il avait entendu parler des deux attaques contre des membres du Clan du Tonnerre survenues sur le territoire de sa tribu.

« Sans doute... Mais ce n'est pas une raison pour empêcher Étoile Bleue de se rendre aux Hautes Pierres. »

Si seulement elle avait pu parler avec leurs ancêtres au pied de la Pierre de Lune ce jour-là – et avoir l'assurance que les guerriers d'autrefois ne s'étaient pas retournés contre elle –, peut-être les choses auraient-elles été différentes.

« Étoile Filante n'a pas très bien accueilli la nouvelle. Même si vous hébergiez Plume Brisée, ce n'était pas une raison pour...

— Plume Brisée était déjà mort à ce moment-là ! » le coupa Cœur de Feu.

Il vit son compagnon agiter les oreilles avec embarras et regretta aussitôt d'avoir parlé sèchement.

« Je suis désolé, Moustache, reprit-il plus doucement. Je suis content de te voir. Comment vas-tu ?

— Bien ! répondit Moustache, l'air soulagé. Je suis désolé pour l'incendie qui a ravagé votre camp. Je sais à quel point c'est dur d'être chassé de chez soi...

— On a fait de notre mieux pour rebâtir le camp. La forêt ne mettra pas longtemps à reprendre ses droits. »

Cœur de Feu essayait de paraître le plus confiant possible.

« Je suis content de l'entendre ! s'exclama son ami. Tu sais, on a l'impression de ne jamais avoir quitté le camp ! Il y a eu beaucoup de naissances à la saison des feuilles vertes... Le fils de Belle-de-Jour est devenu apprenti. Il est ici... C'est sa première Assemblée. »

Le chat roux se souvenait de la petite boule de fourrure détrempée qu'il avait aidé à porter sous la pluie depuis le territoire des Bipèdes jusqu'à celui du Clan du Vent. Moustache lui montra un jeune mâle brun, de l'autre côté de la clairière. Râblé comme le reste de sa tribu, le novice avait des muscles déjà affûtés sous son pelage épais mais court.

Moustache s'inclina brusquement, car Étoile Filante approchait. Le chef du Clan du Vent posa sur le rouquin un regard soupçonneux.

« Tu es partout ces temps-ci, Cœur de Feu. Ce n'est pas parce que tu nous as aidés autrefois que tu as le droit d'arpenter notre territoire à ta convenance.

— C'est ce qu'on m'a fait comprendre... »

Le jeune lieutenant se força à rester calme ; il prit soin de garder pour lui son ressentiment. Après tout, l'Assemblée était une période de trêve. De plus, il avait appris à respecter ce guerrier en traversant avec lui les terres des Bipèdes. Mais il resta ferme et ajouta :

« Malgré tout, je dois faire passer les besoins de mon Clan en premier. »

D'abord impassible, Étoile Filante finit par acquiescer.

« Tu parles en vrai guerrier. Je n'ai pas été étonné quand Étoile Bleue t'a nommé lieutenant, car j'avais appris à te connaître en voyageant avec toi. »

Il jeta un regard circulaire autour de lui et continua :

« Certains pensaient qu'un chat aussi jeune ne pourrait jamais endosser une telle responsabilité. Je n'étais pas de ceux-là. »

Cœur de Feu fut pris au dépourvu. Il ne s'attendait pas à un tel compliment de la part du meneur du Clan du Vent. Il refréna un ronronnement ravi, et s'inclina poliment.

« Où est Étoile Bleue ? s'enquit le vétéran. Je ne la vois pas parmi vous. »

Il parlait d'un ton dégagé, mais sans parvenir à dissimuler totalement sa curiosité.

« Elle est encore trop faible pour nous accompagner ici, répliqua le félin roux, l'air de rien.

— Elle a été blessée dans l'incendie ?

— Rien de grave. Elle s'en remettra. »

Il espérait de tout son cœur qu'il disait la vérité.

Moustache releva brusquement la tête. Trois matous du Clan de l'Ombre descendaient la pente du vallon, Rhume des Foins à leur tête. Parmi eux, Cœur de Feu fut soulagé de reconnaître Petit Orage, manifestement remis de sa maladie – grâce à Museau Cendré.

Les autres bêtes reculèrent quand les nouveaux venus s'arrêtèrent devant le Grand Rocher. La nouvelle de l'épidémie s'était à l'évidence répandue dans la forêt entière.

« Tout va bien, clama Rhume des Foins, essoufflé, comme s'il pouvait lire dans leur esprit. La maladie

344

a quitté le Clan. J'ai été envoyé pour vous demander d'attendre avant de commencer l'Assemblée. Notre chef est en chemin, il arrive.

— Pourquoi Étoile Noire a-t-il autant de retard ? s'étonna Étoile Filante.

— Il est mort », rétorqua le guérisseur sans ménagements.

La foule poussa des cris d'étonnement. Cœur de Feu n'en revenait pas. Comment le meneur du Clan de l'Ombre pouvait-il être mort ? Il venait à peine de se voir accorder neuf vies. Quelle terrible épidémie ! Pas étonnant que Petit Orage et Poitrail Blanc aient été si effrayés de rentrer chez eux !

« Œil de Faucon vient-il à sa place ? » demanda Tornade Blanche, qui supposait que le lieutenant d'Étoile Noire avait dû lui succéder.

Rhume des Foins baissa les yeux.

« Non, il a été l'une des premières victimes de l'épidémie.

— Alors qui est votre nouveau chef ? voulut savoir Étoile Balafrée, couché au pied du Grand Rocher.

— Vous le saurez bien assez vite. Il ne va pas tarder.

— Excusez-moi, dit Cœur de Feu à Étoile Filante et Moustache. Je dois aller parler à Rhume des Foins. »

Il s'approcha de l'endroit où guerriers et apprentis entouraient le guérisseur, curieux de connaître l'identité du nouveau meneur du Clan de l'Ombre. Il se demanda comment le félin au poil gris et blanc réagirait à la nouvelle de la mort de Croc Jaune. Rhume des Foins avait vu tellement de morts ces derniers temps qu'il n'y serait peut-être pas sensible, mais mieux valait lui apprendre la nouvelle seul à seul, avant de l'annoncer ensuite à la foule sur le Grand Rocher. Après tout, Croc Jaune avait formé le matou au métier de guérisseur du temps où elle faisait partie du Clan de l'Ombre.

Cœur de Feu lui fit un signe de la queue. Soulagé de pouvoir se soustraire aux questions, Rhume des Foins le suivit sous un des chênes.

« Qu'y a-t-il ?

— Croc Jaune est morte », lui expliqua le jeune lieutenant.

Devoir le dire à voix haute était une épreuve en soi. La douleur lui coupa le souffle. Son interlocuteur courba l'échine.

« Elle est morte en essayant de sauver un ancien du feu. Le Clan des Étoiles honorera son courage. »

Sans répondre, Rhume des Foins secoua lentement la tête. Cœur de Feu fit taire son chagrin : il ne pouvait pas se laisser aller en pleine Assemblée. Il toucha le nez du mâle et s'empressa de s'éloigner.

Les félins ne tenaient plus en place. Des protestations s'élevaient.

« On ne peut pas attendre plus longtemps ! glissa un guerrier du Clan de la Rivière à son voisin. La lune ne va pas tarder à se coucher.

— Si leur nouveau chef arrive en retard, c'est son problème », renchérit Poil de Souris.

Le chat roux savait bien qu'elle ne voulait pas retourner au camp dans le noir total à cause de Griffe de Tigre. Avec lui, aucune tribu n'était en sécurité.

Une silhouette blanche sauta sur le Grand Rocher : Étoile Filante avait décidé de commencer la réunion sans les retardataires. Étoile Balafrée se dirigeait lui aussi vers la grosse pierre. Cœur de Feu rassembla ses forces pour affronter sa première Assemblée en tant que représentant de son Clan. Il comptait bien mettre en garde ses congénères contre la menace qui rôdait dans les bois.

Un léger souffle lui effleura l'oreille.

« Bonne chance ! » chuchota Tempête de Sable.

Il fourra le museau contre sa joue chaude, leur querelle oubliée, avant d'aller rejoindre les deux autres bêtes.

Au milieu de la clairière, un cri soudain le cloua sur place.

« Le voilà ! »

La foule entière se redressait pour mieux voir le nouveau chef passer entre ses rangs. Cœur de Feu ne voyait rien. Sur sa gauche, Éclair Noir, qui tendait le cou en vain, dressa soudain l'oreille. Il fixait le Grand Rocher avec jubilation.

Un chat avait sauté sur la pierre près d'Étoile Filante. À côté de ses puissantes épaules et de sa tête massive, l'autre meneur semblait bien frêle sous la lumière froide de la lune. Avec un frisson d'horreur, Cœur de Feu se rendit compte que le nouveau chef du Clan de l'Ombre était Griffe de Tigre.

Découvrez vite

La guerre des Clans

Livre V

Sur le sentier de la guerre

Des livres plein les poches, POCKET *jeunesse* des histoires plein la tête

Impression réalisée sur Presse Offset par

Brodard & Taupin

La Flèche (Sarthe), le 21-08-2008
N° d'impression : 47530

Dépôt légal : septembre 2008

Imprimé en France

12, avenue d'Italie

75627 PARIS Cedex 13